대통령이
사라졌다 ❷

대통령이 사라졌다 2

—

2020년 10월 7일 초판 1쇄 인쇄
2020년 10월 28일 초판 1쇄 발행

—

지은이 빌 클린턴, 제임스 패터슨
옮긴이 최필원
펴낸이 이종주

—

총괄 김정수
책임편집 유형일
마케팅 배진경, 임혜솔, 송지유

—

펴낸곳 (주)로크미디어
출판등록 2003년 3월 24일
주소 서울시 마포구 성암로 330 DMC첨단산업센터 318호
전화 번호 02-3273-5135
팩스 번호 02-3273-5134
편집 070-7863-0333
홈페이지 http://rokmedia.com
이메일 rokmedia@empas.com

—

ISBN 979-11-354-8932-7 (04840)
세트 ISBN 979-11-354-8930-3
책값은 표지 뒷면에 적혀 있습니다.

—

• 베리타스는 로크미디어의 소설 도서 브랜드입니다.
• 잘못 만들어진 책은 구입하신 서점에서 교환해 드립니다.

THE PRESIDENT IS
MISSING

대통령이
사라졌다 ❷

빌 클린턴, 제임스 패터슨 지음
최필원 옮김

V
VERITAS

빌 클린턴은 1992년, 미국 대통령으로 선출되어 2001년까지 재직했다. 백악관을 떠난 후 그는 클린턴 재단을 설립해 세계 보건을 향상하고, 여성을 위한 기회를 증진하였으며, 소아비만과 예방 가능한 질병을 줄이고, 경제적 기회와 성장을 창출하고, 기후 변화의 영향을 고민해 왔다. 그는 세계적인 베스트셀러 『나의 인생 My Life』을 포함해 여러 편의 논픽션을 저술했다. 이 작품은 그의 첫 번째 소설이다.

제임스 패터슨은 세계적인 베스트셀러 작가이며 가장 신뢰받는 이야기꾼이다. 알렉스 크로스, 여성 살인 클럽, 마이클 베넷, 맥시멈 라이드, 미들스쿨, 그리고 아이 퍼니 등 무수한 시리즈와 캐릭터를 창조해 왔다. 빌 클린턴 대통령과 『대통령이 사라졌다』를 공저했고, 알베르트 아인슈타인 재단과 함께 맥스 아인슈타인 시리즈를 집필했다. 패터슨은 세상에 '독서를 싫어하는' 사람은 없으며, 오직 자신에게 맞는 책을 찾지 못한 사람만이 있을 뿐임을 증명하는 것을 작가로서 삶의 유일한 사명으로 여기고 있다. 그는 학생과 군인들을 위해 3백만 부 이상의 도서를 기증했고, 7천만 달러 이상의 교육 지원금을 기부했다. 또한 5천 명 이상의 교사에게 대학 장학금도 지원했다. 미국 국립 도서 재단The National Book Foundation은 최근 문학 공동체를 위한 패터슨의 탁월한 공적을 인정해 리터러리안상Literarian Award을 수여했다. 데뷔 소설로 에드거상을 받은 그는 에미상도 여섯 차례나 수상했다. 현재 그는 플로리다에서 가족과 함께 살고 있다.

최필원 ───────────────────────────

캐나다 웨스턴 온타리오 대학에서 통계학을 전공하고, 현재 번역가와 기획자로 활동하고 있다. 장르문학 브랜드인 '모중석 스릴러 클럽'과 '메두사 컬렉션'을 기획했다. 옮긴 책으로는 제임스 패터슨의 『첫 번째 희생자』, 데니스 루헤인의 『미스틱 리버』, 척 팔라닉의 『질식』, 『파이트 클럽』, 제프리 디버의 『잠자는 인형』, 『소녀의 무덤』, 매트 헤이그의 『시간을 멈추는 법』, 존 그리샴의 『브로커』, 『최후의 배심원』, 『관람석』, 할런 코벤의 『숲』, 『단 한 번의 시선』, 『결백』, 시드니 셀던의 『어두울 때는 덫을 놓지 않는다』, 『영원히 사라지다』, 살라 시무카의 「스노우화이트 트릴로지」, 로버트 러들럼의 『본 아이덴티티』 등이 있다.

이 책을 위해 우리의 만남을 주선하고, 조언하고, 회유하고, 이따금 따끔한 질책을 아끼지 않아 준 우리의 변호사이자 친구, 로버트 바넷에게 특별한 감사의 뜻을 전합니다.

사전 조사를 시작으로, 첫 번째와 두 번째 아웃라인 작업을 거쳐 완전한 원고가 탄생하기까지 특유의 인내심과 지혜로움으로 큰 도움이 되어 준 데이비드 엘리스에게도 감사하다는 말을 전하고 싶습니다. 데이비드의 도움과 영감이 아니었으면 이 스토리는 결코 탄생하지 못했을 겁니다.

이런 위협을 실제로 겪고 무시된 경고의 결과에 당당히 맞섰던 힐러리 클린턴의 끊임없는 격려와, 진정성을 잃지 말라는 충고가 큰 힘이 되어 주었습니다.

비판과 격려를 동시에 쏟아 낼 줄 알게 된 수 솔리 패터슨.

모두가 패닉에 빠져 갈팡질팡하고 있을 때 온전한 정신으로 우리를 꼭 붙들어 준 메리 조던.

우리로 하여금 계약과 스케줄과 목표에만 집중할 수 있게 힘써 준 드닌 하웰과 마이클 오코너.

초보 소설가 파트너가 제 역할을 충실히 해낼 수 있게 도와준 티나 플루어노이와 스티브 라인하트.

그리고 이 땅의 평화와 안전을 위해 목숨 바치는 비밀 경호국과 모든 법집행, 군, 정보, 그리고 외교 기관의 모든 이들에게 깊은 감사의 마음을 전합니다.

목차

토요일,
미국

56

한자리에 모인 고위 인사들은 식사가 가능한 주방에서 베이글과 과일, 커피로 가볍게 아침을 때운다. 창밖으로는 뒤뜰과 숲의 풍경이 펼쳐져 있다. 나는 그들에게 현재 상황에 대해 설명해 준다. 방금 전, 로스앤젤레스에서 새로운 소식이 들어왔다. 국토안보부와 그곳 산하 기관인 FEMA*가 LA 시정부, 그리고 캘리포니아 주정부와 함께 정수 처리장을 정상화하기 위해 애쓰는 중이다. 어떤 이유로든 정수 처리장이 영업 중단될 경우에 대비한 긴급 사태 대책이 마련돼 있다. 신속히 정상화해야 한다는 절박감은 있을지언정 전면적인 위기로까지 번지게 될 가능성은 희박하다. 나는 위협 대응팀을 제외한 모든 인력을 그곳에 급파한 상태다.

내가 LA 사태에 대해 그릇된 판단을 했을 수도 있다. 어쩌면 이 사건은 유인용 함정이 아닌지도 모른다. 오히려 그곳이

---

* 　미국연방재난관리청(Federal Emergency Management Agency)

'그라운드 제로*'가 돼 버릴 수도 있다. 만약 그렇게 된다면 내가 어마어마한 실수를 저지른 셈이 된다. 하지만 확실한 근거가 없는 상태에서 내 소중한 팀을 파견할 수는 없다. 그들은 현재 지하에서 오기, 그리고 이스라엘과 독일에서 온 사이버 보안 전문가들과 머리를 맞댄 채 답을 찾고 있다. 펜타곤에 남아 있는 나머지 인력은 말할 것도 없고.

위르겐 리히터 총리는 디터 콜이라는 금발의 젊은 보좌관과 나란히 앉아 있다. 그는 독일 연방 정보부, BND Bundesnachrichtendienst 의 수장이다. 노야 바람은 그녀의 수석 보좌관을 데려왔다. 정중하고 강건해 보이는 나이 지긋한 남자는 이스라엘군 장군 출신이다.

비밀 회동인 만큼 참가자 수를 최소화해야만 했다. 리더당 보좌관 한 명씩. 물론 사이버 전문가는 많을수록 좋겠지만. FDR**과 처칠이 플로리다주 남부 대서양 연안 내륙 대수로 인근에서 비밀 회동을 가졌던 1942년 상황과는 전혀 다르다. 당시 그들은 캡스 플레이스 Cap's Place라는 고급 레스토랑에서 식사를 했고, 레스토랑 주인에게 감사장까지 전달했다. 그 감사장은 온갖 해물 요리와 키 라임 파이***, 그리고 1940년대 스타일

인테리어로 유명한 레스토랑의 보물로 고이 보관되어 왔다.

요즘은 대담하고 탐욕스러운 언론, 인터넷과 소셜 미디어, 모든 눈이 밤낮으로 세계 정상들에게 집중된다. 신분을 숨긴 채 밖으로 나다니는 건 불가능에 가까운 일이다. 그런 우리가 믿을 구석은 오로지 보안뿐이다. 언제든 테러 위협에 노출될 수 있기에 우리는 이동 계획에 대한 세부 사항을 철저히 비밀에 부칠 수 있다.

노야 바람은 내일 맨해튼에서 열리는 회담에 참석하기로 돼 있다. 토요일에는 미국에 사는 가족을 방문하겠다고 했다. 그녀의 딸은 보스턴에, 남동생은 시카고 외곽에 각각 살고 있다. 또한 손녀는 컬럼비아 대학에서 신입생 과정을 마무리 짓는 중이다. 그녀에게는 꽤 그럴듯한 알리바이가 갖춰진 셈이다. 물론 그 정도 알리바이로 모두를 속일 수 있을지는 의문이지만.

리히터 총리는 아내의 암 투병을 핑계로 예정했던 슬로안 캐터링 암 연구소 방문을 어제인 금요일로 앞당겼다. 그들은 친구들과 함께 뉴욕에서 주말을 보낼 예정이라고 공식 발표한 상태다.

"실례하겠습니다."

휴대폰이 울리자 나는 오두막 거실에 모여 앉은 이들에게 말한다.

"중요한 전화라 받아야 합니다. 요즘 골치 아픈 일이 좀 있어서요."

내게도 보좌관이 있었으면. 하지만 캐롤린은 나를 대신해 백악관을 지켜야만 한다. 그녀 외에는 마음 놓고 신뢰할 수 있는 이도 없고.

나는 숲이 내려다보이는 덱으로 나간다. 독일과 이스라엘 요원들은 비밀 경호국의 리드에 따라 뜰과 사유지 곳곳을 꼼꼼히 살피는 중이다.

[대통령님—.]

리즈 그린필드가 말한다.

[그 여자, 니나 말입니다. 그녀의 지문 조회 결과가 방금 나왔습니다. 이름은 니나 신쿠바. 26세쯤 됐고, 그루지야 공화국 아브하즈 지역 출신이었다는 정도만 확인됐습니다.]

"분리 독립 영토. 분쟁 지역 출신이었군요."

러시아는 아브하즈가 그루지야로부터 독립할 수 있게끔 도왔다. 2008년, 러시아와 그루지야는 바로 그 문제를 놓고 전쟁을 벌였다. 적어도 표면상으로는.

[그렇습니다. 그루지야 정부는 니나 신쿠바를 2008년, 분쟁 지역 국경 그루지야 쪽 기차역에서 발생한 폭탄 테러 사건의 용의자로 지목해 왔습니다. 국경 양쪽에서 온갖 테러가 잇따르다가 결국 아브하즈와 그루지야 사이에 전쟁이 발발하고 말았죠.]

그것은 러시아와 그루지야 간의 전쟁으로 번지게 됐고.

"그녀가 분리주의자였다고요?"

[그런 것 같습니다. 그루지야 공화국은 그녀를 테러리스트로 부르고 있습니다.]

"그럼 그녀를 반서방anti-Western 카테고리에 넣을 수 있겠군요. 친러시아파로 볼 수도 있을 테고."

[러시아는 그들 편이었습니다. 러시아와 아브하즈가 한편이 돼서 싸우지 않았습니까. 그게 논리적인 추론이겠죠.]

하지만 자동 추론은 아니지 않은가.

[그루지야 정부에 연락해 그녀에 대한 정보를 요청해 볼까요?]

"잠깐만 기다려요. 먼저 물어볼 사람이 있어요."

57

"난 니나라는 이름밖에 몰라요."

지하에 틀어박혀 작업하던 중 오두막 거실로 끌려 나온 초췌한 모습의 오기가 눈을 비비며 말한다.

"성도 모른다고? 네가 들어도 이상하지 않아? 어떻게 사랑하는 여자의 성을 모를 수가 있지?"

그의 입에서 한숨이 터져 나온다.

"그녀에겐 말 못 할 과거사가 있었어요. 난 그 내용을 몰랐고, 알고 싶지도 않았어요."

나는 그를 빤히 쳐다본다. 하지만 그의 답변은 이어지지 않는다. 그는 적극적으로 해명할 마음이 없어 보인다.

"그녀는 아브하즈 출신 분리주의자였어. 그들은 러시아와 한편에 섰고."

"그녀가 러시아에…… 호의적인 입장이었다고요? 내겐 그런 얘기가 없었는데요. 당신은 지하드의 아들들이 언젠가는 서방 세계를 타격하리라는 걸 알고 있었어요. 우린 서방 세계가 동남부 유럽에 어떻게든 영향을 주는 걸 반대했고요. 물론 이건 러시아 입장과 일치해요. 하지만 그렇다고 그게 우리가 러시아를 위해 일해 왔다는 뜻은 아니라고요. 그래요. 술리만 신도력은 과거에 러시아로부터 금전적 지원을 받은 적이 있었어요. 하지만 그는 더 이상 그들의 돈이 필요 없게 됐죠."

"최고 입찰인에게 자신의 서비스를 팔아치울 테니까."

"그는 자기가 원하는 대로만 하고 살아요. 항상 돈에만 집착하는 스타일도 아니고요. 세상 그 누구도 그를 좌지우지할 수 없어요."

우리 정보국에서 파악한 내용과 일치한다.

"니나도 그렇게 부상을 입었어. 머리에 박힌 파편 말이야. 미사일이 교회 인근에 떨어졌다더군. 보나 마나 그루지야 소행이었을 거야."

오기의 시선이 멀리 돌아가 버린다. 그의 눈가는 어느새 촉촉해져 있다.

"그게 뭐 중요한가요?"

그가 속삭인다.

"그녀가 러시아 편에 섰었다면 문제가 심각해, 오기. 배후에 누가 있는지 밝혀내면 내가 쓸 수 있는 옵션도 그만큼 늘어나게 될 거야."

오기는 여전히 먼 산을 바라보며 고개를 끄덕인다.

"위협. 억제. 이 바이러스를 막지 못하면 당신의 위협은 공허해질 거예요. 억제를 위한 노력도 무의미해질 거고."

하지만 바이러스는 아직 침투도 하지 않았다. 우리는 여전히 세계 최강국이고.

러시아에 이 사실을 일깨워 줘야 할까?

오기는 다시 지하 작업실로 돌아간다. 나는 휴대폰을 꺼내 캐롤린에게 전화를 건다.

"캐리, 다들 상황실에 모여 있나요?"

[네, 대통령님.]

"2분 후에 시작합시다."

58

"대통령님―."

리히터 총리가 셔츠 소매를 살짝 잡아 빼며 근엄한 톤으로 말한다.

"러시아가 개입됐다는 건 불 보듯 뻔하지 않습니까? 아시다시피 우리 독일도 최근에 유사한 사건을 여럿 겪었습니다. 하원과 CDU* 당사가 테러의 표적이 됐고, 아직까지도 그 후유증

---

*　　Christlich-Demokratische Union, 기독교 민주 동맹

에 시달리고 있습니다."

2015년에 발생한 독일 하원 서버 해킹 사건. 해커들은 독일 정부가 뒤늦게 해킹 사실을 확인하고 조치를 취할 때까지 이메일을 비롯한 온갖 민감한 정보를 다 빼내가 버렸다. 놈들은 아직까지도 그때 훔친 정보를 전략적으로 인터넷에 흘리고 있다.

리히터 총리의 소속 정당인 독일 기독교 민주 동맹도 해커들의 공격을 받았다. 그때 도난당한 무수한 서류에는 정치 전략, 캠페인 조정 등 중요하고 민감한 내용이 잔뜩 담겨 있었다.

두 공격 모두 APT28, 또는 팬시 베어Fancy Bear로 알려진 러시아 군사 정보국, GRU 소속 사이버테러리스트 그룹의 작품이었다.

"하원과 CDU 사건 이후 일흔다섯 차례가 넘는 사이버테러가 발생한 것으로 확인됐습니다."

리히터의 보좌관이자 독일 대외 정보 위원회 수장인 디터 콜이 말한다.

"크렘린에 적대적인 모든 연방과 지방 정부, 그리고 여러 정당들의 서버에 가해진 피싱 공격. 정부 기관, 기업, 노동조합, 두뇌집단 등 상대를 가리지 않고 벌인 테러들. 그 모든 게, 팬시 베어 소행으로 밝혀졌죠."

"그들이……."

적절한 표현을 찾지 못한 리히터 총리가 보좌관을 흘끔 돌아본다.

"그들이 뽑아 간 정보 대부분은 아직 인터넷에 유출되지 않았습니다. 하지만 선거가 다가오면서 속속 보게 될 겁니다. 대통령님, 우리 독일이 이 사건 배후에 러시아가 있을 거라 확신하는 이유를 아시겠죠?"

"하지만 이번엔 다르잖아요."

노야 바람 총리가 말한다.

"펜타곤 서버에 침투했다는 바이러스엔……. 그때 뭐라고 했었죠? 헨젤의 빵 부스러기도 없었다면서요?"

"그렇습니다. 이번엔 해커들이 아무런 흔적도 남기지 않았습니다. 지문도. 빵 부스러기도. 난데없이 나타났다가 흔적도 없이 사라져 버렸습니다."

"차이점은 또 있어요."

그녀가 계속 이어 나간다.

"조니, 당신이 걱정하는 건 도난당한 정보가 아니라 이곳 인프라의 안정이잖아요."

"둘 다예요."

나는 말한다.

"하지만, 총리님 말씀이 맞습니다. 그들은 우리 시스템을 공격하고 있어요. 바이러스가 소리 없이 훑고 지나간 곳은 우리 운영 인프라의 일부입니다. 그들은 이메일을 훔쳐 가는 대신 우리 시스템을 위협하고 있습니다."

"제가 듣기로는—."

리히터 총리가 말한다.

"지하드의 아들들 소행일 거라던데요. 저희 쪽 사람들은—."

그가 자신이 데려온 대외 정보 위원회 수장을 돌아본다. 보좌관이 고개를 끄덕인다.

"SOJ가 그 분야에 있어선 세계 최고라고 하더군요. 그들만큼이나 유능한 해커들이 얼마든지 있을 것 같지만 실제로는 그렇지 않다네요. 엘리트 사이버테러리스트는 극소수고, 엘리트 사이버디펜스 전문가는 그보다도 적답니다. 우린 최근에 새로운 사이버 사령부를 신설했는데 적임자를 찾는 게 쉽지가 않더군요. 날고 기는 사이버테러리스트로부터 나라를 지켜 줄 능력자가 열 명 남짓 될까 말까 해요."

"다른 분야들과 다르지 않아요. 스포츠, 예술, 학계. 웬만큼 유능해서는 피라미드 꼭대기에 오를 수가 없습니다. 방어 시설, 특히 사이버디펜스 시스템 부문에 있어선 이스라엘이 단연 세계 최고이지 않습니까."

나는 노야를 돌아보며 고개를 끄덕인다. 그녀는 이의 없이 찬사를 받아들인다. 이스라엘인들이 가진 자부심의 원천이다.

"이스라엘이 방어는 끝내주죠."

리히터가 말한다.

"하지만 러시아는 공격이 끝내주지 않습니까."

"하지만 우리에겐 오기가 있어요."

리히터가 눈을 가늘게 뜨고 고개를 끄덕인다. 노야가 리히터와 나를 차례로 쳐다본다.

"그를 신뢰할 수 있겠어요? 그 아우구스타스 코슬렌코라는 청년 말이에요."

"노야—."

나는 두 손을 펼쳐 보인다.

"제겐 다른 선택의 여지가 없습니다. 그를 믿어 보는 수밖에 없어요. 내 사람들만으로는 이걸 열 수 없습니다. 애초에 이게 침투한 사실도 몰랐다니까요."

나는 등받이에 몸을 붙인다.

"그가 귀띔해 주지 않았다면 우린 아직까지도 오리무중에서 헤매고 있었을 겁니다."

"그야 그의 주장이고요."

"맞습니다. 그의 주장일 뿐이죠."

나는 순순히 인정한다.

"배후에 누가 있든, 그게 SOJ이든, 러시아이든, 다른 누군가이든……. 그들이 오기를 첩자로 보냈을 수도 있습니다. 그에게 뭔가 저의가 있는지도 모르고요. 하지만 그는 지금껏 한 번도 그걸 드러낸 적이 없습니다. 몸값을 요구한다거나 하지도 않았고요. 그 어떤 요구사항도 없었습니다. 게다가 아시다시피 그들은 그를 죽이려고 하지 않았습니까. 그것도 두 번이나 말입니다. 그가 그들에게 위협이라는 뜻이겠죠. 우리에겐 소중한 자산이라는 뜻이기도 하고요. 이 나라 최고 전문가들과 이스라엘, 그리고 독일의 최고 전문가들이 지하에서 그의 일거수일투족을 세심하게 지켜보고 있습니다. 집중해서 듣고, 성실히 배우고, 집요하게 캐묻는 중이죠. 작업실에 카메라가 설치돼 있어 실시간으로 감시가 가능하고요."

나는 두 손을 번쩍 들어 보인다.

"더 좋은 아이디어가 있으면 말씀해 주십시오. 귀담아들을 준비가 돼 있습니다. 만약 없으시면 이 방법이 최선입니다. 이렇게라도 막을 수만 있다면……."

나는 말끝을 흐린다. 차마 그 단어를 입에 담을 수가 없다.

"뭘…… 막는다는 말씀이죠?"

리히터가 묻는다.

"무슨 큰일이라도 터진다는 말씀입니까? 짐작이 가는 악몽의 시나리오가 몇 개 있긴 하지만. 그게 무엇인지 그 친구가 구체적으로 들려주던가요?"

자연스러운 전개다. 독일 총리를 이 자리에 초대한 건 신의 한 수였다.

나는 거실 한쪽 구석에 서 있는 알렉스를 돌아본다.

"알렉스, 오기를 데려와 줘요. 그 친구 얘길 직접 들어 보시죠."

59

거실로 들어선 오기는 지치고 꾀죄죄한 모습으로 세계 정상들 앞에 섰다. 샤워를 마치고 나온 그에게 우리가 내준 옷은 그의 체형에 전혀 어울리지 않는다. 지난 열두 시간 동안 죽을 고비를 숱하게 맞았던 청년은 넋이 반쯤 나간 상태다. 하지만 엄청난 공적을 쌓아 온 유력 전문가들 틈에서도 그는 전혀 주눅

들지 않은 모습이다. 이곳에서는 자신이 교사이고, 우리가 학생이라는 걸 아는 것이다.

"이 시대의 큰 아이러니 중 하나는—."

그가 입을 연다.

"인류의 발전이 우리를 더 강하게 만드는 동시에 우리를 취약하게 만든다는 것입니다. 힘이 세지면 취약성도 그만큼 커지게 되죠. 당신들 모두 권력의 정점에 서 있다고 생각하겠지만 내 눈엔 취약하기 그지없어 보일 뿐이에요. 바로 맹목적인 의존 때문이죠. 우리 사회는 첨단 기술에 전적으로 의존하고 있어요. 사물 인터넷*. 이 개념을 잘 알 테죠?"

"대충. 장치를 인터넷에 연결하는 기술이잖아."

"근본적으로는 그렇죠. 노트북 컴퓨터와 스마트폰뿐만이 아니에요. 전원 스위치가 있는 모든 게 가능해요. 세탁기, 커피메이커, DVR**, 디지털 카메라, 온도 조절 장치, 기계 부품, 제트엔진⋯⋯. 크든 작든 상관없어요. 일일이 짚어 보면 한도 끝도 없죠. 2년 전, 무려 150억 개가 넘는 장치들이 인터넷에 접속됐어요. 그럼 지금으로부터 2년 후는 어떨까요? 언젠가 그 수가 5백억 개에 육박할 거라는 얘길 들은 적이 있어요. 1천억 개가 넘을 거라는 이들도 있고요. TV를 한 번 틀어 봐요. 예외 없이 최신형 스마트 장치 광고가 줄줄이 이어질걸요. 그것들이

---

*   사물을 인터넷으로 연결하여 정보를 주고받는 기술 및 이러한 기술을 활용한 서비스

**   Digital Video Recorder, 디지털 영상 저장 장치

20년 전엔 감히 상상도 못 했던 일들을 가능케 해 준다고 호들갑을 떨면서 말이죠. 꽃을 주문하는 것쯤은 일도 아니에요. 일터에 있으면서도 집에 찾아온 손님을 맞을 수도 있고요. 어느 도로에 공사가 진행 중인지, 또 어느 길로 가야 목적지에 일찍 도착할 수 있는지도 척척 알려 주죠."

"그런 연결성이 우리를 악성 소프트웨어와 스파이웨어*에 취약하게 만들었지."

나는 말한다.

"거기까진 다 이해했어. 하지만 난 지금 시리**가 부에노스아이레스 날씨를 제대로 알려 줄지, 적국이 내 토스터를 통해 나를 몰래 감시하고 있는지를 걱정하는 게 아니야."

오기가 거실 안을 빙빙 맴돈다. 마치 수천 명의 청중이 지켜보는 큰 무대에 서 있기라도 한 것처럼.

"알아요, 안다고요. 내가 얘기하려는 요점은 그게 아니었어요. 무엇보다 중요한 건 거의 모든 자동화 형태와 현대에 발생하는 거의 모든 거래가 인터넷에 의존하고 있다는 사실이에요. 이렇게 한번 설명해 볼게요. 우린 전력망에 의존해 전기를 얻어 쓰고 있어요. 그렇죠?"

"물론이지."

"만약 전기가 없다면요? 대혼란이 벌어지지 않겠어요? 왜

---

*   사용자 몰래 개인 정보를 수집하는 데 쓰이는 악성 소프트웨어
**   Siri, 애플의 음성 인식 서비스

그럴까요?"

그가 우리를 차례로 쳐다보며 답을 기다린다.

"그 무엇도 전기를 대신할 수 없으니까. 거의 그렇지 않나?"

그가 나를 가리킨다.

"맞아요. 우린 대체 불가능한 것들에 지나치게 의존하는 경향이 있으니까요."

"인터넷도 마찬가지고."

노야가 혼잣말하듯 웅얼거린다.

오기가 그쪽으로 살짝 절을 한다.

"지당하신 말씀입니다, 총리님. 한때 인터넷 없이 수행됐던 기능들은 이제 인터넷 없인 수행이 불가능해졌어요. 대비책은 없습니다. 더 이상은요. 스마트폰에게 인도네시아의 수도를 물을 수 없다고 세상이 망하지 않습니다. 전자레인지가 부리토*를 데워 주지 못한다고, 우리 DVR이 작동을 멈춘다고 세상이 망하는 것도 아니고요."

고개를 떨군 오기는 두 손을 주머니에 찔러 넣은 채 잠시 제자리를 맴돈다. 강의 중인 교수를 보는 듯하다.

"하지만 만약 '모든 게' 작동을 멈춘다면 어떻게 될까요?"

그 말에 잠시 무거운 정적이 감돈다. 입으로 커피를 가져가던 리히터 총리가 멈칫한다. 노야는 숨을 참고 있는 것 같다.

'암흑시대.'

---

*   옥수수 가루로 만든 토르티야에 고기와 콩 등을 싼 음식

나는 속으로 말한다.

"하지만 인터넷은 당신이 생각하는 만큼 취약하지 않습니다."

오기만큼은 아니지만 거실에 모인 그 어떤 선출직 공무원보다 해박한 디터 콜이 말한다.

"서버가 손상될 수는 있어요. 하지만 트래픽이 느려지거나 차단되면 다른 서버로 대체가 가능하지 않습니까. 트래픽 라우팅 방법이 얼마나 다이내믹한데."

"하지만 모든 루트가 공격을 받게 된다면요?"

오기의 질문에 잠시 머리를 굴리던 콜이 입을 다시 열려다 만다. 그는 눈을 감고 고개를 천천히 젓는다.

"어떻게……. 그런 일이 가능하죠?"

"시간과 인내심, 그리고 기술만 있으면 얼마든지 가능합니다."

오기가 대답한다.

"만약 서버로 침투한 바이러스를 감지해 내지 못한다면? 그리고 그것이 서버 안에서 휴면 모드에 돌입한다면?"

"서버로 어떻게 침투가 가능하죠? 피싱 공격?"

마치 모욕을 당했기라도 한 듯 오기의 얼굴이 일그러진다.

"가끔은요. 하지만 그게 주된 방법은 아닙니다. 우린 주로 미스디렉션misdirection 전략을 씁니다. 디도스* 공격도 있고,

---

* DDoS, 여러 대의 공격자를 분산적으로 배치해서 동시에 서비스 거부 공격을 하는 것

26

BGP* 테이블에 오류를 심어 놓는 방법도 있죠."

"오기."

"오, 미안해요. 알아들을 수 있게 설명해 달라고 했었죠? 알 겠어요. 디도스 공격은 분산형 서비스 거부 공격이에요. 우리 가 브라우저에 입력하는 URL 주소를 인터넷 라우터가 쓰는 IP 주소로 바꿔 주는 서버 네트워크를 일제히 공격하는 것이죠."

"오기."

나는 다시 말한다.

그가 멋쩍게 미소를 지어 보인다.

"브라우저에 www.cnn.com을 입력하면 네트워크가 그 주 소를 트래픽 정리를 위해 라우팅 번호로 바꿔 놓습니다. 그 가 짜 트래픽이 네트워크로 쓰나미처럼 흘러 들어가면 네트워크 가 멈추거나 고장이 나 버리게 되죠. 2016년 10월, 디도스 공 격이 무수한 서버를 마비시켜 버렸어요. 그 때문에 하루 종일 미국의 주요 웹사이트들이 큰 피해를 입었죠. 트위터, 플레이 스테이션, CNN, 스포티파이, 버라이즌, 컴캐스트, 그리고 수 천 개의 온라인 소매업체들. BGP 테이블, 그러니까, 경계 경로 프로토콜 테이블을 공격하는 방법도 있습니다. AT&T 같은 서 비스 제공 업체들은 그 테이블에 고객 정보를 고스란히 담아 홍보를 합니다. 예를 들면, 이런 거죠. 만약 ABC라는 회사가 AT&T로부터 인터넷 서비스를 제공받는다면 AT&T는 그 테이

---

*   Border Gateway Protocol, 경계 경로 프로토콜

블에 이렇게 광고합니다. 'ABC 웹사이트에 접속하고 싶다면 저희 서비스를 이용하세요.' 중국에서 벨라텔VelaTel을 이용하는 사람이 ABC 웹사이트에 접속하고 싶다면 벨라텔에서 일본의 NTT로, 그리고 다시 미국의 AT&T로 서비스 업체를 바꿔야 합니다. BGP 테이블이 그 코스를 안내해 주죠. 우린 그냥 웹사이트 주소를 입력하거나 링크를 클릭할 뿐이지만 사실은 BGP 테이블을 지도 삼아 순식간에 여러 인터넷 서비스 제공 업체를 건너뛰게 되는 거예요. 문제는 그 BGP 테이블이 신뢰에 근거해 셋업됐다는 사실입니다. 몇 년 전, 차이나텔ChinaTel의 후신인 벨라텔이 자신들이 펜타곤으로 통하는 트래픽의 마지막 관문이라고 주장한 적이 있었습니다. 그래서 한동안 펜타곤으로 향하는 인터넷 트래픽이 중국의 서버를 통과하는 황당한 일이 벌어졌었죠."

나도 아는 사건이다. 물론 당시에는 노스캐롤라이나 주지사로서 특별히 관심을 두지 않았지만. 엄청나게 절제해 표현한다면 사는 게 지금처럼 복잡하지 않았던 시절 얘기다.

"노련한 해커라면, BGP에 침투해 테이블을 뒤섞고, 트래픽을 엉뚱한 곳으로 이끄는 방법으로 세계 20대 인터넷 서비스 제공 업체에 엄청난 타격을 안길 수 있습니다. 디도스 공격도 동일한 효과를 기대할 수 있고요. 해당 인터넷 서비스 제공 업체를 이용하는 모든 고객이 피해를 입게 되거든요."

"하지만 그게 바이러스의 설치와 무슨 상관이죠?"

노야가 묻는다.

"디도스 공격의 목적은 인터넷 서비스를 마비시키기 위함이 아닌가요?"

"그렇죠."

"하지만 듣고 보니 BGP 테이블을 휘저어 놓는 것도 그거랑 별로 다르지 않은 것 같은데요."

"그렇습니다. 상상이 되시겠지만, 피해가 엄청나죠. 서비스 제공 업체가 어떤 이유로든 고객들에게 서비스를 제공하지 못한다면 존재의 이유가 없지 않겠습니까. 그래서 최대한 신속하게 문제를 찾아내 복구해야 하는 겁니다. 그러지 못하면 고객들이 줄줄이 떨어져 나갈 테고, 그렇게 되면 결국 문을 닫아야 할 테니까요."

"그렇겠죠."

노야가 말한다.

"아까도 말씀드렸죠? 미스디렉션."

오기가 한 손을 흔들어 보인다.

"우린 BGP 테이블과 디도스 공격을 서버 침투를 위한 플랫폼으로 썼어요."

노야가 이해가 된다는 듯 턱을 살짝 든다. 오기는 이미 내게도 같은 내용을 몇 번 설명해 주었다.

"그들이 비상사태에 정신이 팔려 있는 틈을 타 몰래 바이러스를 심어 놓았단 말이죠?"

"완벽히 정리해 주셨네요."

오기의 얼굴에 의기양양한 미소가 떠오른다.

"바이러스가 휴면 중이었기 때문에, 그리고 꽁꽁 숨어서 악의적인 기능을 수행했기 때문에 발각되지 않았던 것이죠."

"휴면기가 얼마나 지속됐습니까?"

디터 콜이 묻는다.

"몇 년 이어졌죠. 우리가 이걸 시작했던 게……."

그가 눈을 가늘게 뜨고 천장을 올려다본다.

"3년쯤 됐으려나요?"

"바이러스가 3년 동안 휴면 모드에 빠져 있었다고요?"

"그렇습니다."

"서버를 몇 개나 손상시켰습니까?"

오기가 깊은숨을 한 번 들이쉰다. 부모에게 나쁜 소식을 전하려 준비하는 아이처럼.

"바이러스는 모든 교점, 그러니까 해당 업체로부터 인터넷 서비스를 제공받는 모든 장치를 감염시키도록 프로그램돼 있습니다."

"그리고……."

콜이 잠시 뜸을 들인다. 더 캐묻기가 두렵다는 듯이. 무엇이 숨어 있을지 모르는 옷장 문을 열고 싶지 않다는 듯이.

"대충 몇 곳의 인터넷 서비스 제공 업체를 감염시켰죠?"

"대충?"

오기가 어깨를 으쓱인다.

"전부 다요."

그 말에 모두의 어깨가 축 늘어진다. 연신 몸을 들썩이던 리히터가 벌떡 일어나 벽에 몸을 기대고 팔짱을 낀다. 노야는 보좌관의 귀에 무언가를 속삭인다. 막강한 권력을 손에 쥔 정상들이 한없이 무력한 모습을 보이고 있다.

"당신이 이 나라의 모든 인터넷 서비스 제공 업체를 감염시켰다면 결국 그들의 모든 고객도 고스란히 감염이 됐겠군요. 모든 교점, 모든 장치, 전부 다 말입니다. 그렇다면……."

디터 콜이 의자 등받이에 몸을 붙인다.

"사실상 미국에서 인터넷을 쓰는 모든 장치가 바이러스에 감염됐다고 보면 될 겁니다."

두 총리가 창백해진 얼굴로 서로를 쳐다본다. 미국에서 벌어진 테러 이야기지만 그들은 자신들이 다음 표적이 될 수 있음을 잘 알고 있다.

내가 오기에게 직접 설명토록 한 이유 중 하나다.

"미국만 그랬다고요?"

리히터 총리가 묻는다.

"전 세계가 인터넷으로 연결돼 있는데요?"

"타당한 지적입니다."

오기가 말한다.

"우린 미국의 ISP*만을 표적으로 삼았습니다. 물론 미국에서 타국으로 전송된 데이터가 있긴 할 겁니다. 정확한 수치는 알 수 없지만 크게 신경 쓸 정도는 아니었을 거예요. 우린 미국을

---

*   Internet Service Provider, 인터넷 서비스 제공자

무너뜨리려 했던 겁니다. 그래서 미국에만 집중했던 거고요."

누구도 감히 상상할 수 없었던 최악의 악몽이 현실화됐던 것이다. 바이러스가 펜타곤 서버에 침투했을 때 우리는 당연히 우리 군이나 정부가 표적이었을 거라 짐작했다. 하지만 오기는 그 이상의 타격을 목표로 일을 벌인 것이었다. 모든 산업, 모든 가정, 우리 삶의 무수한 측면을 마비시키기 위해.

"그러니까 당신 얘기는—."

리히터 총리가 가볍게 떨리는 목소리로 말한다.

"미국으로부터 인터넷을 훔치려 했다는 것이죠?"

오기가 리히터와 나를 차례로 쳐다본다.

"그렇습니다. 하지만 그건 단지 시작에 불과해요."

나는 말한다.

"오기, 이제 그 바이러스에 대해 얘기해 봐."

60

"정확히 얘기하면 와이퍼 바이러스wiper virus라는 겁니다."

오기가 말한다.

"이름처럼 와이퍼 공격이 장치 내 모든 소프트웨어를 삭제, 그러니까, 완전히 파괴해 버리는 것이죠. 쉽게 말하면, 노트북 컴퓨터가 한순간에 도어스톱*으로 전락해 버리게 된다는 뜻입니다. 라우터는 문진으로밖에 쓸 수가 없고요. 모든 서버가 삭제되는 겁니다. 인터넷이 끊어져 버리니 당연히 모든 장치는 무용지물이 돼 버리겠죠.”

‘암흑시대.’

오기가 과일 그릇에서 사과를 하나 집어 들고 위로 살짝 던졌다 받는다.

“대부분의 바이러스와 공격 코드는 몰래 침투해 데이터를 훔치도록 디자인됐어요.”

그가 설명한다.

“창문으로 침입해 발끝으로 조용히 걸어 다니는 빈집털이범을 생각하면 되겠죠. 당연히 들키지 않고 들어갔다 나오는 게 그들의 주목표 아니겠어요? 절도 사실을 알아차렸을 땐 너무 늦어 버린 거고요. 반면에 와이퍼 공격은 아주 요란합니다. 상대가 피해 사실을 알아주기를 바라기 때문이죠. 즉 숨을 이유가 전혀 없다는 얘기예요. 상대로부터 뜯어낼 게 있다는 뜻이고요. 한마디로, 상대의 장치 내 콘텐츠를 인질로 잡아 두는 겁니다. 몸값을 지불하거나 모든 파일을 날려 버리거나, 둘 중 하나를 택해야죠. 물론 그들은 훔쳐 낸 데이터를 삭제할 마음이 없어요. 그저 돈을 뜯어내고 싶을 뿐이죠.”

그가 한 손을 펼쳐 보인다.

---

* 문이 소리 내어 닫히거나 벽에 부딪혀 흠이 나는 것을 막기 위해 문에 괴는 물건

"하지만 우리 바이러스는 소리 없이 와이퍼 공격을 펼쳐요. 몰래 들어가 최대한도로 침투하는 게 목표죠. 하지만 우린 몸값을 요구하지 않습니다. 훔쳐 낸 모든 파일을 삭제하고 싶을 뿐."

"백업 파일도 소용이 없겠군요."

디터 콜이 고개를 저으며 말한다.

"당신이 그것들까지 감염시켜 버렸을 테니까."

"물론입니다. 정기적으로 시스템을 백업하는, 바로 그 조치 때문에 바이러스가 업로드되는 것이죠."

"시한폭탄이나 다름없겠군."

나는 말한다.

"장치 안에 숨어 있다가 실행에 옮겨지기를 기다릴 테니까."

"맞아요."

"그리고 오늘이 바로 그 실행일이고."

우리는 서로의 얼굴을 빤히 쳐다본다. 나는 두 시간쯤 전에 마린 원에서 오기의 같은 설명을 들었다. 헬리콥터 안에서 나도 이들과 같은 표정을 지었을 게 분명하다.

"문제가 생각보다 심각하죠? 50년 전, 우리에겐 타자기와 먹지가 있었어요. 지금은 컴퓨터밖에 없죠. 50년 전, 아니, 불과 10년, 15년 전만 해도 우린 지금처럼 연결성에 목을 매지 않았어요. 지금은 이게 유일한 운영 방식인데 말이죠. 그래서 그걸 앗아가 버리면 방법이 없는 겁니다."

또다시 실내에 무거운 정적이 찾아든다. 오기는 자신의 신발을 물끄러미 내려다본다. 비통함 때문인지 죄책감 때문인지 알 길은 없다. 그가 지금 묘사하고 있는 것은 그가 적극적으로 관여해 온 프로젝트다.

"좀 더 구체적으로 예를 들어 줄 수 있어요?"

노야 바람이 관자놀이를 문지르며 말한다.

"음, 그럴까요?"

오기가 다시 제자리를 빙빙 맴돌기 시작한다.

"예를 드는 건 어렵지 않아요. 작동을 멈춘 엘리베이터. 식료품 가게 스캐너. 기차와 버스 패스. 텔레비전. 휴대폰. 무전기. 신호등. 신용카드 스캐너. 가정 경보 시스템. 노트북 컴퓨터는 모든 소프트웨어와 파일을 잃게 될 거고요. 컴퓨터엔 키보드와 빈 화면만 남게 될 겁니다. 전력 공급에도 심각한 장애가 발생하겠죠. 냉장고. 난방 장치. 상수도 시설. 이번에 정수 처리장이 어떻게 됐는지 똑똑히 봤죠? 이 대단한 나라에서 정수 부족 사태가 발생할 수도 있다고요. 그로 인해 심각한 건강 문제가 초래될 수 있고요. 그렇게 되면 누가 병든 이들을 챙길까요? 병원? 과연 병원엔 치료에 필요한 자원이 남아 있을까요? 요즘 웬만한 외과 수술은 다 컴퓨터화됐잖아요. 의사들은 더 이상 온라인으로 환자의 과거 진료 기록을 확인할 수 없게 될 거예요. 어디 그뿐인 줄 알아요? 과연 병원에서 당신을 치료해 줄까요? 의료보험이 있다고요? 누가 그래요? 주머니에 든 그 카드 말이에요? 그걸로 당신 파일을 열어 볼 수도 없는데요? 보험회사에 치료비를 청구할 수도 없고요. 설령 보험회사와 연락이 닿는다고 해도 그들은 당신이 고객이라는 걸 확인할 길이 없어요. 그들이 보험 계약자들의 정보를 손으로 써서 기록해 뒀을까요? 아니죠. 전부 컴퓨터에 담겨 있어요. 모든 게 삭제돼서 무용지물이 돼 버린 컴퓨터 안에. 그럼 병원이 공짜로 치료해 줄까요? 웹사이트. 전자 상거래. 컨베이어 벨트. 제조 공장의 복잡한 기계들. 급여 기록. 전부 날아가 버리는 거라고요. 비행기는 뜨지 못하고, 기차도 발이 묶여 버리게 돼요. 2010년 이후 출시된 차들도 영향을 받을 거고요. 법률 기록. 복지 수당 기록. 법 집행 기관 데이터베이스. 지역 경찰은 범죄자를 조회할 수 없게 되고요, 필요할 때 다른 주나 연방정부 데이터베이스를 돌려 볼 수도 없어요. 더 이상은. 은행 기록, 예금 계좌에 1만 달러가 들어 있다고요? 퇴직 계좌엔 5만 달러가 있어요? 연금이 있어 매달 고정적으로 특정 금액을 꼬박꼬박 받게 된다고요?"

그가 고개를 젓는다.

"컴퓨터 파일과 백업 파일이 사라졌는데 그게 가능하겠어요? 은행 금고에 고무줄로 칭칭 감긴 돈뭉치가 당신을 기다리고 있을 것 같아요? 당연히 아니죠. 돈은 데이터일 뿐이에요."

"하느님 맙소사."

리히터 총리가 손수건으로 얼굴을 훔치며 말한다.

"분명—"

오기가 이어 나간다.

"은행들이 가장 먼저 자신들의 취약성을 깨닫고 모든 기록

36

을 별도의 시스템에 나눠 보관할 거예요. 하지만 어쩌죠? 우리가 이미 감염시켜 놓았는데. 우리의 첫 표적이 바로 금융 기관들이었거든요. 부랴부랴 네트워크를 분산시킨다고 해결될 문제가 아니라는 뜻이죠. 금융 시장엔 더 이상 거래소가 존재하지 않아요. 전부 전자 시스템으로 운용되니까. 이 나라 거래소 전체가 올스톱해 버린다고요. 정부 기능은 말할 것도 없고요. 정부는 세입에 의존하잖아요. 소득세 명부도 필요하고. 판매세와 소비세도 징수해야 하고. 그런 걸 다 못 하게 됐는데 정부가 무슨 돈으로 제 기능을 하겠어요? 통화의 흐름에도 큰 지장이 생기겠죠. 이 손에서 저 손으로 오가는 현금 거래만 가능해지지 않겠어요? 돈을 뽑으러 은행에도 갈 수 없고, 현금 인출기도 쓸 수 없어요. 은행에 당신 기록이 없으니까요. 이 나라 경제는 딱 멈춰 버릴 거예요. 오로지 인터넷에만 의존하는 모든 산업 분야는 살아남지 못할 거고요. 나머지 분야도 큰 타격을 입기는 마찬가질 겁니다. 필연적으로 실업자 수가 엄청나게 늘어나겠죠. 신용의 유효성은 크게 감소할 게 뻔하고요. 보나 마나 1930년대 대공황이 순간적인 딸꾹질로 여겨질 만큼의 끔찍한 불황이 찾아들 겁니다."

그가 말한다.

"패닉, 광범위한 패닉. 은행마다 지불 청구가 줄을 이을 거고요, 상점들은 약탈을 당하겠죠. 곳곳에서 폭동이 벌어지고 심각한 범죄가 끊이지 않을 겁니다. 전염병 발병. 시민 질서의 부재. 군사력과 국가 안보력은 아직 언급도 안 했어요. 테러리스트를 추적하는 능력. 감시 능력. 공군은 더 이상 전투기를 띄울 수가 없을 거고요. 미사일 발사 능력? 그런 건 기대하지 말아요. 레이더와 소나*? 첨단 기술 통신? 다 무용지물이 될 겁니다. 미국은 그 어느 때보다도 공격에 취약해질 거예요."

그가 이어 말한다.

"적은 21세기에 걸맞은 능력을 갖췄는데 어떻게 19세기 수준의 군사력으로 그들을 막아 낼 수 있겠어요?"

러시아. 중국. 그리고 북한.

디터 콜이 한 손을 번쩍 든다.

"만약 인터넷이 영구적으로 마비돼 버린다면……. 말 그대로 대재앙을 맞게 될 겁니다. 하지만 그런 문제는 얼마든지 바로잡을 수 있지 않겠습니까? 미국 정도의 능력이면 인터넷은 충분히 복구하고도 남을 텐데요."

오기가 고개를 끄덕이다가 살짝 절을 한다.

"옳은 지적입니다. 인터넷은 결국 복구될 거예요. 하지만 네트워크 전체를 다시 세우려면 몇 달은 걸릴 겁니다. 인터넷 서비스 제공업체부터 최종 소비자의 장치들까지 영향을 받지 않은 부분이 없을 테니까요. 복구 기간 내내 미국은 군사 공격과 테러 공격에 시달리게 될 거예요. 인터넷 의존도가 높은 경제의 모든 분야는 폭삭 망해 버릴 거고요. 중환자들도 치료와 시술을 받지 못할 겁니다. 모든 회사, 모든 은행, 모든 병원, 모

---

* 수중 음파 탐지기

든 관공서, 모든 국민은 새 장치를 구입해야 하겠죠. 기존 장치들은 죄다 무용지물이 돼 버렸으니. 깨끗한 정수 없이 이 나라가 얼마나 버틸 수 있을까요? 전기는? 냉장고는? 기본적인 생명 유지 의료 장비와 수술 장비는? 당연히 정부는 그런 시급한 문제들을 가장 먼저 챙기겠죠. 하지만 인구 3억의 나라에서 그게 쉽게 될까요? 일주일만 고생하면 나라 전체가 정상화될 것 같습니까? 2주면 될까요? 상식적으로 따져도 최소한 몇 달은 걸리지 않겠습니까? 사망자 수도 엄청날 거고 말입니다. 설령 인터넷 서비스가 복구된다 해도 정상화할 수 없는 것들이 한두 가지가 아니에요. 이 나라의 모든 국민은 소중한 예금과 투자물을 잃게 될 겁니다. 그 기록들이 싹 지워져 버렸을 테니까요. 그것도 영구적으로. 그들은 한순간에 무일푼이 돼 버릴 거고, 수중엔 바이러스 공격이 시작했을 때 지니고 있었던 현금 몇 푼이 전부일 겁니다. 연금과 의료보험, 복지 지원금과 사회 보장 연금, 진료 기록, 무엇 하나 멀쩡히 남아 있는 게 없을 거예요. 그 데이터는 영영 복구되지 못할 거고요. 기적적으로 복구된다 해도 전자 데이터 없인 불완전하고 증명할 수 없는 과정의 연속이겠죠. 물론 최소한 몇 년의 시간이 소요될 거고 말입니다. 몇 년! 사람이 돈 없이 얼마나 오래 버틸 수 있을 거라 생각해요? 사람들에게 돈이 없으면 그 어떤 경제 분야가 제대로 돌아갈 수 있겠습니까? 이 땅의 모든 상점이 문을 닫게 될 텐데 말입니다. 5번가, 매그니피선트 마일, 로데오 드라이브부터 작은 마을의 구멍가게까지. 손님이 없는데 어떻게 상점들이 버티겠어요? 인터넷을 기반으로 하는 산업 분야는 말할 것도 없고요. 미국 경제엔 아무것도 남지 않을 겁니다."

"맙소사."

리히터 총리가 웅얼거린다.

"제가 상상했던 것보다 훨씬 심각한 문제군요."

"말 그대로 지옥이죠. 미국은 지구상에서 가장 큰 제3세계 국가로 전락해 버릴 겁니다."

61

오기의 말에 어안이 벙벙해진 내 두 손님, 노야 바람 총리와 위르겐 리히터 총리는 할 말을 잃고 만다. 양복 재킷을 벗은 리히터는 손수건으로 이마를 훔친다. 노야는 커다란 글라스에 연신 물만 따라 마시고 있고.

"왜……."

리히터가 한 손을 올려 턱을 문지른다.

"대체 왜 러시아가 이런 짓을 하려는 걸까요?"

'과연 러시아 소행일까?'

나는 생각한다.

"당연하지 않아요?"

한참 동안 물을 들이켠 노야 바람이 냅킨으로 입술을 훔치며 말한다.

"저는 정말 모르겠어요. 여기서 군사적 요소가 엿보이나요? 만약 미국의 군사력이 타격을 입는다면, 이 나라의 인프라가 누더기로 변한다면⋯⋯. 설령 그렇다고 미국이 군사 공격에 취약해지겠습니까? 절대 아니죠. 안 그렇습니까? 러시아가 미국을 공격한다고요? 말도 안 돼⋯⋯."

그가 한 손을 살랑여 보인다.

"일시적으로 취약한 모습을 내보일 순 있겠죠. 하지만 미국은 금세 다시 일어날 겁니다. 게다가 북대서양 조약 5조도 있지 않습니까."

북대서양 조약 5조는 NATO 회원국에 대한 공격은 NATO 전체에 대한 공격으로 간주한다고 명시돼 있다. 누구든 미국을 공격하는 것은 세계대전을 촉발시키는 것이나 다름없다.

적어도 이론상으로는. 그 독트린은 지금껏 한 번도 시험대에 오른 적이 없다. 만약 러시아가 우리 군사 기반 시설을 파괴한 후 핵무기로 우리를 타격한다면 NATO 회원국들이 같은 방법으로 러시아를 응징해 줄까? 독일이? 영국이? 프랑스가? 우리 동맹의 견고함을 확인할 좋은 기회가 될 것이다. 과연 그들 중 누가 핵무기로 보복 공격에 나서 줄 것인지.

리히터는 다음 표적이 독일일 수도 있다는 걸 깨달아야 한다. 그리고 러시아에게 끝까지 책임을 물을 자세가 돼 있어야만 한다.

"하지만 누가 러시아의 최대 장애물이죠?"

노야가 묻는다.

"러시아가 누굴 가장 두려워할까요?"

"NATO."

리히터가 말하자 노야의 어깨가 들썩인다.

"그렇죠. 맞아요, 위르겐. 러시아는 NATO가 러시아 국경 지역까지 확장해 나가는 걸 불편해하고 있어요. 하지만 러시아의 눈엔……. 아, 물론 독일을 무시하는 건 아니에요, 위르겐. 하지만 러시아의 눈엔 NATO가 그저 미국으로만 비칠 거예요. 동맹국들은 뒷전으로 밀리게 될 거고요."

"이런다고 러시아가 뭘 얻을 수 있겠습니까?"

답답해진 나는 의자에서 벌떡 일어난다.

"러시아가 우리에게 대미지를 입히려 한다는 건 이해할 수 있어요. 몇 걸음 물러나게 말이죠. 그럼 적당히 타격하고 빠져야 하지 않습니까. 이렇게까지 무모하게 나오는 건 도무지 납득이 안 됩니다."

"조니—."

노야가 글라스를 내려놓으며 말한다.

"냉전 시대에 미국은……. 당신들은 소련이 미국을 말살하려 한다고 믿었어요. 그들도 미국이 자신들을 말살하려 한다고 믿었고요. 하지만 지난 25년, 30년 동안 많은 게 변했어요. 소련 제국은 몰락했고, 러시아군은 퇴화했죠. NATO는 러시아 국경 지역까지 세를 불려 놨어요. 하지만 엄밀히 따져 보면 바뀐 게 별로 없지 않나요? 러시아는 그 어느 때보다도 미국을 두려워하고 있어요. 절호의 기회가 주어지면 언제라도 행동에 나서고도 남을 사람들이라고요. 판단 오류가 나와선 절대 안 되는 위태로운 상황이에요."

그녀가 고개를 한쪽으로 살짝 기울이고는 긴 한숨을 내쉰다.

"미국이 직격탄을 맞게 될 가능성에 대해 만반의 대비를 갖춰야 할 때예요."

상상조차 할 수 없는 끔찍한 상황이지만 내 임무는 최악의 사태에 철저히 대비하는 것이다. 그러는 동안에도 최적의 결과를 위해 전력투구해야 함은 물론이고. 그 누가 체르노케프 대통령의 속내를 제대로 읽어 낼 수 있으랴. 그는 기나긴 게임에 임하고 있다. 하지만 그렇다고 그가 손쉬운 지름길을 마다할까? 천만에.

리히터 총리가 손목시계를 들여다본다.

"대표단 하나가 아직 도착하지 않았어요. 올 때가 훨씬 지났는데."

"머릿속이 복잡하지 않겠습니까?"

나는 말한다.

알렉스 트림블이 거실로 들어온다. 나는 그를 향해 몸을 튼다.

"그들이 도착했습니다, 대통령님."

그가 말한다.

"러시안 대표단이 왔습니다."

62

검은 SUV로 구성된 호송대가 진입로로 들어선다. 맨 앞 SUV에서 내린 러시아 측 보안요원들이 곧바로 제이콥슨을 비롯한 비밀 경호국 요원들과 의논에 들어간다.

나는 그들을 맞으러 나와 있다. 뇌리를 떠나지 않는 단 한 가지 생각.

'전쟁은 늘 이렇게 시작되지.'

나는 이스라엘과 독일에 정상회담을 제안했을 때 체르노케프 대통령에게도 참석을 요청했다. 당시 나는 러시아가 이번 일에 연루됐을 거라 짐작하지 못했다. 물론 아직도 긴가민가하다. 하지만 러시아는 세계 최고 기량의 사이버테러리스트를 다수 보유하고 있다. 만약 그들의 소행이 아니라면 그들은 기꺼이 우리를 도우려 할 것이다. 그들도 우리만큼이나 겁에 질려 있을 테니까. 만약 미국이 취약하다면 모두가 마찬가지라는 뜻이다. 물론 러시아도 예외는 아니다.

만약 러시아의 소행이라 해도 이번 정상회담에 참석하지 않을 이유가 없다. 손자는 말했다. 친구는 가까이, 적은 더 가까이 두라고. 일리 있는 조언이다.

또한 이것은 시험이기도 하다. 만약 러시아가 암흑시대의 배후자라면 체르노케프 대통령이 내 초대에 선뜻 응할 리 없다. 더군다나 지금은 그들이 침투시킨 바이러스가 온 나라를 마비시켜 나가는 중이지 않은가. 체면상 대리인을 보내겠지.

러시아 요원들이 두 번째 SUV의 뒷문을 연다.

한 고위 관리가 차에서 내려온다. 이반 볼코프 총리.

체르노케프가 엄선해 고른 부사령관으로, 구소련 적군赤軍 대령 출신이다. 크림*의 도살자.

체첸 공화국, 크림, 그리고 우크라이나에서 벌어진 온갖 전쟁 범죄의 배후로 지목돼 온 군 지휘자. 그의 군대는 무고한 시민들을 강간하고 살해했으며, 전쟁포로들을 무자비하게 고문했다. 그뿐 아니라, 화학무기를 사용했다는 의심도 받고 있다.

작은 키의 그는 차곡차곡 쌓아 올린 벽돌처럼 다부진 체구의 소유자다. 머리를 어찌나 짧게 깎아 놨던지 정수리 두피가 모호크식** 헤어스타일처럼 보일 정도다. 예순에 가까운 나이임에도 권투 선수 출신답게 꽤 건강해 보인다. 단 하루도 체육관 출입을 거르지 않는다는 소문이 있다. 넓은 이마에는 깊은 주름이 패어 있고, 링에서 몇 번 부러졌을 법한 코는 납작하게 눌려 있다.

"총리님."

진입로에 홀로 선 나는 한 손을 내밀며 말한다.

"대통령님."

그가 딱딱하게 굳은 표정으로 말한다. 그의 까만 두 눈은 나를 매섭게 응시하고 있고, 내 손을 움켜쥔 그의 손에는 힘이 잔

---

*   Crimea, 크림 반도에 있던 구소련 자치 공화국
**   머리의 가운데에만 띠 모양으로 모발을 남겨 두는 스타일

뜩 들어가 있다. 그는 검은 양복 차림에 러시아 국기의 3분의 2에 해당하는 파란색과 빨간색 줄무늬 넥타이를 두르고 있다.

"체르노케프 대통령을 꼭 뵙고 싶었는데 개인적으로 아쉽습니다."

아쉬운 정도가 아니다.

"대통령님께서도 많이 아쉬워하십니다. 지난 며칠간 몸이 편찮으셨습니다. 심각한 문제는 아니지만 장거리 비행은 아직 무리십니다. 제가 전권을 부여받고 회담에 임하게 됐으니 너무 걱정하지 마십시오. 대통령님께서 유감의 뜻을 전하라 하셨습니다. 귀국貴國을 표적으로 한 도발적인 행위에 대해 전해들으시고는 깊은 우려를 표명하셨습니다."

나는 뒤뜰 쪽을 가리킨다. 그는 고개를 끄덕이고, 우리는 나란히 뒤뜰로 들어간다.

"아, 텐트를 세워 놓으셨군요."

그가 말한다.

"오늘 대화를 위한 완벽한 세팅입니다."

검은 텐트에는 문도, 지퍼도 없다. 오로지 포개지는 덮개만이 정면에 붙어 있을 뿐이다. 나는 두 손으로 덮개를 가르고 안으로 들어간다. 볼코프 총리가 나를 뒤따른다.

바깥의 빛이 완전히 차단된 텐트 안 구석마다 인공 석유 램프가 하나씩 놓여 있다. 중앙에는 작은 나무 테이블과 의자들이 마련돼 있다. 마치 소풍이 예정돼 있기라도 한 듯이. 하지만 나는 그쪽으로 이동하지 않는다. 오늘 대화는 우리 둘만의 시간이다. 무고한 시민들을 잔인하게 학살한 것으로 알려졌으며, 내 나라에 이 끔찍한 공격을 자행했을지 모르는 국가를 대표해 참석한 남자와 나. 나는 그와 나란히 마주 앉고 싶지 않다.

"체르노케프 대통령께서는 지난 36시간 동안 진행된 귀국의 도발적인 군사 행동에 크게 놀라셨습니다."

그가 말한다. 그의 억센 악센트 때문인지 '도발적인provocative'이라는 단어가 특히 귀에 거슬린다.

"그저 훈련 임무에 지나지 않았습니다."

내 말에 그의 입가에 시큰둥한 미소가 머금어진다.

"훈련 임무."

그가 쓸쓸해하는 표정으로 말한다.

"2014년 때처럼 말씀이죠?"

2014년, 러시아가 우크라이나를 침략했을 때 미국은 '훈련 임무'를 이유로 B-2 스텔스 폭격기 두 대를 유럽으로 보냈다. 물론 러시아에 보내는 무언의 경고 메시지였다.

"맞아요. 그때처럼."

"그때와는 비교가 안 되는 규모더군요. 항공모함과 핵무장한 잠수함들을 북해로 보내기까지 하시고. 독일에선 스텔스 항공기 훈련, 라트비아와 폴란드에선 합동 군사 훈련이 진행되지 않았습니까."

두 나라 모두 NATO 회원국이다. 그중 라트비아는 러시아와 국경을 접하고 있고, 폴란드는 벨로루시 남서쪽 가까이에 자리하고 있다.

"가상 핵 공격 훈련도 진행됐죠?"

그가 덧붙인다.

"러시아도 최근 그러지 않았습니까."

"귀국 국경에서 50마일 떨어진 지점에서 그러진 않았죠."

그의 턱 근육이 씰룩인다. 도발적인 그의 톤에서는 공포도 묻어나고 있다.

러시아는 두려워하고 있는 게 분명하다. 두 나라 모두 전쟁을 원치 않는다. 어느 쪽도 승리할 수 없다는 걸 잘 알기에. 질문은 늘 똑같다. 과연 어디까지 밀어붙일 배짱이 있는가? 그래서 우리는 최대한 신중하게 한계점을 정해야 한다. 상대가 그 선을 넘었음에도 반응하지 않으면 우리는 신뢰를 잃게 된다. 상대가 선을 넘었을 때 즉각 조치에 들어가면……. 그것은 양측 모두가 원치 않는 전쟁이고.

"총리님, 제가 총리님을 이 자리에 모신 이유를 잘 아실 겁니다. ……바이러스."

그가 짙은 눈썹을 씰룩이며 눈을 깜빡인다. 갑작스러운 화제 전환에 당황하는 모습이다. 하지만 그것은 능청스러운 연기에 불과하다. 분명 그도 예상했을 것이다.

"2주 전쯤 바이러스 침입 사실을 알게 됐습니다."

나는 말한다.

"우린 가장 먼저 군사 공격의 가능성을 떠올렸어요. 만약 바이러스가 우리 군의 효율성에 장애를 입혔다면 그건 적의 공격에 취약해졌다는 의미일 테니까요. 총리님, 그래서 우린 즉시 두 가지 조치를 취했습니다. 첫째, 우린 대륙 봉쇄를 재현했습니다. 한마디로, 처음부터 다시 시작했다는 뜻이죠. 쓸데없는 시간 낭비라 불러도 좋고, 역설계라 불러도 좋아요. 우린 운용 체계를 재건했습니다. 바이러스에 감염됐을 가능성이 있는 모든 장치들을 딱 끊어 버렸죠. 새 서버, 새 컴퓨터……. 모든 걸 새것으로 교체했습니다. 우린 가장 중요한 것들부터 챙기기 시작했습니다. 전략 방어 시스템, 원자력 발전소……. 그런 것들을 바이러스 없는 청정 상태로 되돌려야 했죠. 그게 급선무였습니다. 다행스럽게도 그 부분은 성공적으로 완료됐습니다. 지난 2주간 그 작업에만 매달린 결과죠. 어쨌든 우린 해냈습니다. 미국 본토의 모든 군사작전 기반 시설을 재건했어요. 처음 지을 때 한번 해 봤던 작업이라 생각처럼 힘들진 않았습니다."

볼코프는 무표정한 얼굴로 묵묵히 듣고만 있다. 그는 나를 믿지 않는다. 내가 그를 믿지 않는 것처럼. 우리는 이 내용을 널리 알리지 않았다. 군사 기반시설 재건 작업은 당연히 비밀리에 진행됐다. 제대로 확인할 방법이 없는 그의 입장에서는 내 주장이 속 빈 엄포로만 여겨질 수도 있을 것이다.

이제는 그가 직접 확인이 가능한 부분에 대해 얘기할 차례다.

"그와 동시에 우리가 한 일은, 해외 군사 기반시설과 본토 간의 접속을 끊어 버린 것입니다. 역시 같은 방식의 역설계라 할 수 있죠. 요약해 말하자면, 본토 기반시설에 의존해 온 유럽 무기고의 전산화된 모든 시스템을 새것으로 싹 갈아치웠다는 뜻입니다. 덕분에 이제는 독자적 운용이 가능해졌습니다. 미국 본토의 모든 시스템이 붕괴되고, 모든 컴퓨터가 마비돼 버리면……."

볼코프의 눈 속에서 무언가가 흐릿해진다. 그가 눈을 깜빡이며 고개를 돌렸다가 이내 나를 휙 돌아본다.

"분명히 밝혀 두고 싶었습니다, 총리님. 누군가가 미국 본토의 군사 작전 시스템을 완전히 파괴해 버린다 해도 우린 유럽의 자원을 신속하게 동원해 바이러스를 뿌린 적국에 군사적으로 반격할 수 있습니다. 우리가 난처한 상황에 빠져 있을 때 감히 공격을 감행하는 그 어떤 나라도 가차 없이 타격할 수 있고요. ……유럽에서 진행된 군사 훈련은 불가피했습니다."

나는 잠시 숨을 고르고 말한다.

"좋은 소식은 훈련이 아주 성공적으로 마무리됐다는 사실입니다. 이미 알고 계시겠지만요."

그의 안색이 변해 가는 중이다. 그도 알고 있는 게 분명하다. 러시아는 우리 군사 훈련을 유심히 지켜봐 왔을 것이다. 체면상 모르는 척 능청을 떨고 있을 뿐.

진실을 알고 싶은가? 2주라는 짧은 기간 동안 우리가 챙길 수 있는 과업은 많지 않았다. 새 시스템이 그저 임시방편에 불과하다는 걸 아는 사람은 우리 장군들밖에 없다. 기존 시스템과 비교하면 새 시스템의 운용 능력은 암담한 수준이다. 하지만 그들은 새 시스템이 충분히 효과적이고 보안상 안전하다고 장담한다. 명령은 제대로 하달될 것이고, 미사일은 오류 없이 발사될 것이며, 표적들은 정밀하게 타격될 거라고.

"만에 하나—."

나는 계속 이어 나간다.

"바이러스가 미국 본토의 작전 네트워크를 감염시킨다 해도 우린 유럽의 NATO 기지에서 어떤 형태로든 즉각 전쟁에 임할 수 있습니다. 핵전쟁이든, 공중전이든, 재래전이든. 우리는 이 바이러스를 퍼뜨린 적국은 물론, 이 힘든 시기를 틈타 미국이나 우리 동맹국들을 공격하는 모든 상대를 압도적인 전력으로 응징할 것입니다. 러시아를 콕 집어 얘기하는 건 아닙니다. 그저 적잖은 NATO 동맹국이 러시아에 인접해 있다는 사실이 우려스러울 뿐이죠. 사실상—."

나는 잠시 뜸을 들인다.

"러시아의 뒤뜰에 옹기종기 모여 있는 것이나 다름없지 않습니까."

볼코프의 눈썹이 심하게 씰룩인다. 노야의 지적대로, 크렘린은 러시아 국경 지역까지 NATO의 세가 확장된 사실을 무척 우려하고 있다.

"하지만 만약 체르노케프 대통령께서 확언하신 것처럼 러시아가 이번 바이러스와 아무 상관이 없다면, 그리고 러시아가 이 틈을 노려 우리를 공격하지 않는다면, 러시아는 걱정할 게 없습니다."

나는 한 손을 살랑여 보인다.

"조금도요."

그가 천천히 고개를 끄덕인다. 여유만만했던 모습은 더 이상 찾아볼 수가 없다.

"모두에게 같은 입장을 표명할 겁니다. 우리는 이 바이러스를 퍼뜨린 원흉을 반드시 색출해 낼 거예요. 그리고 바이러스가 기어이 우리 시스템에 대미지를 입힌다면 우린 그걸 전쟁 행위로 간주할 겁니다."

볼코프는 계속해서 고개만 끄덕일 뿐이다. 그가 마른침을 삼킬 때마다 후골이 위아래로 들썩인다.

"우리가 먼저 공격하는 일은 없을 겁니다, 총리님. 엄숙히 맹세하겠습니다. 하지만 그 누구로부터든 공격을 받게 되면 우린 반드시 반격할 겁니다."

나는 총리의 어깨에 손을 얹는다.

"이런 우리 입장을 체르노케프 대통령께 잘 전달해 주십시오. 속히 쾌차하시길 빈다는 말씀도 전해 주시고요."

나는 그의 앞으로 살짝 몸을 기울인다.

"러시아도 이 바이러스를 막는 데 최대한 힘을 보태 줄 거라 믿어 의심치 않습니다."

63

노야 바람과 나는 부두에 나란히 서서 호수를 바라보는 중이다. 맹렬히 이글거리는 한낮의 태양은 일렁이는 수면 위로 눈부신 빛줄기를 뿌려 대고 있다. 평온하고 아름다운 풍경은 임박한 비운에 대한 불안감과 기괴한 대조를 이루고 있다. 쿠바 미사일을 놓고 케네디와 흐루쇼프가 신경전을 벌였을 때만큼이나 위중한 상황이다.

나는 기어이 한계점을 정해 놓고 말았다. 이제 그들은 바이러스에도 불구하고 우리 군사 시설이 운용 가능한 상태라는 걸 알게 됐다. 만약 그들이 이 바이러스를 심어 놓았고, 그것이 끝내 활동을 개시한다면 우리는 그것을 선제공격으로 간주하고 그에 맞춰 대응하게 될 것이다.

비밀 경호국 요원 하나가 독일과 이스라엘 보안요원들과 함께 부두 근처를 지키고 있다. 기슭에서 50야드쯤 떨어진 곳에는 세 남자가 탄 25피트짜리 회색 모터보트가 떠 있다. 그중 두 명은 한가하게 낚싯대를 드리워 놓은 상태다. 라지마우스 배스*나 메기를 낚으려는 게 아니라 그냥 전시용일 뿐이다. 세 사람 모두 비밀 경호국 요원이다. 경호국은 내 지시에 따라 어린아이가 딸리지 않은 요원들만 추려 데려왔다. 그들이 탄 보트는 국토안보국과 연안 경비대가 사용했던 디펜더급 '찰리' 보트다. 얼마 전 비밀 경호국이 관타나모만灣에서 잽싸게 챙겨 온 것이다. 평범해 보이는 모터보트이지만 사실 선체는 장갑이 돼 있어 총알이 뚫지 못한다. 요원들은 선실 양옆에 하나씩 설치된 기관총과 이물에 설치된 50구경 기관총을 방수포로 덮

---

* largemouth bass, 입이 큰 북미산 송어의 일종

어 놓았다.

그들은 사유 공간인 작은 만을 대형 인공 저수지로부터 보호하는 좁은 물길을 떠다니는 중이다.

나는 오두막으로 통하는 오솔길을 돌아본다. 잔디에 세워진 검은 텐트 쪽을.

"볼코프가 공훈 배지를 노리는 모양입니다. 저 텐트를 정신없이 들락거리는 걸 보면요."

지난 세 시간 동안 볼코프는 모스크바에서 쉴 새 없이 걸려 오는 전화를 받느라 텐트를 숱하게 드나들었다.

"그가 당신 말을 곧이곧대로 믿었다는 뜻이겠죠."

노야가 말한다.

"오, 그들은 우리가 역공 능력을 충분히 갖추고 있다고 믿고 있어요. 그때 진행한 군사 훈련을 눈에 불을 켜고 지켜봤을 테니까요. 우리가 정말 반격에 나설 것으로 믿는지는 또 다른 문제겠지만."

나는 본능적으로 손을 내려 지갑이 든 주머니에 얹는다. 지갑에는 핵 코드가 고이 보관돼 있다.

노야가 나를 돌아본다.

"상황이 오면 정말 반격할 수 있겠어요?"

답하기 어려운 질문이다.

"총리님이라면 어떻게 하시겠습니까?"

그녀가 끙 앓는 소리를 내며 말한다.

"바이러스가 공격을 개시했다고 상상해 봐요. 경제 붕괴, 패닉, 집단 히스테리. 그런 대혼란 속에서 러시아로 군대를 보낼 수 있겠어요? 모스크바에 핵미사일을 날릴 수 있겠어요?"

"그들도 똑같이 대응하겠죠."

"맞아요. 전례 없는 국내 문제로 골머리를 썩고 있는 상황에서 수백만 명의 국민이 핵방사선에 노출되기라도 하면, 그땐 정말 감당할 수 있겠어요?"

나는 두 손을 무릎에 얹고 허리를 숙인다. 초조할 때마다 나오는 오랜 버릇이다. 야구선수로 마운드에 섰을 때부터.

"하지만 다른 일면으로는—."

그녀가 다시 말한다.

"어떻게 아무 대응도 안 할 수 있겠어요? 보복이 없으면 모두가 미국을 어떻게 생각하겠어요? 어떤 식으로든 반드시 보복은 해야 하잖아요. 안 그런가요?"

나는 잔디에서 돌멩이를 하나 집어 들고 호수를 향해 힘껏 던진다. 한때 내 주 무기는 무시무시한 속구였다. 만약 이라크 시절 블랙호크 헬리콥터에서 떨어져 어깨를 다치지 않았다면 나는 지금 이곳에 있지 않을 것이다.

"미국은 반드시 보복할 겁니다. 우리가 보복하지 않는 시나리오는 없습니다."

그러자 그녀가 말한다.

"아무래도 합참 본부 입장에선 재래전을 선호하겠죠?"

물론 그렇다. 핵전쟁은 오로지 부정적 결과만을 낳게 된다. 선택의 여지가 없을 때, 즉 상대가 먼저 발사했을 때만 우리도 발사할 수 있다. 아직까지 그런 불상사가 벌어지지 않고 있는 것도 다 그런 이유 때문이다. 상호 확증 파괴를 피하기 위해서.

"러시아에 지상 공격을 가하는 옵션은요? NATO 동맹국들이 함께한다 해도 아주 길고 피비린내 나는 전쟁이 될 텐데요."

"우리가 이길 겁니다."

나는 말한다.

"결국엔 그렇게 될 거예요. 체르노케프는 어떻게 나올까요? 핵무기를 쓰지 않겠습니까? 궁지에 빠져 있는 데다가 어차피 쫓겨날 운명이라면 잃을 것도 없을 테니까요. 자기부터 살고 보려고 바둥거릴 게 뻔합니다. 국민들은 안중에도 없겠죠."

"결국 핵재앙을 피할 수는 없겠군요."

"아무래도요. 우리가 러시아 홈그라운드에서 수천 명의 병사를 잃는다 해도 결국 그는 핵을 발사할 겁니다."

노야는 한동안 침묵을 지킨다. 하긴, 그녀가 무슨 말을 할 수 있겠는가.

"걱정하지 마십시오."

나는 두 손을 펼쳐 보인다.

"그럴 일은 없을 테니까요. 유일한 옵션은 그 빌어먹을 바이러스를 막아 내는 것뿐입니다. 그런 끔찍한 결정을 내려야 할 상황을 만들면 안 되겠죠."

"당신은 이미 할 만큼 했어요, 조니. 러시아를 코너로 몰아넣었으니 그쪽에서 현명하게 판단하겠죠."

나는 스트레스를 씻어 내려는 듯 두 손으로 얼굴을 북북 문지른다.

"그걸 기대하고 압박을 했던 겁니다."

나는 오두막으로 통하는 오솔길을 가리킨다.

"볼코프는 아직도 검은 텐트에 틀어박힌 채 수화기만 붙들고 있어요. 부디 그들이 우리 메시지를 심각하게 받아들여 주기를 바랄 뿐입니다."

"러시아가 아닐 가능성도 염두에 둬야 해요. 아직은 확인된 바가 없잖아요. 일본의 군사 훈련에 중국이 어떻게 반응하고 있죠?"

우리는 유럽에서와 마찬가지로 일본에서도 같은 규모의 훈련을 진행했다. 공중전과 핵전쟁 시뮬레이션.

"베이징이 불편한 심기를 드러냈어요. 우리 국방부 장관이 같은 대사를 읊어 줬죠. 본토 시스템과 관련 없는 신기술을 테스트했을 뿐이라고 말입니다. 물론 바이러스는 언급하지 않았어요. 하지만 만약 이 모든 게 중국 소행이라면 그들은 그 답변이 무엇을 암시하는지 알아차렸을 겁니다."

"보나 마나 평양이 무슨 생각을 하고 있을지 걱정하고 있을 걸요."

그렇다. 북한 독재자는 이번에도 예외 없이 불과 유황이 어쩌고 하는 독설을 늘어놓을 것이 분명하다.

노야가 내 팔뚝을 붙잡는다.

"위로가 될지 모르겠지만, 나였어도 당신과 똑같이 대응했을 거예요. 당신은 보란 듯이 군사력을 강화했어요. 볼코프에게는 최후통첩을 안겨 주었고, 이 바이러스를 막기 위해 이 분야 최고 권위자들을 신속히 모아 놓았어요."

"정말 큰 위로가 되네요."

나는 말한다. 우리는 돌아서서 왔던 길을 되돌아가기 시작한다.

"그럼 이 계획을 믿어 봐요."

우리는 뒤뜰의 검은 텐트로 다가간다. 러시아 보안요원들이 바짝 긴장한 채 서 있다. 그들이 옆으로 물러나자 볼코프 총리가 걸어 나온다. 그는 넥타이를 고쳐 매며 요원들을 향해 고개를 끄덕여 보인다.

"그가 지금 떠나면—."

나는 노야에게 속삭인다.

"우리 질문에 대한 답이 나온 것이나 다름없어요."

"핑계를 대겠죠. 그들 국경 부근에서 군사 훈련을 진행한 것에 대한 항의의 표시라면서 말이에요."

하긴. 하지만 그런 건 아무래도 상관없다. 만약 러시아인들이 내 협박에 발끈해 떠나 버린다면 그것은 이 모든 게 그들 소행이라는 것을 확인시켜 주는 것이나 다름없으니까.

볼코프가 돌아서서 우리를 쳐다본다.

"대통령님, 총리님."

노야를 처음 본 그가 정식으로 악수를 청하며 말한다.

그의 시선이 이내 내게로 돌아온다. 나는 아무 말도 하지 않는다. 공은 그에게로 넘어가 있으니까.

"체르노케프 대통령께서 이 끔찍한 바이러스를 막는 데 최대한 협조하겠다고 하셨습니다."

그가 오두막 쪽을 가리킨다.

"자, 들어가실까요?"

64

플랜 B.

때가 왔다. 그녀의 마지막 암살. 이 일만 끝나면 그녀는 큰 돈을 챙겨 배 속의 딸과 멀리 떠날 수 있을 것이다. 그녀의 딸은 사랑을 알게 될 것이다. 행복은 물론이고. 전쟁과 폭력은 책이나 뉴스를 통해서만 접하게 될 것이다.

그녀가 손목시계를 들여다본다. 거의 시간이 됐다.

그녀가 눈을 가늘게 뜨고 오후의 태양을 올려다본다. 보트의 흔들림이 입덧을 악화시켜 놓았지만 솟구친 아드레날린 덕분에 그녀는 용케 버텨 내고 있다. 그녀에게는 잠시 메스꺼워할 여유조차 없다.

그녀가 보트에 함께 탄 다른 멤버들을 흘끔 돌아본다. 모자와 낚싯대로 위장한 그들은 우스꽝스러워 보인다. 그녀가 그들 동료 둘을 죽인 후로 남자들은 그녀에게 가까이 접근하지 않았다. 하지만 그런 건 아무래도 상관없었다. 어차피 이번 임무에서 그들의 역할은 끝난 것이나 다름없으니까. 그녀를 현장으로 실어 나르는 것을 제외하면.

그녀는 이제 남자에 대해 재고할 필요가 있다. 연구 결과에 따르면, 두 명의 부모를 가진 아이들이 그렇지 못한 아이들에 비해 더 행복하고, 건강하고, 정서적으로 안정됐다고 한다. 그래서 그녀는 결혼에 대해 진지하게 생각해 보기로 했다. 상상은 안 되지만. 그녀는 지금껏 단 한 번도 남자의 필요성을 느껴본 적이 없었다.

섹스? 그녀에게 섹스는 치러야 할 대가다. 그녀 어머니는 세르비아 군인들에게 남편을 잃은 후 그들에게 섹스를 제공하는 대가로 두 아이를 집에서 돌볼 수 있게 됐다. 그들은 이슬람교도인 남편과 달리 그녀가 기독교도라는 이유를 들어 살려 주었다. 하지만 죽음을 면하게 해 준 진짜 이유는 바로 그녀의 숨막히는 미모였다. 그녀는 아이들을 위해 꾹 참고 매일 밤 군인들의 욕구를 해소시켜 주었다. 섹스는 매복한 군인들에게 붙잡힌 날 저녁, 시장에 나가 빵과 쌀을 훔치기 위해 그녀가 지불한 대가였다. 또한 그녀에게 장거리에서 라이플 쏘는 방법을 가르쳐 주기로 한 세르비아 군인, 란코에게 접근하기 위해 그녀가 지불한 대가이기도 했고.

물론 그녀가 자신의 아이를 갖기 위해 지불한 대가이기도 했다. 그녀를 임신시킨 제프리는 좋은 사람이었다. 그녀는 임신이라는 목표를 달성하기 위해 오랫동안 고심한 끝에 그를 적임자로 선택했다.

두뇌: 미국 예일 대학 출신의 방사선과 의사.

60

음악적 능력: 첼로 연주 가능.

운동신경: 대학 시절 럭비를 했음.

잘생긴 얼굴에 흠잡을 데 없는 골상. 직계 가족 중 암이나 정신질환을 앓은 이도 없다. 80대인 그의 부모는 아직 살아 있었다. 그녀는 그의 성적 능력을 극대화시키기 위해 일주일에 3회 이상 관계를 갖지 않았다. 그리고 임신 사실이 확인될 때까지 남아 있다가 아무 말도 없이 멜버른으로 홀연히 떠나가 버렸다. 그에게 자신의 본명조차 알려 주지 않은 채.

"시간 됐어."

한 남자가 손목시계를 톡톡 두드리며 말한다.

바흐는 산소통을 들쳐멘다. 또 다른 가방도 챙겨 든다. 케이스에 담긴 그녀의 라이플, 애나 마그달레나는 어깨에 걸쳐 놓는다.

그녀는 마스크를 쓰고 끈을 조절한 후 고개를 끄덕여 멤버들에게 신호한다. 그녀의 시선이 각 멤버를 차례로 훑어 나간다. 저들이 날 탈출지점까지 무사히 데려다줄까? 설마 임무를 완수하기가 무섭게 날 죽이려 드는 건 아니겠지? 내가 더 이상 쓸모없어지면?

보나 마나 후자일 것이다. 그건 그때 가서 고민하면 될 일이다.

보트에 걸터앉은 그녀는 몸을 뒤로 젖혀 호수로 떨어진다.

65

나는 통신실에서 CIA 국장, 에리카 비티와 통화하는 중이다. 대니는 늘 그녀를 스푸키*라고 부른다. 그녀가 오랫동안 정보국에 충성해 왔기 때문이 아니라, 그녀의 무뚝뚝한 태도와 반쯤 감은 듯한 눈 밑의 다크서클 때문이다.

"그녀가 그간 많은 걸 보고, 또 해 왔다는 거 알아. 동독이 그녀를 붙잡아 놓고 무슨 짓을 했는지 누가 알겠어? 하지만 내 머릿속에선 자꾸 요상한 이미지가 떠올라. 그녀가 생강 쿠키로 만든 집에서 가마솥을 휘휘 저어 대고 있는 모습 말이야. 가마솥 안엔 마녀의 묘약이 펄펄 끓고 있고."

그의 말대로 으스스하기는 하다. 하지만 그녀는 내가 국장 자리에 앉혀 놓은 스파이고, 세상 누구보다도 러시아에 대해 잘 아는 전문가다.

또한 그녀는 '암흑시대'를 외부로 유출했다는 의심을 받고 있는 여섯 명의 용의자 중 하나이기도 하다.

"그가 어떻게 나올 것 같아요, 에리카?"

그녀가 고개를 끄덕이며 내가 들려준 내용을 찬찬히 곱씹어 본다.

---

*   spooky, 으스스한: spook에는 '유령' 외에도 '스파이'라는 의미가 있음

[대통령님, 아무리 봐도 이건 체르노케프의 스타일이 아닙니다.]

그녀가 말한다.

[그는 무자비하지만 무모하진 않아요. 당연히 미국에 대재앙을 안겨 주고 싶겠지만 이런 방법은 위험 부담이 너무 크지 않습니까. 우리가 대대적으로 보복할 줄 뻔히 알면서 러시아가 왜 이런 일을 벌였겠습니까? 그가 잃을 게 너무 많은 도박을 했을 것 같진 않습니다.]

"그럼 이 질문에 한번 답해 봐요. 만약 이 바이러스가 그의 소행이라면, 그리고 우리가 군사력을 완전히 회복했음을 그가 알고 있다면, 과연 그는 어떻게 나올까요?"

[모든 계획을 포기하겠죠. 그가 떠안게 될 부담이 너무 크니까요. 아무리 패닉에 빠져 있어도 우린 언제든 러시아를 타격할 수 있지 않습니까. 대통령님, 러시아는 정말 아닐 것 같습니다.]

그때 내 휴대폰이 진동한다. C. 브룩.

"오늘은 여기까지 하죠, 에리카."

[컴퓨터 가까이에 계시나요?]

내가 응답하자 캐롤린이 묻는다.

잠시 후, 내 컴퓨터 화면에 분할 스크린이 떠오른다. 한쪽은 백악관에 틀어박혀 있는 캐롤린 브룩, 나머지 한쪽은 시사 프로그램『밋 더 프레스』진행자 토니 윈터스다. 정지된 화면 속의 그의 모습은 완벽 그 자체다. 단정하게 빗어 넘긴 머리 하며, 흐트러짐 없는 넥타이 하며. 그의 두 손은 번쩍 들려 있고, 멘트를 하던 중이었는지 입술은 작게 오므라져 있다.

[30분 전에 끝났습니다.]

캐롤린이 말한다.

[오늘 아침에 발췌 부분이 방송될 겁니다. 전체 인터뷰는 내일 아침에 방송될 거고요.]

나는 고개를 끄덕인다. 영상이 재생되기 시작한다.

윈터스의 멘트가 이어진다.

[대통령이 사라졌으며, 백악관 보좌진조차 그의 행방을 모르고 있다는 보도가 있었습니다. 부통령님, 대통령이 사라졌다는 게 사실입니까?]

캐시가 그 질문을 예상했다는 듯 고개를 끄덕인다. 그녀의 얼굴에는 침울한 표정이 떠올라 있다. 솔직히 나는 그녀가 피식 웃어 줄 줄 알았다. 세상에 그런 황당한 질문이 어디 있죠? 그녀가 손도끼처럼 한 손을 살짝 들었다 내린다.

[토니, 대통령께서는 이 나라 국민을 위해 밤낮을 가리지 않고 일하고 계십니다. 부족한 일자리를 만들고, 이 나라를 안전하게 지키고, 중산층에게 세금 감면 혜택을 선물하기 위해서 말이죠.]

[하지만 행방이 묘연한 건 사실이지 않습니까.]

[토니…….]

[대통령이 어디 계신지 아십니까?]

그녀가 정중하게 미소를 지어 보인다. 마침내.

[토니, 제 임무는 미국 대통령의 일거수일투족을 감시하는 게 아닙니다. 하지만 분명히 말씀드릴 수 있는 건 대통령께서 항상 보좌진과 비밀 경호국 요원들에게 에워싸여 계신다는 사실입니다.]

[보좌진조차 대통령의 행방을 모르고 있다는 보도가 있었는데요.]

그녀가 두 손을 펼쳐 보인다.

[답변할 가치가 없는 추측성 보도입니다.]

[보도를 보면 대통령이 워싱턴 밖에서 특별 위원회 청문회 준비에 한창이실 거라고 하더군요. 또 어떤 이들은 고질적인 혈액 질환이 도져서 모처에서 치료를 받고 계실 거라고 짐작하고 있습니다.]

부통령이 고개를 젓는다.

[여깁니다.]

캐롤린이 말한다.

[바로 이 부분입니다.]

[토니—.]

캐시가 말한다.

[비평가들은 당연히 대통령께서 신경 쇠약에 걸리셨기를 간절히 바라고 있을 거예요. 패닉에 빠져 워싱턴을 떠나 계시기를 말이죠. 하지만 전혀 그렇지 않습니다. 제가 대통령님의 행방을 알고 있는지 여부는 중요하지 않아요. 중요한 건 대통령께서 정부를 완벽히 관리하고 계시다는 사실입니다. 이 문제

에 대해서는 더 이상 언급하지 않겠습니다.]

영상은 여기서 끝이 난다. 나는 의자 등받이에 몸을 기댄다.

캐롤린이 기다렸다는 듯 폭발한다.

[비평가들이 대통령이 신경 쇠약에 걸렸기를 간절히 바라고 있을 거라고요? 대통령이 패닉에 빠져 워싱턴을 떠나 있기를 바랄 거라고요? 그녀가 비평가들에게 그러라고 떡밥을 던져준 거잖아요! 신경 쇠약? 미친 거 아니에요?]

"이것 때문에 연락한 건가요?"

나는 묻는다.

[방송국은 하루 종일 이 영상을 틀 거예요. 모든 언론사가 픽업해 확대 재생산할 거고요. 보나 마나 일요일자 신문 제1면엔 이 내용이 대문짝만하게 실리게 될 겁니다.]

"상관없어요."

[밤사이 쏟아진 보도 그 어디에도 신경 쇠약이나 도망이라는 단어가 언급돼 있지 않았어요. 그리고…….]

"캐리."

[대통령님, 이건 다 계산된 멘트였어요. 그녀는 신인 정치인이 아니라고요. 토니가 그 질문을 던지리라는 걸 그녀는 알고 있었어요. 그래서 사전에 어떻게 답변할지 미리 준비를…….]

"캐리! 무슨 얘긴지 알았어요. 그녀가 의도적으로 그랬다는 거, 그녀가 내 등에 칼을 꽂았다는 거, 잘 알겠어요. 그녀는 내게서 최대한 거리를 두려 하고 있는 거예요. 그러든지 말든지 난 상관 안 한다고요! 내 말 알아듣겠어요? 난, 상관, 안 해요!"

66

[그냥 가만히 있으면 안 되잖아요. 일이 이렇게 커져 버렸는데.]

"그보다 훨씬 시급한 문제가 있어요, 캐리. 아직 못 들었어요? 당장이라도 이 나라가 무너질 수 있단 말입니다. 이제⋯⋯."

나는 손목시계를 들여다본다. 막 2시가 지난 시간.

"열 시간 후면 토요일이 끝나 버려요. 그 전에 언제라도 이 나라가 불바다로 변해 버릴 수 있어요. 날 생각해 주는 건 고맙지만 지금은 오로지 이 문제에만 온 신경을 집중시켜야 할 때예요. 알겠어요?"

흥분을 가라앉힌 캐롤린이 눈썹을 씰룩인다.

[네, 대통령님, 죄송합니다. 그녀를 상황실에 붙잡아 두지 못한 것에 대해서도 사과드릴게요. 아무리 얘길 해도 들으려 하질 않더라고요. 비밀 경호국 요원들에게 그녀를 잡아 가두라고 지시할 수도 없고요.]

나도 심호흡을 하며 흥분을 가라앉힌다.

"그건 그녀 탓이지 당신 탓이 아니에요."

정치적 입장은 차치하고, 과연 캐시의 불충에 큰 의미를 둘 필요가 있을까? 어차피 캐시는 여섯 명의 용의자 중 하나로 줄곧 지목돼 왔는데.

만약 어젯밤 내가 죽었다면 지금쯤 그녀는 대통령 자리에 앉아 있었을 것이다.

"캐리, 그녀를 찾아봐요."

나는 말한다.

"내가 지하 2층 상황실을 지키라고 지시했다고 전해요. 그녀가 도착하면 내가 연락할 거라고도 전하고요."

66

바흐는 트윈 제트 반동 추진 엔진이 장착된 시크래프트에 자리를 잡고 앉아 핸들을 꼭 쥔다. 수영을 배우는 아이가 킥보드*를 붙잡고 있듯이.

그녀는 왼쪽 핸들의 초록색 버튼을 누르고 시크래프트를 아래로 향하게 한다. 그런 다음, 수심 30피트 지점까지 잠수한다. 그녀는 엔진 가속 버튼을 눌러 속도를 시속 10킬로미터까지 높인다. 목적지까지는 한참을 가야 한다. 그녀의 현재 위치는 거대한 호수 동쪽 끝자락이다.

[보트는 북쪽에 위치해 있음.]

그녀의 이어버드로 목소리가 흘러나온다.

[남쪽으로 방향을 틀어야 함. 왼쪽. 왼쪽으로.]

GPS와 레이더 장비로 무장한 그녀의 팀이 먼저 보트의 위치를 포착해 냈다.

그녀는 왼쪽으로 방향을 틀고 녹색을 띤 탁한 물과 수초 그

---

*   물차기 연습용의 널빤지

리고 물고기들을 헤쳐 나간다. 계기반의 GPS 화면에서 초록색 점이 깜빡이고 있다. 그녀의 목적지. 그 밑에는 남은 거리가 표시돼 있다.

1,800m…….

1,500m…….

그녀가 오른편 수면 위 보트를 올려다본다. 보트의 엔진이 물을 맹렬히 찍어 대고 있다. 수상스키가 물살을 가르며 그 뒤를 바짝 따른다.

그녀는 멈추지 않는다. 수심이 깊어 발각될 우려는 없다. 그녀는 속도를 높여 그들을 앞서 나간다.

그녀는 시크래프트의 성능에 만족했다.

1,100m…….

그녀는 다시 속도를 낮춘다. 수심이 가장 깊은 곳은 50미터쯤 되지만 기슭이 가까워져 올수록 바닥이 빠르게 솟아오르는 게 느껴진다. 시크래프트가 바닥과 충돌하는 것만은 피해야 한다.

[멈춰. 멈춰. 움직이지 마. 가만히 있어. 보초. 보초.]

기슭을 900미터 남겨 둔 지점에서 그녀가 멈춰 선다. 그녀는 핸들에서 손을 떼고 더 밑으로 내려갈 준비를 한다. 보안요원 하나가 기슭 근처 숲속을 지키고 있는 모양이다. 비밀 경호국 요원인지, 독일 측 요원인지, 이스라엘 측 요원인지 알 길은 없지만.

숲에 나온 요원은 많지 않을 것이다. 1천 에이커에 달하는 우거진 숲을 철통같이 감시하려면 수백 명의 요원을 곳곳에 배치해 두어야만 한다. 하지만 지금은 감시가 삼엄하게 이루어지지 않고 있다.

전날 밤, 요원들은 숲 전체를 꼼꼼히 살펴봤을 게 분명하다. 대통령이 도착하기 전에.

하지만 지금은 숲 전체를 순찰할 여력이 없을 것이다. 그들 대부분은 오두막 안팎과 부두, 그리고 숲이 끝나는 뒤뜰에 촘촘히 배치돼 있을 테니까.

[이제 됐어.]

목소리가 알려 온다.

그녀는 1분쯤 더 기다렸다가 다시 출발한다. 기슭을 300미터 남겨 둔 지점에서 그녀는 엔진을 끈다. 작고 재미있는 탈것에 남은 탄성력이 그녀를 수면 가까이로 데려가 준다. 마치 서핑 보드를 타고 기슭으로 미끄러져 나가는 기분이다. 그녀는 산소통, 라이플, 가방이 노출되지 않도록 몸을 최대한 낮춘다.

마침내 기슭에 오른 그녀는 스쿠버 마스크를 벗고 신선한 공기를 깊이 들이쉰다. 다행히 주위에는 보안요원이 보이지 않는다. 굽어진 코스라 부두의 경호원들은 그녀를 절대 볼 수 없다.

그녀는 시크래프트와 스쿠버 기어를 숨겨 놓을 장소로 이동한다. 그런 다음, 신속히 기어를 벗고 가방에서 마른 작업복을 꺼내 걸친다. 수건을 이용해 머리와 목의 물기를 털어 낸 후에는 얼굴에 위장 크림을 발라 나간다.

그녀는 케이스에서 라이플을 꺼내 어깨에 둘러멘다. 허리에 찬 휴대 무기를 체크하는 것도 잊지 않는다.

그렇게 모든 준비가 끝났다. 이제는 그녀 홀로 움직일 차례다. 늘 그래 왔듯이.

67

바흐에게 숲은 완벽한 은신처였다. 높이 우거진 나무들이 햇빛을 차단해 준 탓에 상대의 시야는 그다지 좋지 않을 것이다. 어둠 속에서 빛줄기가 간간이 스며들면 착시 효과를 일으킬 수도 있다. 숲은 그녀가 은신하기에 최적의 공간이다.

그녀의 정신은 어느새 트레베비치산으로 돌아가 있다. 그녀는 어린 자신에게 동정심 때문인지 섹스 때문인지, 아니면 그 둘 다 때문인지, 아주 성심껏 라이플 쏘는 법을 가르쳐 준 세르비아 군인, 란코를 떠올린다. 그의 허를 찌르고 나서 필사적으로 달아났던 순간도.

* * *

"이번에도 팔을 너무 많이 썼잖아!"

폭격당한 나이트클럽에 나란히 앉아 있을 때 란코가 말했다. 나이트클럽은 저격수의 산속 은신처로 쓰이고 있었다.

71

"난 도무지 널 이해할 수가 없어. 저번엔 100미터 떨어져서 그루터기에 놓인 맥주병을 명중시켰으면서, 왜 오늘은 자꾸 초보처럼 구는 거지? 딱 한 번만 더 보여 줄게."

그가 그녀에게서 라이플을 낚아채 들고 자세를 취한다.

"이렇게 단단히 붙잡고 있어야지."

그가 말했다. 바로 그때, 무섭게 날아든 부엌칼이 그의 목에 깊숙이 파고들었다.

그녀는 어느새 자신의 분신이 돼 버린 그의 라이플을 집어 들고 사라예보가 바라다보이는 쪽 나이트클럽 창문을 열었다. 그녀의 총구는 란코의 동지들을 겨누었다. 단지 이슬람교도라는 이유로 그녀 아버지를 때려죽이고, 그의 가슴에 십자가를 새겨 넣기까지 했던 세르비아 군인들.

탕, 탕, 탕, 탕, 탕.

라이플은 빠르게 불을 뿜으며 군인들을 쓰러뜨려 나갔다. 마지막 남은 군인이 총을 떨어뜨리고 나무들 쪽으로 달아났다.

그 후 그녀는 산속에서 일주일 이상 숨어 지냈다. 배고픔과 갈증, 그리고 추위와 싸워 가며 부지런히 걸음을 옮겨 나갔다. 같은 자리에 머무르는 건 위험했다. 그녀는 여섯 명의 세르비아 군인을 죽였다. 한 명은 가까이서 해치웠고, 나머지는 100미터 떨어진 지점에서 저격해 쓰러뜨렸다. 성난 추격자들이 그녀를 가만둘 리 만무했다.

***

가방과 라이플을 둘러멘 그녀는 조심스레 걸음을 옮겨 나가기 시작한다. 발을 디딜 때 체중을 싣지 않으려 애쓰면서. 그녀 오른편에서 무언가가 불쑥 튀어나온다. 순간 그녀의 가슴이 철렁 내려앉는다. 그녀는 본능적으로 허리에 찬 권총에 손을 얹는다. 순식간에 사라진 작은 짐승은 토끼나 다람쥐인 듯했다. 그녀는 솟구쳤던 아드레날린이 쫙 빠져나갈 때까지 잠시 기다린다.

[북쪽으로 2킬로미터.]

이어버드에서 남자의 목소리가 흘러나온다.

그녀는 계속해서 발소리를 죽인 채 걸음을 옮겨 나간다. 본능은 그녀에게 신속히 움직일 것을 주문하지만 그녀는 그 함정에 빠지지 않는다. 그녀는 이곳 지리에 밝지 않다. 평소처럼 사전 정찰을 하지 못한 탓이다. 땅은 어둡고 울퉁불퉁하다. 빛이 거의 스며들지 않는 데다가 덤불과 나무뿌리와 잔가지까지 한데 뒤섞여 이동이 쉽지 않다.

그녀는 한 걸음 내디디고 멈춰 서서 귀를 쫑긋 세우기를 반복한다. 한 걸음, 멈추고 듣기. 또 한 걸음, 멈추고…….

움직임.

먼발치 나무 뒤에서 무언가가 불쑥 튀어나온다.

희끗희끗한 털을 가진 짐승은 대형견보다도 몸집이 크다. 경계하듯 쫑긋 세워진 귀, 기다란 주둥이, 그녀를 노려보는 까만 눈.

늑대가 살 만한 곳은 아닌데. 코요테인가? 분명 코요테일 거야.

73

코요테는 그녀의 목적지를 가로막고 서 있다.

그때 또 한 마리가 모습을 드러낸다. 같은 크기의 두 번째 코요테가 고개를 번쩍 쳐들고 그녀를 바라본다.

바흐의 왼편에 나타난 세 번째 코요테는 몸집이 작고 나머지 녀석들보다 짙은 색 털을 가졌다. 코요테의 입에서는 무언가가 뚝뚝 떨어지고 있다.

네 번째 코요테는 그녀 오른편에 버티고 있다. 총 네 마리가 반원형 대형을 이루고 있는 것이다.

방어적 대형. 어쩌면 공격을 위한 대형일 수도 있고.

보나 마나 후자일 거야. 그녀는 생각한다.

여덟 개의 번뜩이는 눈이 그녀에게 고정돼 있다.

그녀가 앞으로 한 걸음 내디디자 나지막한 으르렁거림이 들려오기 시작한다. 첫 번째 코요테가 들쭉날쭉한 송곳니를 드러낸 채 주둥이를 바르르 떨고 있다. 나머지 세 마리도 우두머리의 리드에 따라 일제히 이를 내보이며 으르렁거린다.

코요테들이 맞나? 그렇다면 인간을 무서워할 텐데.

'먹이.'

그녀는 생각한다. 가까이에 먹이가 있거나 이미 신나게 포식 중인지도 모른다. 죽은 사슴처럼 크고 맛있는 무언가를.

놈들이 그녀를 먹이로 여기고 있지 않다면.

그녀에게는 이러고 있을 시간이 없다. 여기서 코스를 벗어나면 위험 부담이 너무 커진다. 둘 중 하나가 물러나야 한다면 그건 녀석들이어야만 한다.

그녀는 조심스레 권총을 뽑아 든다. 긴 소음장치가 붙은 시그 사우어SIG Sauer.

우두머리 코요테가 고개를 내리고 더 큰 소리로 으르렁거린다. 이까지 딱딱 부딪쳐 대면서.

총구가 코요테의 눈 사이에 잠시 겨누어졌다가 이내 귀 쪽으로 올라간다. 그녀가 방아쇠를 당기자 '슛' 하는 소리와 함께 총이 발사된다.

외마디 비명을 지르며 휙 돌아선 코요테가 발광하며 달아난다. 귀 끝에 얕게 난 자상처럼 아픈 것도 없다. 나머지 놈들도 우두머리를 따라 달아나 버린다.

네 마리가 사방에서 일제히 달려들었다면 정말 골치 아플 뻔했다. 놈들을 사살하느라 아까운 탄약을 많이 뿌렸을 것이고, 그 과정에서 불필요한 소음이 꽤 생겼을 테니까.

우두머리만 쫓으면 손쉽게 해결될 일을.

인간이든 짐승이든, 원시적이든 문명화됐든, 대부분 리드를 당하고 싶어 하는 경향이 있다.

우두머리를 처치했을 때 무리의 나머지가 패닉에 빠지게 되는 이유다.

68

"총리님께서 직접 하시는 게 좋을 것 같습니다."

나는 리히터 총리에게 말한다. 우리는 오두막의 거실에 모여 토론을 이어 가는 중이다.

"유럽 연합 정상들은 총리님을 전적으로 신뢰하고 있어요. 이미 널리 알려진 사실 아닙니까."

"그건 그렇지만……."

리히터가 커피 컵과 받침을 내려놓을 만한 공간을 찾아 잠시 헤맨다. 생각할 시간을 벌려는 것이다. 그는 유럽 연합에서 가장 오래 집권했을 뿐만 아니라, 가장 영향력 있는 정상이다. 그런 그의 자존심을 세워 줘서 나쁠 건 없다.

만약 바이러스가 작동을 시작하면, 그래서 당장 전쟁을 선언해야 할 상황이 온다면, 나 또한 프랑스, 영국, 스페인, 이탈리아, 그리고 나머지 NATO 회원국 정상들에게 차례로 연락해 같은 용건을 늘어놓게 될 것이다.

만약 우리가 러시아나 이 사건 배후국과 전쟁에 돌입하게 된다면, 미국 대신 다른 회원국이 북대서양 조약 5조를 언급하는 게 바람직하다. 아니, 그보다는 모든 NATO 회원국이 하나가 되어 발의하는 것이 훨씬 모양새가 좋을 것이다. 아무래도 9/11 테러 사태의 후유증이 남아 있을 테니. 무너진 초강대국이 애원하는 것보다는 모두의 자발적인 결정인 것처럼 비치는 편이 낫다.

내가 예상했던 대로 그는 선뜻 답을 내놓지 않는다. 나는 지금껏 위르겐 리히터가 이토록 당혹해하는 모습을 본 적이 없다.

한쪽 구석에 놓인 텔레비전에서는 나쁜 소식이 연이어 흘러

나오고 있다. 테러 행위에 의해 오염된 로스앤젤레스 상수도. 일본에서 진행된 합동 군사 훈련에 자극받은 북한의 탄도 미사일 시험 협박. 대통령 내각의 절반이 사퇴한 온두라스의 사회적 불안. 사우디아라비아 국왕 암살 음모 사건과 관련된 새로운 소식들. 하지만 톱뉴스는 곧 있을 특별 위원회 청문회에서 증언하게 될 미국 대통령 소식이다. 부통령의 작품. 분명 무수한 의문이 쏟아져 나올 것이다. 대통령이 정말로 신경 쇠약에 걸렸는지. 정말로 그가 패닉에 빠져 도망치듯 워싱턴을 떠나 버렸는지.

내 휴대폰이 진동한다. FBI 리즈. 어색한 침묵으로부터 총리를 구해 준 고마운 전화다.

"실례하겠습니다."

나는 주방으로 들어가 뒤뜰의 검은 텐트와 그 너머 숲을 내다본다.

"얘기해요, 리즈."

[비밀 경호국 요원들이 다리에서 사살한 팀 멤버들 있지 않습니까.]

FBI 국장 대행, 엘리자베스 그린필드가 말한다.

[그들의 신원이 확인됐습니다.]

"그래요?"

[라트니치Ratnici라는 조직의 멤버들입니다. 우리말로 '전사들'이라는 뜻인데요, 용병들입니다. 세계 각지에서 모였더군요. 모두 과거가 아주 화려합니다. 마약 단속국이 콜롬비아에

서 작전을 벌였을 때 고용한 적도 있었고요, 수단에서는 반란군 편에 섰다가 정부의 설득으로 진영을 바꾸기도 했습니다. 또 반란을 일으킨 ISIS를 소탕하기 위해 튀니지 정부가 고용한 적도 있었답니다.]

"우리가 짐작했던 대로군요. 추적 불가능한 컷아웃*."

[하지만 라트니치는 무료 서비스를 제공하지 않습니다. 그들은 군인이지 이론가들이 아닙니다. 누군가가 대가를 지불하고 그들을 고용한 것이죠. 작업의 스케일을 봤을 때 천문학적인 액수가 오갔을 게 분명합니다.]

"그렇군요. 수고했어요. 그럼 이제 놈들의 돈줄을 추적해 봐야 하겠군요."

[이미 추적 중입니다, 대통령님. 이게 결정적인 단서가 돼주리라 기대하고 있습니다.]

"계속 수고해 줘요. 최대한 빨리."

나는 말한다. 그때 뒤에서 지하로 통하는 문이 열린다.

우리 기술팀의 미국인들이 담배 냄새를 풍기며 올라온다. 데빈 위트머와 케이시 알바레즈. 꽉 막힌 지하에서 담배를 피워 댄 건 아마 유럽인 멤버들이었을 것이다.

데빈은 더 이상 스포츠 재킷을 걸치고 있지 않다. 그의 셔츠 자락은 바지에서 삐져나와 있고, 소매는 걷혀 올라가 있다. 진이 빠져 핼쑥한 얼굴에서 야릇한 미소가 엿보인다.

---

* 스파이 등의 비밀활동 단원 간의 접촉을 숨기기 위해 쓰이는 회사

포니테일이 거의 풀려 버린 케이시가 안경을 벗어 쥐고 눈을 비벼 댄다. 나는 살짝 올라간 그녀의 입꼬리에 주목한다.

기대감에 가슴이 설레기 시작한다.

"찾았습니다, 대통령님."

데빈이 말한다.

"바이러스를 찾아냈습니다."

69

한 걸음, 멈추고 듣기.

또 한 걸음, 멈추고 듣기.

사라예보 시장에서 먹을 것을 찾아 헤맬 때 그랬듯이. 동지 여섯 명을 죽인, 이슬람교도의 피가 섞인 보스니아 소녀를 찾으러 온 세르비아 군인들을 피해 산비탈에 숨어 있을 때 그랬듯이.

일주일 후, 용기를 내어 산을 내려와 집으로 돌아갔을 때 그랬듯이.

집은 이미 전소된 후였다. 당당히 서 있었던 이층집은 그새 재와 돌무더기로 변해 있었다.

그 옆 나무에는 그녀의 어머니가 알몸으로 묶여 있었다. 칼로 목이 그어진 채.

2킬로미터. 뛰어가면 12분 내로 도착할 수 있는 거리다. 그것도 완전군장 상태로. 걷는다면 20분 정도 걸릴 것이다. 하지만 이토록 경계하며 걷는다면 40분 이상 걸릴 게 분명하다.

이따금 작은 짐승들이 튀어나와 그녀를 긴장시킨다. 그녀를 보고 화들짝 놀라 얼어붙어 있다가 이내 황급히 달아나 버린 사슴도 몇 마리 있었다. 하지만 코요테는 더 이상 보이지 않는다. 무장한 여자 인간에 대한 소문이 퍼졌기 때문일까.

그녀는 숲의 동쪽 물가를 따라 북쪽을 향해 묵묵히 이동해 나간다. 순찰대가 있다면 이쪽보다는 북쪽이나 남쪽, 또는 서쪽에서 나타날 가능성이 크다.

마침내 그녀는 숲에 들어와 본 것 중 가장 큰 나무에 도착한다. 높이 60피트, 몸통 지름 2피트. 미터법으로 바꾸면 각각 18미터와 60센티미터쯤 될 것이다. 꽤 높고 가느다란 나무다.

그녀는 바로 이곳에서 그를 암살하게 될 것이다.

우거진 나무의 가지들은 그녀가 부담 없이 딛고 오를 수 있을 만큼 튼튼하다. 하지만 아래서 올려다보면 손으로 붙잡을 만한 부분이 눈에 들어오지 않는다. 랜야드*와 스파이크 신발이 있다면 좋겠지만 그것들은 너무 크고 무거워 운반이 쉽지 않다.

그녀는 가방에서 끝을 올가미처럼 매듭지어 놓은 로프를 꺼낸다. 그리고 그것을 가장 낮게 늘어진 가지를 향해 힘껏 던진다. 땅에서 4미터쯤 떨어진 높이다. 약 13피트. 그녀는 세 번의

---

*   보트에서 잭나이프나 페일 등에 연결된 라인

시도 만에 올가미를 가지에 걸쳐 놓는 데 성공한다. 올가미가 내려오면서 반대쪽 로프가 스르르 올라간다.

올가미를 낚아채 든 그녀가 반대쪽 로프 끝을 구멍에 꿰어 넣는다. 그런 다음, 잔가지에 걸리지 않도록 로프를 서서히 당겨 올가미를 다시 올린다. 굵은 나뭇가지에 도착한 로프가 한데 모여 매듭을 이룬다.

그녀는 다시 배낭과 라이플을 메고 로프를 움켜잡는다. 최대한 신속하게 움직여야만 한다. 가지가 제대로 버텨 줄지 알 길이 없으니 오르는 시간을 줄일수록 좋다.

그녀는 심호흡으로 메스꺼움을 잠재운다. 하지만 진이 빠진 몸은 부들부들 떨리고 있다. 그녀는 두 다리를 쭉 뻗고 눈을 질끈 감은 채 깊은 잠에 빠져드는 자신을 상상해 본다.

그녀의 팀이 그녀를 혼자 보내려 했던 이유가 있다. 그들은 원래 숲에 열 명에서 열두 명 정도의 인력을 배치해 두려 했다. 그녀는 아무래도 상관없지만 위험 부담이 너무 커질 수 있었다. 숲속 순찰대의 규모를 미리 가늠하기란 불가능에 가까웠다. 그녀 혼자 이곳에 다다르는 것도 쉬운 일이 아니었다. 만약 열두 명이 함께 움직였다면 순찰대에게 발각될 확률도 열두 배는 높아졌을 것이다. 칠칠찮은 멤버의 사소한 실수가 이 엄중한 작전을 실패로 이끌 수 있다.

그녀는 마지막으로 주변을 살펴본다. 아무것도 보이지 않고, 아무것도 들리지 않는다.

그녀는 로프를 잡고 나무를 오르기 시작한다. 가위처럼 포갠 다리 사이에 로프를 끼고, 있는 힘을 다해 두 손을 빠르게 놀려 나간다.

나뭇가지에 다다른 순간 그녀의 귀가 번쩍 뜨인다.

먼발치서 아득하게 들려온 소음. 작은 짐승이 달아나는 소리는 아니다. 포식동물의 나지막한 으르렁거림도, 맹렬히 짖어 대는 소리도 아니다.

사람 목소리. 누군가가 그녀 쪽으로 다가오는 중이다.

웃음소리가 생기 넘치는 재잘거림으로 바뀐다.

다시 내려가 총을 뽑아 들어야 하나? 저들이 가지에 걸린 로프를 보게 되면 어쩌지?

목소리는 점점 크게 들려온다. 또다시 웃음이 터진다.

그녀는 로프에서 뗀 다리를 나뭇가지에 단단히 꼬아 놓는다. 가지가 위태롭게 흔들리기 시작한다. 미동도 없이 매달려 있으면 발각될 염려는 없을 것이다. 움직임만큼 시선을 잡아 끄는 건 없으니까. 색이나 소리보다도.

하지만 재수 없게 가지가 부러지기라도 하면 모든 게 수포로 돌아가게 된다.

그녀는 가지를 꼭 붙들고 기다린다. 지금처럼 공중에 붕 뜬 상태에서는 쉽지 않은 일이다. 두 팔은 떨어져 나갈 것 같고, 눈으로는 땀이 스며든다.

서쪽 나무들 틈으로 두 사람이 다가오는 게 보인다. 반자동 소총으로 무장한 그들의 목소리가 점점 커져 간다.

그녀는 로프에서 뗀 오른손을 권총으로 가져간다.

언제까지나 이렇게 매달려 있을 수는 없는 노릇이다. 나뭇가지는 오래 버티지 못할 것이다. 그녀의 무게를 지탱하고 있는 왼손에서도 결국 힘이 빠져 버릴 것이고.

그녀는 조심스레 권총을 뽑아 든다.

남동쪽으로 이동 중인 그들은 점점 가까워져 오고 있다. 그녀가 그들을 볼 수 있다면 그들도 그녀를 볼 수 있다는 뜻이다.

그녀는 권총을 옆구리에 갖다 붙인다. 권총의 움직임이 드러나지 않도록 하기 위함이다. 그들이 반격하기 전에 두 사람 모두를 쓰러뜨려야만 한다. 그들이 무전기를 뽑아 들기 전에.

그 후의 문제는 그때 가서 걱정하면 될 일이다.

70

나는 손목시계를 들여다본다. 오후 3시. 이제 아홉 시간 남았다. 바이러스는 그 전 언제라도 작동될 수 있다.

그나마 다행인 건 우리 기술팀이 바이러스를 찾아냈다는 사실이다.

"좋은 소식이네요. 그렇죠?"

나는 데빈과 케이시에게 말한다.

"그걸 찾아냈다니!"

"네, 대통령님, 좋은 소식입니다."

케이시가 코끝에 걸린 안경을 살짝 밀어 올린다.

"오기 덕분이에요. 그가 아니었으면 결코 찾아내지 못했을 겁니다. 지난 2주간 모든 수단과 방법을 총동원하고도 찾지 못했죠. 수동 검색도 해 봤고, 맞춤식······."

"그럼에도 찾지 못했었죠."

"그렇습니다."

그녀가 고개를 끄덕인다.

"아무튼 그게 첫 번째 단계입니다."

"두 번째 단계는요?"

"제거해야죠. 그냥 '삭제' 버튼을 눌러 없앨 순 없지 않겠습니까. 게다가 제대로 처리하지 못하면······. 그건 폭탄과도 같습니다. 제대로 비활성화시키지 못하면 말 그대로 폭발하게 되죠."

"그렇군요. 그럼······."

데빈이 말한다.

"그래서 다른 컴퓨터에서 바이러스를 재현시켜 보려고 합니다."

"그걸 오기가 할 수 있어요?"

"오기는 해커였습니다. 니나는 코드 메이커였고요. 러시아가 팔을 걷어붙이고 나선다면 큰 도움이 될 것 같긴 합니다만."

나는 주위를 슥 살피고 나서 목소리를 낮춘다.

"그들이 정말로 돕고 있나요? 아니면, 그냥 돕는 척만 하는 건가요? 그들이 우릴 엉뚱한 길로 이끌려는지도 모르지 않습니까."

"그걸 우려해 저희도 바짝 경계하고 있습니다."

케이시가 말한다.

"하지만 그런 것 같진 않더군요. 그들은 우리가 몰랐던 부분까지 다 털어놓았습니다. 크렘린에서 우리에게 최대한 협조하라는 지시가 내려온 모양이에요."

나는 고개를 끄덕인다. 내가 바랐던 바다. 그게 사실인지는 알 수 없지만.

"하지만 이 코드는 그들이 쓴 게 아닙니다."

그녀가 덧붙인다.

"이 바이러스는 니나가 만든 거예요. 오기는 그녀가 이걸 3년 전에 짰다고 합니다. 솔직히 이토록 복잡한 코드는 처음 접해 봤어요. 정말 놀라울 정도입니다."

"최고의 사이버테러리스트였다고 나중에 추서훈장을 내려야겠군요. 자, 이제 어떻게 할 것인지 얘기해 봅시다. 바이러스를 재현시켜 놓고 무력화시키는 방법을 찾아보겠다는 거죠? 기동 훈련 시뮬레이션처럼?"

"그렇습니다, 대통령님."

"그 작업에 필요한 건 다 있고요?"

"노트북 컴퓨터라면 충분히 확보돼 있습니다. 나머지 위협 대응팀이야 펜타곤이 알아서 챙겨 줄 거고요."

나는 이미 컴퓨터 100대를 이곳으로 보내라고 주문해 놓은 상태다. 이곳에서 3마일도 채 떨어지지 않은 공항에서는 500대의 컴퓨터가 해병대의 경호를 받고 있다.

"물과 커피와 음식은 넉넉히 공급되고 있고요?"

정신적으로 많이 지쳐 있을 전문가들이 육체적으로 흔들리지 않도록 꼼꼼히 챙기는 것도 중요하다.

"담배?"

나는 손을 흔들어 역한 냄새를 떨쳐 내며 말한다.

"괜찮습니다. 러시아와 독일 인력이 엄청 피워 대더군요."

"숨을 쉴 수가 없을 정도입니다."

데빈이 얼굴을 찌푸리며 말한다.

"그나마 세탁실에서만 흡연할 수 있도록 해 놔서 다행이에요. 거기선 창문을 열 수 있거든요."

"그들이…… 거기 창문이 있어요?"

"네, 세탁실에……."

"비밀 경호국 요원들이 모든 창문을 걸어 놓았을 텐데요."

나는 말한다. 하긴, 안에서는 누구든 손쉽게 자물쇠를 풀 수 있겠지.

나는 지하로 내려가 본다. 데빈과 케이시가 나를 뒤따른다.

"대통령님?"

흠칫 놀란 알렉스가 황급히 뒤따라 내려오며 나를 부른다.

계단을 마저 내려온 나는 상황실 쪽으로 방향을 튼다. 빠르게 걸음을 옮겨 나가는 내내 윙윙대는 귓속에서 주치의의 경고가 맴돈다.

상황실은 책상과 수십 대의 노트북 컴퓨터로 빽빽이 채워져 있고, 한쪽에는 대형 화이트보드가 놓여 있다. 구석의 보안 카메라를 제외하면 평범한 교실 같아 보인다. 여섯 명의 전문가가 쉴 새 없이 소곤대며 키보드를 두들기고 있다. 러시아, 독일, 그리고 이스라엘에서 각각 날아온 기술자들이다.

오기는 보이지 않는다.

"세탁실에 가 봐요, 알렉스."

나는 말한다. 뒤에서 그의 발소리가 멀어진다. 잠시 후, 옆옆방에서 그의 목소리가 들려온다.

"이 창문이 왜 열려 있죠?"

알렉스가 내가 상황실로 만들어 버린 방을 포함한 지하 전체를 수색하는 데 걸린 시간은 단 1분이다. 그가 입을 열기도 전에 나는 이미 상황을 파악한 상태였다.

"사라졌습니다, 대통령님. 오기가 사라졌습니다."

71

까만 피부와 건장한 체구의 정찰대원 두 명은 크루커트를 했고, 네모진 턱과 떡 벌어진 어깨를 가졌다. 그들은 서로에게 독일어로 우스갯소리를 던지며 다가오는 중이다. 만약 그들 중 하나가 남동쪽으로 방향을 틀거나 왼쪽을 돌아본다면 그 순간 웃음은 뚝 멎게 될 것이다.

한 손으로 로프를 붙잡고 있는 그녀의 머리가 나뭇가지에 닿을락 말락 한다. 바흐의 몸에서는 서서히 진이 빠져나가는 중이다. 그녀는 스며드는 땀을 막으려 연신 눈을 깜빡여 댄다. 그녀의 팔은 미친 듯이 후들거리고 있다. 그녀의 무게를 간신히 지탱하고 있는 가지에서 불길한 소리가 들려온다. 당장 부러져도 이상할 게 없는 상황이다.

그녀의 가방과 옷은 완벽하게 위장이 된 상태이고, 얼굴과 목은 나뭇잎과 같은 초록색으로 칠해져 있다. 하지만 가지가 부러지면 그것으로 게임은 끝이 나 버린다.

만약 방아쇠를 당겨야 할 상황이 오면 그녀는 단 두 발로 그들을 완벽히 해치워야 한다. 그리고 나서는? 그녀가 그들의 무전기를 챙긴다 해도 나머지 대원들은 동료 보초병 둘이 사라졌음을 금세 알아차리게 될 것이다. 그녀의 임무는 중단될 것이고.

임무 중단. 그녀는 지금껏 단 한 번도 포기하거나 실패해 본 적이 없다. 만약 이곳에서 첫 경험을 하게 된다면 분명 그녀를 고용한 이들의 보복이 뒤따르게 될 것이다. 하지만 문제는 그것이 아니다. 그녀는 보복이 두렵지 않다. 단 한 명의 목격자도 남기지 않으려는 고용주가 암살 임무를 성공적으로 마치고 돌아온 그녀를 죽이려 했던 적이 과거에 두 번이나 있었다. 그럼에도 그녀는 부득부득 살아남았고, 고용주가 보낸 자객들은 죄다 목숨을 잃었다.

그보다 문제는 그녀 배 속의 딜라일라다. 딜라일라는 그녀 어머니의 이름이기도 했다. 그녀는 딜라일라가 그런 부담을 안고 성장하기를 바라지 않는다. 딜라일라는 어머니의 어두운 과거에 대해 절대 알아서는 안 된다. 그녀처럼 어린 나이에 공포를 알아서도 안 되고. 한번 경험한 참혹한 공포는 영영 떠나지 않는다. 오히려 땀구멍으로 스며들어가 그 후 벌어지는 모든 일에 지대한 영향을 끼친다.

두 남자는 그녀가 매달려 있는 나무 뒤로 사라진다. 그들이 반대편으로 나와 동쪽인 왼편을 돌아본다면 10미터도 채 떨어져 있지 않은 그녀는 즉시 발각될 것이다.

잠시 후, 그들이 나무 반대편으로 모습을 드러낸다.

그러더니 갑자기 걸음을 멈춘다. 그들 중 하나는 볼에 점이 있고, 폭행의 흔적인지 기형적으로 변한 귀를 가졌다. 그가 물을 한 모금 넘기자 수염으로 덮인 그의 후골이 들썩인다. 땅딸막한 그의 파트너는 그늘에 서서 주변 나무와 땅을 찬찬히 둘러보고 있다.

'왼쪽은 돌아보지 마.'

하지만 그들은 기어이 그러고 말 것이다. 그녀는 더 이상 버틸 수가 없었다. 마침내 운명의 시간이 온 것이다.

나뭇가지가 우지끈 부러지기 시작한다.

첫 번째 남자가 물병을 내려놓고 위를 올려다본다. 그의 고개가 왼쪽으로 틀어진다. 그녀가 있는 쪽으로⋯⋯.

바흐는 이미 시그로 그의 눈 사이를 겨누고 있는 상태다.

바로 그때, 두 남자의 무전기에서 독일어 메시지가 일제히 터져 나온다. 내용은 알 수 없지만 무언가 큰일이 터진 듯하다.

그들이 황급히 벨트에서 무전기를 뽑아 든다. 몇 마디가 오간 후 그들은 북쪽으로 휙 돌아서서 오두막 쪽으로 내달리기 시작한다.

무슨 일이지? 그녀는 아는 것도 없고, 알고 싶지도 않았다.

진이 빠져 버린 바흐는 권총의 긴 소음장치를 이로 꽉 문다. 그녀의 오른손이 가지에서 가장 굵은 부분을 움켜쥔다. 나무 몸통에서 가장 가까운 곳이다. 로프에서 떨어진 그녀의 왼손도 가지를 붙잡는다. 그녀의 입에서 요란한 신음이 터져 나오지만 그녀는 더 이상 개의치 않는다. 잔가지가 남은 기력을 긁어모아 턱걸이를 시작한 그녀의 얼굴을 매섭게 할퀸다. 그녀는 두 발로 나무 몸통을 딛고 올라 왼쪽 다리를 가지에 걸쳐 놓는다.

비록 우스꽝스러운 모습이지만 그녀는 간신히 가지에 올라앉는 데 성공한다. 그녀는 하마터면 떨어뜨릴 뻔한 배낭과 라이플을 끌어안고 안도의 한숨을 내쉬며 땀에 젖은 이마를 훔친다. 위장 크림이 지워지든 말든. 그녀는 1분 동안 그렇게 앉아 숨을 고른다. 60까지 큰소리로 세고 나서 권총을 홀스터에 꽂아 넣은 그녀는 팔뚝의 욱신거림을 외면한 채 호흡을 가다듬는다.

그녀는 매듭을 풀고 밑으로 늘어진 로프를 끌어 올린다. 그런 다음, 그것을 목에 칭칭 감는다. 당분간은 배낭을 열 수 없으니.

이미 가장 굵은 가지에 앉아 있지만 불안해진 그녀는 서둘러 다른 가지를 찾아 나선다.

그녀는 나무 몸통에 몸을 기댄 채 조심스레 일어난다. 그러고 다음 가지를 향해 기어오르기 시작한다. 나무 꼭대기에 다다르면 튼튼해 보이는 가지를 찾을 수 있을 것이다. 발각되지 않고 임무를 수행할 수 있는 완벽한 위치를.

72

"카우보이가 사라졌다. 다시 말한다. 카우보이가 사라졌다. 숲을 전역 탐색하도록. 알파팀은 현재 위치를 유지하고."

알렉스 트림블이 무전기를 끄고 나를 쳐다본다.

"대통령님, 죄송합니다. 다 제 잘못입니다."

보안 수준을 낮추는 건 내 아이디어였다. 이 회동을 비밀에 부치기 위함이었다. 그럴 수밖에 없었다. 모두가 오두막으로 진입하려는 자를 막으려고만 했을 뿐, 그 누구도 탈출하려는 자에게 신경 쓰지 않았다.

"그를 찾기나 해요, 알렉스."

데빈과 케이시의 얼굴을 창백해져 있다. 마치 자신들 잘못이기라도 한 것처럼. 입을 떡 벌리고 있는 두 사람 모두 할 말을 잃은 모양이다.

"작업으로 돌아갑시다."

나는 상황실을 가리키며 말한다.

"그 바이러스를 어떻게 걷어 낼 수 있는지 알아내요. 중요한

91

건 그것뿐입니다. 어서들 자리로 돌아가요."

위층으로 올라온 알렉스와 나는 주방에 서서 남쪽으로 난 창문을 내다보고 있다. 드넓은 뒤뜰과 숲이 끝도 없이 펼쳐져 있다. 알렉스는 내 곁을 지키며 무전기로 지시사항을 전달하고 있다. 요원들이 황급히 숲속으로 들어가 오기를 찾아 나선다. 적은 수의 요원으로 이루어진 알파팀은 오두막에 남아 주변을 철통같이 감시한다.

그는 어떻게 들키지 않고 숲속으로 빠져나갈 수 있었을까? 만약 오기가 숲속에 있다면 몇 명 되지 않는 우리 요원들은 그를 쉽게 찾지 못할 것이다.

그보다 더 중요한 의문. 대체 그는 왜 달아났을까?

"알렉스—."

나는 그의 의견을 듣기 위해 입을 연다.

"아무래도 우리가……."

하지만 내 말은 숲에서 들려온 소음에 뚝 멎어 버린다. 오두막 안에서도 들릴 만큼 큰 소리다.

누군가가 자동 화기를 쏘고 있었다.

73

"대통령님!"

나는 알렉스의 만류를 무시하고 계단을 내려가 숲을 향해 내달린다. 울퉁불퉁한 땅을 지나니 나무들이 버티고 서 있다.

"대통령님, 부탁입니다!"

나는 계속해서 나무에 에워싸인 어스레한 공간을 달려 나간다. 먼발치 어딘가에서 남자들의 고함이 들려온다.

"그럼 제가 앞장서게 해 주십시오."

그가 말한다. 나는 그가 앞질러 나갈 수 있도록 해 준다. 알렉스는 자동 소총을 앞세운 채 미친 듯이 좌우를 살펴 나간다.

잠시 후, 빈터에 도착하자 나무에 등을 기댄 채 앉아 있는 오기가 눈에 들어온다. 그는 가슴을 꼭 움켜쥐고 있다. 그의 위 나무 몸통에는 총알 자국이 벌집처럼 나 있다. 러시아 측 요원 두 명은 자동 소총을 내린 채 서 있고, 제이콥슨은 삿대질을 해 대며 그들에게 쓴소리를 늘어놓고 있다.

우리를 발견한 제이콥슨이 입을 닫고 돌아서서 두 손을 펼쳐 보인다.

"괜찮습니다. 다들 무사합니다."

그가 마지막으로 러시아 요원들을 흘겨본 후 우리에게 다가온다.

"러시아 요원들이 먼저 발견했습니다."

그가 말한다.

"오기를 보자마자 총을 쏴 댔어요. 자기들 말로는 그냥 경고 사격이었다고 합니다."

"경고사격? 여기서 경고사격이 왜 필요했죠?"

나는 러시아 요원들에게 다가가 오두막을 가리킨다.

"오두막으로 돌아가요! 어서 말 들어요!"

제이콥슨이 짧은 러시아어로 지시하자 딱딱하게 굳은 표정의 그들이 고개를 끄덕이고 돌아선다.

"제가 가까이 있었기에 망정이지—."

제이콥슨이 말한다.

"제가 사격을 중지시켰습니다."

"그럼……. 러시아 요원들이 그를 죽이려 했단 말인가요?"

내가 묻자 제이콥슨이 콧김을 내뿜으며 잠시 생각에 잠겼다가 이내 한 손을 살랑이며 말한다.

"러시아 국가근위대는 러시아 최고의 부대입니다. 그들이 오기를 죽이려 했다면 그는 이미 사살됐을 겁니다."

체르노케프 대통령은 최근 직속 보안부대를 새로 만들었다. 그의 국가근위대가 엘리트 중 엘리트라는 소문은 나도 익히 들어 알고 있다.

"확실합니까?"

나는 제이콥슨에게 묻는다.

"확실하진 않습니다."

나는 비밀 경호국 요원들을 비집고 들어가 오기 옆에 쪼그려 앉는다.

"대체 왜 이러는 거야, 오기?"

그의 입술이 가볍게 떨리고 있다. 가슴은 연신 들썩이고, 휘둥그레진 눈은 초점을 잃은 듯해 보인다.

"그들이……."

그가 마른침을 꿀꺽 삼키고는 목멘 소리로 말한다.

"날 죽이려고 했어요."

나는 나무 몸통을 올려다본다. 땅에서 5피트 떨어진 부분에 총알구멍이 숭숭 뚫려 있다. 아무리 봐도 '경고사격'의 흔적 같지는 않다. 당시 그가 어디쯤 서 있었는지는 알 수 없지만.

"왜 도망쳤지, 오기?"

그가 고개를 살짝 젓고 나서 시선을 멀리 돌린다.

"난…… 난 이걸 막을 수 없어요. 여기 있고 싶지 않아요. 그게…… 그게 작동을 시작했을 때…….."

"겁이 났나? 그래서 달아난 거야?"

오기가 몸을 바르르 떨어 대며 소심하게 고개를 끄덕인다.

정말일까? 단지 공포와 회한과 비탄 때문에 그랬다고?

혹시 오기에 대해 내가 아직 간파하지 못한 게 있을까?

"일어나."

나는 그의 팔뚝을 붙잡고 일으킨다.

"지금은 겁에 질려 있을 때가 아니야, 오기. 오두막에 돌아가서 나랑 얘기 좀 하지."

74

마침내 바흐는 스트로브잣나무 꼭대기 부분에 다다랐다. 묵직한 배낭과 라이플을 지고 오른 탓에 그녀의 팔과 등에서는 뻐근함이 느껴진다. 그녀의 이어버드에서는 빌헬름 프리데만 헤르조그의 경쾌한 바이올린 협주곡 E장조가 흘러나오고 있다. 3년 전 부다페스트 공연 실황을 녹음한 것이다.

나무들 사이로 먼발치 오두막과 남쪽 구내가 한눈에 들어왔다.

나무 몸통 바로 옆 가지는 그녀의 무게를 충분히 지탱할 수 있을 만큼 굵다. 그녀는 가지에 올라앉아 케이스를 앞에 내려놓는다. 엄지손가락 지문으로 케이스를 연 그녀는 애나 마그달레나를 꺼내 단 2분 만에 조립을 완성한다. 틈틈이 나무들 너머를 살피는 것도 잊지 않는다.

그녀의 눈에 구내를 순찰 중인 무장한 보초들의 모습이 들어온다.

그리고 검은 텐트.

네 명의 남자가 포치 계단을 빠르게 오르고 있다.

그녀는 황급히 조준경을 조절한다. 플랫폼을 세팅하고, 라이플을 부착할 여유는 없다. 그녀는 라이플을 어깨에 걸쳐 놓고 조준경을 들여다본다. 이상적인 조건은 아니지만 반드시 단 한 발로 모든 걸 끝내야만 한다. 그 어떤 실수도 나와서는 안 되는 상황…….

그녀는 오두막 현관으로 이동 중인 남자들에게 조준경 초점을 맞춘다.

건장한 검은 머리 남자, 이어폰.

땅딸막한 금발 머리 남자, 이어폰.

그들 사이에 낀 대통령은 오두막 안으로 사라진다.

그 뒤를 따르는 키 작고 허약해 보이는 남자. 헝클어진 검은 머리에…….

'저 남자인가?'

'저게 그인가?'

'맞아.'

당장 결정을 내려야 한다.

방아쇠를 당겨야 하나?

75

나는 오기의 팔뚝을 붙잡고 오두막 안으로 이끈다. 바짝 붙어 뒤따라온 알렉스와 제이콥슨이 현관문을 닫는다.

나는 오기를 거실로 데려가 긴 소파에 앉혀 놓는다.

"이 친구에게 물 좀 가져다줘요."

나는 알렉스에게 말한다.

오기는 여전히 넋이 나간 모습으로 소파에 앉는다.

"이건…… 그녀가 원했던 게 아니에요."

그가 속삭인다.

"그녀는 이걸…… 원한 게 아니었어요."

알렉스가 물컵을 가져온다. 나는 그에게 손을 내민다.

"내게 줘요."

나는 오기에게 다가가 그의 얼굴에 냅다 물을 끼얹는다. 그의 머리와 셔츠가 금세 흠뻑 젖어 버린다. 화들짝 놀란 그가 허리를 꼿꼿이 세우고 머리를 세차게 흔든다.

나는 그의 앞으로 몸을 기울인다.

"설마 날 난처하게 만들려는 건 아니겠지? 모두가 너만 바라보고 있다는 거 잊었어?"

"난…… 난…….."

그가 나를 올려다본다. 이전과 달리 그는 이 엄중한 상황뿐만 아니라, 나까지도 두려워하고 있다.

"알렉스, 상황실 영상을 보여 줘요."

"네, 대통령님."

알렉스가 주머니에서 휴대폰을 꺼내 영상을 재생시킨 후 내게 넘긴다. 상황실 보안 카메라가 전해 오는 실시간 영상이다. 케이시는 누군가와 통화 중이고 데빈은 컴퓨터 앞에 앉아 있다. 나머지 천재들은 노트북 컴퓨터와 씨름하거나 화이트보드에 무언가를 열심히 적어 내려가는 중이다.

"잘 봐, 오기. 누구 하나 포기하는 사람이 있나? 아니. 다들 공포에 질려 있어. 너랑 똑같다고. 하지만 저들 중 누구도 포기하지 않았어. 바이러스를 찾아낸 것도 너였잖아. 우리 팀은 지난 2주간 필사적으로 매달리고도 찾지 못했는데."

그가 눈을 감고 고개를 끄덕인다.

"미안해요."

나는 그의 신발을 걸어찬다. 충격요법.

"날 똑바로 봐, 오기. 날 보라고!"

그는 시키는 대로 한다.

"니나에 대해 얘기해 봐. 그녀가 이걸 원치 않았다고 했지? 그게 무슨 뜻이지? 그녀가 미국을 파괴하려 했던 게 아니라고?"

오기가 눈을 내리깔고 고개를 젓는다.

"니나는 더 이상 쫓겨 다니고 싶지 않다고 했어요. 일생을 도망만 다니며 살았다면서."

"그루지야 정부로부터 말인가?"

"그래요. 그루지야 정보국이 그녀를 끈질기게 추적해 왔거든요. 우즈베키스탄에선 하마터면 그들에게 잡혀 죽을 뻔했었어요."

"그래……. 그녀의 심정이 어땠을진 충분히 이해가 돼. 그럼 그녀는 뭘 원했던 거지? 미국에서의 새 출발?"

그때 주머니 안에서 휴대폰이 진동한다. 나는 휴대폰을 꺼내 발신자를 확인한다. 리즈 그린필드. 나는 응답하지 않고 휴대폰을 다시 주머니에 집어넣는다.

"그녀는 고향으로 돌아가고 싶어 했어요."

"그루지야 공화국으로? 거긴 그녀가 전쟁 범죄로 지명수배된 곳이잖아."

"그래서 당신에게……. 도움을 받으려고 했었죠."

"내가 개입해 주길 바랐다고? 내가 그루지야 정부에 사면을 요청해 주기를 바랐던 거야? 미국에 대한 호의의 표시로?"

오기가 고개를 끄덕인다.

99

"지금 상황이 이런데 그루지야가 거부했겠어요? 미국이 위험에 빠져 있는데 러시아 국경에 걸쳐 있는 동맹국이 어떻게 발 벗고 나서지 않을 수 있겠어요?"

일리 있는 말이다. 충분한 압력이 가해졌다면, 그러니까, 우리가 처한 상황을 알아듣게 설명해 주었다면 그들은 분명 의욕적으로 우리를 도우려 했을 것이다.

"내가 제대로 이해했는지 잘 들어 봐."

나는 계속해서 말한다.

"니나가 술리만 신도력을 도와 이 바이러스를 만들었다, 이거지?"

"네."

"하지만 그녀는 그걸로 미국이 파괴되는 걸 원치 않았고?"

그가 멈칫한다.

"술리가 어떤 놈인지 이해할 필요가 있어요. 그가 무슨 생각을 갖고 있는지. 니나는 기가 막힌 바이러스를 만들어 냈어요. 엄청나게 파괴적인 스텔스 와이퍼 바이러스. 난 이 작전의 다른 부분을 담당했고요."

"넌 해커였지."

"맞아요. 내 임무는 미국 시스템으로 침투해 바이러스를 최대한 널리 퍼뜨리는 거였어요. 하지만 우리 위치에선……. 음모의 내막을 알 수가 없었죠."

이제야 대충 이해가 되는 것 같다.

"그녀는 끝내주는 바이러스를 만들어 냈지만 그게 어떤 용도로 쓰이게 될 줄은 몰랐다는 얘기군. 넌 그 바이러스를 미국의 서버들을 통해 퍼뜨렸지만 정작 그게 어떤 바이러스인지 정확히 몰랐고."

"그렇게 된 거였어요."

그가 고개를 끄덕인다. 그는 많이 진정된 상태다.

"그렇다고 우리가 결백했다는 건 아니에요. 니나는 자신이 만든 바이러스의 파괴적인 성질에 대해 알고 있었어요. 당연한 얘기지만. 하지만 그게 어느 정도 규모로 뿌려지게 될진 몰랐어요. 그게 미국 전역에 뿌려져 몇억 명의 삶을 뒤흔들어 놓게 될 줄은 더더욱 몰랐고요. 그리고 난……."

그가 고개를 돌린다.

"술리는 내가 퍼뜨리는 게 가장 진보된 형태의 스파이웨어라고 설명했어요. 우리의 다른 프로젝트의 자금을 대기 위해 최고 입찰인에게 팔겠다나요?"

그가 어깨를 으쓱인다.

"우리가 무슨 짓을 저질렀는지 깨닫고 나서는 그냥 잠자코 있을 수만은 없었어요."

"그래서 니나가 바이러스를 막기 위해 이곳에 왔다는 거야? 나한테 그 대가로 사면을 위해 힘써 달라는 요청을 하기 위해서?"

그가 다시 고개를 끄덕인다.

"당신이 우리 제안에 기꺼이 응해 주기를 바랐어요. 하지만 당신의 반응을 예상할 순 없었죠. 지하드의 아들들은 과거에

도 미국을 타격한 적이 있었어요. 알다시피 미국은 우리 동맹
국이 아니고요. 그래서 그녀는 당신과 단둘이 만나려고 했던
거예요. 최대한 빨리."

"내가 어떻게 반응할지 궁금했을 테니까."

"당신이 그녀를 백악관에서 무사히 내보내 줄지 궁금했어
요. 혹시 그녀를 체포해 고문을 하진 않을지."

어쩐지. 모든 게 테스트 같더라니.

"난 그녀가 혼자 백악관에 들어가는 걸 반대했어요. 하지만
끝내 그녀의 고집을 꺾을 수 없었죠. 우리가 미국에서 만났을
때 그녀는 이미 모든 계획을 치밀하게 짜 놓은 상태였어요."

"잠깐."

나는 그의 팔뚝을 움켜쥔다.

"너희가 미국에서 만났을 때? 그게 무슨 소리지? 처음부터
함께 붙어 다닌 게 아니었어?"

"오, 아니에요. 우리가 피카부를 펜타곤 서버에 뿌렸던 날
있죠?"

4월 28일, 토요일. 나는 그것에 대해 처음 들었던 날을 영원
히 잊지 못할 것이다. 당시 나는 유럽 순방 첫 방문국이었던 브
뤼셀에 도착해 있었다. 귀빈실로 전화를 걸어온 국방부 장관
은 평소와 달리 잔뜩 흥분한 상태였다.

"니나와 내가 술리만을 알제리에 남겨 두고 떠나온 날이에
요. 우린 당분간 떨어져 있기로 했어요. 그게 더 안전할 것 같
아서요. 그녀는 캐나다를 통해 미국으로 들어갔어요. 난 멕시

코로 갔고요. 우린 수요일에 메릴랜드 볼티모어에서 만나기로
했어요."

"수요일······. 지난 수요일 말이야? 사흘 전?"

"네. 수요일 정오에 볼티모어 대학에 있는 에드거 앨런 포
동상 앞에서 만나기로 했었죠. 워싱턴에서 충분히 가까운 곳
이잖아요. 또 너무 가까워도 문제니까. 우리 또래 학생들로 북
적거리는 곳이라 남들 눈에 띌 우려도 없었고요."

"거기서 니나가 자기 계획을 들려준 거야?"

"네. 그녀는 완벽한 준비가 돼 있었어요. 금요일 저녁에 혼
자서 백악관을 찾아갈 거라더군요. 당신의 반응을 봐야겠다면
서 말이죠. 그녀는 당신이 날 만나러 야구장으로 나올 거라고
했어요. 또 다른 테스트라나요. 당신을 신뢰해도 되는지는 날
더러 알아서 판단하라고 하더군요. 당신이 야구장에 나타났을
때 난 당신이 니나의 테스트를 통과했다는 걸 알았어요."

"물론 네 테스트도 통과했을 테고."

"그래요. 미국 대통령에게 총을 겨누었는데도 총알이 날아
들거나 날 체포하려 달려드는 사람이 없었잖아요. 당신이 우
릴 믿고 있고, 우리와 뜻을 함께해 줄 거라 생각했어요."

나는 고개를 젓는다.

"그런 다음, 니나에게 연락을 했나?"

"문자 메시지를 보냈어요. 내가 신호를 보내면 그녀는 야구
장 밖에 밴을 세워 놓고 기다리기로 했죠."

하마터면 우리 모두 거기서 목숨을 잃을 뻔했었지.

오기가 쓸쓸하게 웃음을 터뜨린다.

"그 순간을 잘 넘겼어야 했는데."

그가 비탄에 젖은 눈빛으로 먼 산을 바라본다.

"그녀가 살았었다면 우린 함께 바이러스를 찾아냈을 거예요. 당신은 그루지야 정부에 연락해 사면을 요청했을 거고, 그녀는 바이러스를 막아 냈을 거예요."

하지만 그 전에 누군가가 니나를 막았다.

"다시 작업으로 돌아갈게요."

그가 소파에서 몸을 일으킨다.

"소란을 일으켜서 미안⋯⋯."

나는 그를 떠밀어 다시 앉힌다.

"아직 안 끝났어, 오기. 니나의 정보원이 누군지 얘기해. 백악관 내부의 반역자가 누군지 알아야겠어."

76

나는 계속해서 오기에게 윽박지른다. 그의 얼굴은 새하얗게 질려 있다.

"사흘 전, 볼티모어에서 니나를 만났을 때 그녀는 이미 완벽한 준비가 돼 있었다고 했지?"

그가 고개를 끄덕인다.

"어쩌다 그렇게 됐지? 알제리에서 헤어진 후 볼티모어에서

104

재회할 때까지 대체 무슨 일이 있었던 거야? 그녀는 어디서 뭘 했던 거지?"

"그건 나도 몰라요."

"모른다는 말로 씻길 일이 아니야, 오기."

"네? 씻긴다고요?"

나는 그의 앞으로 몸을 더 기울인다. 이제 우리는 코가 맞닿을 정도로 가까워졌다.

"난 널 믿지 못하겠어. 너희 둘은 사랑하는 사이였잖아. 당연히 서로 신뢰하고, 또 서로를 필요로 했을 텐데."

"우린 우리가 가진 정보를 나눠서 관리하려고 했어요. 그래야 우리도 안전할 테니까요. 그녀는 바이러스 찾는 방법을 몰랐고, 난 그걸 무장 해제할 수 없었어요. 이렇게 해야 우리 둘 다 당신에게 가치가 있을 게 아니겠어요?"

"그녀가 정보원에 대해 뭐라고 했지?"

"그 질문에 대한 답은 이미 여러 번……."

"다시 대답해 봐."

나는 그의 어깨를 움켜쥔다.

"수억 명의 목숨이 달린 중요한 문제라는 거 명심하고."

"그녀가 가르쳐 주지 않았다고요!"

그가 감정에 북받친 모습으로 빽 소리친다.

"그녀는 내게 '암흑시대'라는 암호를 알아 두라고만 했어요. 그 암호를 어떻게 알았는지 물어봤지만 그런 건 중요하지 않다면서 입을 닫아 버렸어요. 모르는 게 약이라면서. 그래야 우리 둘 다 목숨을 부지할 수 있다면서 말이에요."

나는 말없이 그의 얼굴을 매섭게 노려본다.

"그녀가 워싱턴의 유력자와 소통해 왔다는 건 당연히 짐작하고 있었어요. 내가 바보도 아니고, 그걸 몰랐겠어요? 하지만 그 사실이 내게 위안을 줬어요. 날 불안하게 만든 게 아니라. 우리가 성공할 확률이 그만큼 높아졌다는 뜻이었으니까요. 난 그녀를 전적으로 신뢰했어요. 그녀는 지금껏 내가 봐 온 그 누구보다도 똑똑하고……."

울컥한 그는 차마 말을 맺지 못한다.

내 휴대폰이 다시 진동한다. FBI 리즈. 언제까지나 외면할 수는 없다.

나는 그의 어깨에 손을 얹는다.

"그녀의 죽음을 헛되게 하고 싶지 않겠지, 오기? 그럼 어떻게든 바이러스를 막아. 자, 어서 가 보라고."

그가 깊은 숨을 한 번 들이쉬고는 소파에서 벌떡 일어난다.

"해 볼게요."

오기가 사라지자 나는 휴대폰을 귀에 가져가 댄다.

"얘기해요, 리즈."

[대통령님, 니나의 밴에서 발견된 휴대폰 있지 않습니까?]

"네. 두 개라고 했던가요?"

[그렇습니다. 하나는 그녀가 지니고 있었고, 또 하나는 밴 뒤편 바닥에서 발견됐습니다.]

"새로운 소식이라도……."

106

[대통령님, 뒤편에서 찾은 휴대폰은 아직 열지 못했습니다. 하지만 그녀 주머니에 들어 있던 휴대폰의 암호는 풀렸습니다. 해외에서 전송된 문자 메시지가 하나 있는데, 그 내용이 아주 흥미롭더군요. 추적하는 데 애를 먹었습니다. 세 개 대륙을 거쳐 신호를 변환시켜 놓았거든요. 그래서……]

"리즈, 리즈. 본론만 얘기해요."

[그를 찾아낸 것 같습니다. 저희가 술리만 신도럭을 찾은 것 같아요.]

순간 숨이 턱 막힌다.

알제리 사건 이후 두 번째 기회가 온 것이다.

[대통령님?]

"반드시 그를 생포해야만 해요."

77

캐서린 브랜트 부통령은 눈을 내리뜬 채 말없이 앉아 있다. 복잡해진 머릿속을 정리 중인 모양이다. 선명치 않은 컴퓨터 화면 속 이미지가 산발적으로 튄다. 『밋 더 프레스』출연을 위해 평소보다 화장을 짙게 한 그녀는 말쑥한 빨간 정장에 하얀 블라우스 차림을 하고 있다.

[그건……]

화면 속 그녀가 나를 쳐다본다.

"이해가 안 되죠? 상상을 초월하는 끔찍한 일이 벌어졌어요. 군은 흔들림 없이 관리되겠지만 연방정부의 다른 분야들과 민간 부문은 막대한 피해를 입게 될 겁니다."

[그러니까 로스앤젤레스는……. 유인용 미끼였다는 말씀이죠?]

나는 고개를 젓는다.

"난 그렇게 믿고 있어요. 놈들이 머리를 좀 굴린 모양입니다. 우리 슈퍼스타 기술자들이 정수 처리장에 발이 묶여 있는 동안 바이러스를 작동시키려 했던 것 같습니다. 인터넷, 전화, 비행기 그리고 기차를 끊어 이 나라 최고 전문가들을 여기서 수천 마일 떨어진 태평양 연안 지역에 고립시켜 놓고 말입니다."

[전 이 나라 부통령입니다. 그런데 어째서 이 내용을 보고받지 못했죠? 어째서 대통령님께서 무엇을 하고 계신지 진작 전해 듣지 못했느냔 말입니다. 저를 믿지 못하시나요? 제가 대통령님께서 의심하고 계시는 여섯 명의 용의자 중 하나라서요?]

화면 속 이미지가 선명하지 않아 그녀의 표정을 제대로 살피기가 쉽지 않다. 어쨌든 자신의 보스인 대통령에게 반역자로 찍혔으니 기분이 좋을 리 없을 것이다.

[대통령님, 정말로 제가 그랬다고 생각하시는 겁니까?]

"캐시, 내가 당신들 중 반역자가 있을 거라고 의심하게 될 줄은 정말 몰랐어요. 당신도, 샘도, 브렌단도, 로드도, 도미닉도, 에리카도, 절대 그럴 사람이 아니라는 거 알아요. 하지만 당신들 중 한명은 반역자임이 확실합니다."

국토안보부 장관, 샘 헤이버. 국가 안전 보장 담당 보좌관, 브렌단 모한. 합동 참모 본부 의장, 로드리고 산체스. 국방부 장관, 도미닉 데이턴. CIA 국장, 에리카 비티. 그리고 부통령. 내 서클 속 여섯 명 모두가 혐의를 받고 있다.

말이 없는 캐서린 브랜트는 딴 데 정신이 팔려 있는 모습이다.

알렉스가 불쑥 들어와 데빈이 전하는 메모를 건넨다. 기다렸던 좋은 소식이 아니다.

나는 다시 캐시에게로 시선을 돌린다. 그녀는 무슨 할 말이 있는 듯하다. 나는 그 내용을 대충 짐작할 수 있다.

[대통령님, 저를 믿지 못하시겠다면 제가 사임하는 수밖에 없습니다.]

78

내가 상황실로 들어서자 데빈이 나를 올려다본다. 그가 케이시의 어깨를 톡톡 두드려 알린다. 그들은 헤드셋을 쓰고 있거나 컴퓨터 키보드를 두들겨 대는 나머지 기술자들을 남겨 두고 구석으로 나를 이끈다. 한쪽 벽 앞에는 수명을 다한 노트북 컴퓨터가 수북이 쌓여 있다. 화이트보드에는 누군가가 여러 단어와 이름, 암호를 휘갈겨 적어 놓았다. 페트야PETYA와 나이트나NYETNA, 샤문SHAMOON과 슈나이어SCHNEIER ALG., DOD.

방 안에는 커피와 담배 냄새, 그리고 기술자들의 체취가 진동하고 있다. 농담할 기분이었다면 내가 먼저 창문을 열겠다고 나섰을 것이다.

케이시가 벽 앞에 쌓인 노트북 컴퓨터들을 가리킨다. 상자들을 어쩌나 높이 쌓아 두었던지 천장에 설치된 보안 카메라에 닿을락 말락 할 정도다.

"다 죽었습니다. 모든 방법을 다 써 봤지만 바이러스를 없애는 데 실패했습니다."

"일흔 대를 다 써 봤는데도요?"

"네. 펜타곤 팀은 저희보다 서너 배 많은 컴퓨터를 쓰고 있습니다. 아마 300대는 넘게 썼을 겁니다."

"그 많은 컴퓨터가 전부…… 싹 지워졌어요?"

"모든 게 삭제됐습니다."

데빈이 말한다.

"건드리려고 하면 와이퍼 바이러스가 작동합니다. 저 노트북 컴퓨터들은 이제 아무짝에도 쓸모가 없게 돼 버렸어요."

그가 한숨을 내쉰다.

"새 컴퓨터가 500대 더 필요할 것 같습니다."

나는 알렉스를 돌아보며 주문을 넣는다. 대기 중인 해병대가 신속하게 가져올 것이다.

"500대면 충분하겠어요?"

내가 묻자 케이시가 능글맞게 웃는다.

"시도해 볼 방법을 전부 떠올려 봤지만 그게 500가지나 되진 않아요."

"오기가 도움이 안 돼요?"

"오, 아주 똑똑한 친구입니다."

데빈이 말한다.

"그걸 그렇게 컴퓨터에 심어 넣다니. 전 지금껏 이런 걸 본 적이 없습니다. 하지만 그걸 비활성화시키는 데 있어선 힘을 통 못 쓰네요."

나는 손목시계를 들여다본다.

"벌써 4시가 됐어요. 이제부턴 창의력을 총동원해 봐요."

"알겠습니다, 대통령님."

"더 필요한 건 없고요?"

케이시가 말한다.

"술리만을 잡아와 주시면 큰 도움이 될 것 같습니다."

나는 말없이 그녀의 팔뚝을 토닥인다.

'지금 그러려고 하고 있어요.'

나는 속으로 대꾸한다.

79

나는 통신실로 돌아간다. 어깨가 축 늘어진 캐서린 브랜트 부통령은 눈을 내리깔고 있다. 내가 대화를 중단시키기 직전,

그녀는 중요한 얘기를 꺼냈었다.

　방으로 들어서는 나를 보고 그녀가 흠칫 놀란다.

　"안타깝게도 바이러스는 아직 잡히지 않고 있어요."

　나는 의자에 앉으며 말한다.

　"그걸 만든 놈은 체스를 두고 있어요. 우린 아직 체커판을 붙들고 있는데."

　[대통령님, 제가 아까 사의를 표명했습니다.]

　"네, 알아요. 하지만 지금은 그럴 때가 아니에요, 캐시. 그들이 두 번이나 오기와 날 죽이려 했어요. 게다가 아까 설명했듯이 지금 내 몸 상태는 정상이 아니고요."

　[걱정입니다. 그게 재발했다는 걸 몰랐어요.]

　"일부러 아무에게도 알리지 않았어요. 동지에게든 적에게든, 대통령의 건강이 좋지 않다는 걸 알리기에 최악의 타이밍이잖아요."

　그녀가 고개를 끄덕인다.

　"캐롤린은 지금껏 백악관을 묵묵히 지켜 왔어요. 당신 숙소 바로 위층에서요. 그녀는 모든 걸 알고 있어요. 관련 문서도 이미 완벽히 준비된 상태고요. 내게 무슨 일이 생겼으면 캐롤린이 즉각 당신에게 보고했을 겁니다. 상황의 심각성에 따라 신속히 대처할 방법을 마련해 두었어요. 거기엔 러시아, 중국, 그리고 북한에 군사 공격을 가하는 시나리오도 포함돼 있습니다. 그들 중 하나가 이번 바이러스 공격의 배후에 있다고 밝혀질 경우에 대비해서 말이죠. 계엄령 발동을 위한 긴급 사태 대책, 인신 보호 영장 유예, 물가 통제, 필수 제품 배급, 아무래도 이런 것들을 시급히 챙겨야 하지 않겠습니까."

[하지만 만약 제가 반역자라면 말입니다, 대통령님—.]

그녀가 힘겹게 문제의 단어를 꺼내 놓는다.

[어떻게 절 믿고 그런 중책을 맡기시려는 거죠? 제가 그들과 한통속일 수도 있는데요.]

"캐시, 알다시피 내겐 다른 선택의 여지가 없어요. 이 시국에 당신을 자르고 급구한 인물을 앉혀 놓을 수도 없지 않겠습니까. 나흘 전, 내 딸의 입을 통해 니나의 정보가 밖으로 새어 나갔다는 걸 들었을 때 내가 뭘 할 수 있었겠어요? 당신에게 퇴진을 요구해야 했나요? 그걸로 문제가 해결됐을 것 같습니까? 새로운 대리인을 찾는 게 어디 쉬운 일인가요? 심사 절차에 지명 절차에, 양원 승인까지. 내겐 그럴 시간적 여유가 없었어요. 당신이 그만둔다면, 그래서 부통령 자리가 공석이 돼 버린다면, 서열상 누가 그 자리를 차지하겠습니까?"

그녀는 입을 닫고 내 시선을 피한다. 레스터 로즈 의장에 대한 언급이 그녀를 불편하게 만든 것이다.

"그보다 중요한 이유가 있어요, 캐시. 내겐 당신이 반역자라는 확신이 없습니다. 당신들 중 누가 반역자인지 몰라요. 물론 여섯 명 전부를 해고할 수도 있었습니다. 그랬다면 내 서클에서 누설자를 확실히 제거할 수 있었겠죠. 혹시 모르는 일이니까. 하지만 사실상 국가안보팀 전체를 잃게 되는 것이니 큰일 아니겠습니까. 그들이 가장 절실히 필요한 이 시점에서 말입니다.”

[저희에게 거짓말 탐지기를 써 보지 그러셨어요?]

“그랬을 수도 있었죠. 캐롤린도 그러자고 했었고요. 여섯 명 모두에게 거짓말 탐지기를 써 보자고 말입니다.”

[하지만 대통령님은 그러지 않으셨어요.]

“네, 안 그랬죠.”

[이유가 뭐죠?]

“기습적으로 파고들려고요. 난 서클 안에 누설자가 있다는 걸 알고 있었어요. 하지만 누설자는 내가 그걸 알고 있다는 걸 몰랐죠. 만약 내가 당신들을 모아 놓고 암흑시대에 대한 정보를 누설했는지 묻는다면, 그건 내 패를 다 보여 주는 거나 다름없지 않겠어요? 내가 알고 있다는 걸 배후 인물에게 알려 줄 순 없죠. 그래서, 말하자면, 그냥 모른 척했던 겁니다. 그리고 곧바로 문제 해결에 들어갔죠.”

나는 계속 이어 나간다.

“국방부 차관을 불러 우리 군 시스템의 개편이 올바르게 진행됐는지 단독으로 알아보게 했습니다. 데이턴 장관이 베네딕트 아놀드*일 수도 있기 때문이었죠. 중부 사령부의 버크 장군에겐 해외 시스템을 살펴보게 했고요. 산체스 제독이 반역자일 수도 있으니.”

---

* 미국 독립 전쟁에 참전한 군인. 전쟁 초기에 미국 대륙군으로 참전했으나 배반하고 영국군으로 참전하였다.미국에서 베네딕트 아놀드는 배신의 대명사로 취급받고 있다.

[알아보니 수상한 점이 없었다는 말씀이군요.]

"그래요. 2주 안에 모든 걸 완벽히 재현하는 건 불가능했습니다. 하지만 언제든 무리 없이 미사일을 발사하고, 공군과 지상 병력을 배치할 수 있을 만큼의 상태는 유지되고 있었어요. 알다시피 군사 훈련도 성공적으로 진행됐고요."

[데이턴과 산체스는 용의 선상에서 벗어난 건가요? 그럼 이제 네 명만 남은 셈이군요.]

"어떻게 생각해요, 캐시? 그들에게서 의심을 거둬도 되겠습니까?"

그녀는 잠시 뜸을 들인다.

[그들 중 하나가 반역자라면 굳이 자신들에게 직접적 책임이 있는 걸 골라 사보타주했겠어요? 물론 그들이 익명으로 암호를 누설했을 수는 있겠죠. 적에게 민감한 정보를 넘겨주었을 수도 있고요. 하지만 대통령님께서 그들에게 내리신 구체적인 과업들……. 스포트라이트가 그들에게 집중돼 있지 않습니까. 그들이 조금만 수상하게 굴어도 적나라하게 노출될 텐데요. 누가 범인이든 그런 부분까지 꼼꼼히 따져 치밀하게 준비하지 않았겠습니까?]

"나도 같은 생각이에요. 그래서 당분간 용의 선상에 남겨 놓고 계속 지켜보려고 합니다."

캐시는 속이 편치 않을 것이다. 내가 반역자를 언급할 때마다 가슴이 뜨끔거릴 테니까. 하지만 어쩌겠는가. 자기 스스로가 지금껏 내게 의심을 사도록 행동해 온 것을.

마침내 그녀가 입을 연다.

[대통령님, 만약 우리가 이 난관을 벗어나게 된다면…….]

"만약이 아니라 반드시 그렇게 될 겁니다. 여기서 '만약'이라는 가정은 적용하지 말아요. '만약'은 옵션이 아니니까."

[우리가 이 난관을 벗어난 후, 적절한 타이밍에 사직서를 제출하겠습니다. 저를 믿지 못하시는데 제가 어떻게 대통령님을 곁에서 모실 수 있겠습니까?]

"그럼 누가 당신 자리에 오르게 될까요?"

나는 다시 그 주제로 돌아간다.

그녀가 눈을 몇 번 깜빡인다. 하지만 이건 답하기 까다로운 질문이 아니다.

[물론 대통령님이 대리인을 찾으실 때까진 자리를 지킬 겁니다.]

"그의 이름을 입에 담고 싶지도 않죠? 안 그렇습니까, 캐시? 당신 친구 레스터 로즈 말입니다."

[그는……. 그는 제 친구가 아닙니다.]

"그래요?"

[네, 아닙니다. 저는……. 오늘 아침에 우연히 그와 마주쳤을 뿐…….]

"거기서 멈춰요. 당신 자신에겐 얼마든지 거짓말을 해도 상관없어요, 캐시. 하지만 내겐 그러지 말아요."

그녀가 입을 벌리고 잠시 대꾸할 거리를 찾다가 다시 입을 닫는다.

"나흘 전, 반역자가 있음을 알게 된 직후 내가 가장 먼저 한 일, 그게 뭐였을 것 같아요?"

그녀가 말없이 고개를 젓는다.

"사람을 시켜 당신들을 감시하게 했어요."

그녀가 한 손을 올려 가슴에 얹는다.

[저를…… 감시…….]

"여섯 명 모두를 감시했어요. FISA* 영장. 내가 직접 선서 진술서에 서명했죠. 판사들도 처음 겪는 일이라 당황했을 겁니다. 집행은 FBI 국장, 리즈 그린필드가 맡았고요. 정보 차단, 도청, 뭐 그런 것들 말이에요."

[그럼 지금까지…….]

"당신이 화낼 거 없어요. 당신도 내 입장이었으면 당연히 그랬어야 하니까요. 오늘 아침, 아침을 먹으러 가던 길에 레스터 로즈와 우연히 마주쳤다고 했죠?"

그녀는 꿀 먹은 벙어리가 돼 버린다. 자신이 한 짓을 생각하면 제대로 서 있지도 못할 것이다. 그녀는 쥐구멍에라도 들어가 숨고 싶어 하는 모습이다.

"문제에 집중해요. 정치는 잊으란 말입니다. 다음 주 청문회도 잊고요. 당장 내달에 누가 대통령이 될지도 신경 쓰지 말아요. 이 나라는 지금 엄청난 위기에 봉착해 있습니다. 지금은 그걸 극복하는 데만 총력을 기울여야 해요."

---

*   Foreign Intelligence Surveillance Act, 해외 정보 감시법

그녀는 입을 꼭 다문 채 고개를 끄덕인다.

"만약 내게 무슨 일이 생기면 당신이 날 대신해야 해요. 그러니 더 이상 어리석게 굴지 말고 바짝 긴장하고 있어요."

그녀가 다시 고개를 끄덕인다. 그녀는 단호한 표정으로 자세를 바로 한 후 새로운 행동 방침에 집중하는 모습을 보이기 시작한다.

"캐롤린이 긴급 사태 대책을 알려 줄 겁니다. 그게 일급비밀이라는 거 명심해요. 이제부턴 상황실을 지켜야 합니다. 캐롤린과 나를 제외한 그 누구와의 소통도 허용되지 않습니다. 이해했습니까?"

[네. ……대통령님, 한 가지 말씀드릴 게 있습니다.]

내 입에서 한숨이 터져 나온다.

"그게 뭐죠?"

[거짓말 탐지기 조사를 받게 해 주십시오.]

뜻밖의 요구에 나는 흠칫 놀란다.

[기습적으로 파고드는 전략은 물 건너갔잖아요. 대통령님께선 이미 모든 걸 알려 주셨습니다. 저를 거짓말 탐지기에 꽁꽁 묶어 놓고 '암흑시대'를 누설했는지 물어보십시오. 원하신다면 레스터 로즈에 대해 물어보셔도 좋습니다. 무슨 질문이든 상관없어요. 하지만 이것만은 반드시 물어봐 주십시오. 제가 조국을 배신했는지.]

미처 예상치 못했던 반격이다.

[꼭 물어봐 주십시오. ……진실을 들려 드리겠습니다.]

80

밤 11시 3분. 독일 베를린.

네 가지 일이 동시에 벌어진다.

하나. 하얀색 롱코트 차림의 여자가 부피 큰 부속물 같은 쇼핑백 여러 개를 손에 들고 고층 콘도 건물 정문으로 들어선다. 그녀는 곧장 프런트데스크 직원에게로 다가간다. 자연스레 주위를 살피는 그녀의 눈에 널찍하고 화려하게 장식된 로비 구석에 설치된 카메라가 들어온다. 널찍하고 화려하게 장식된 로비 구석에 설치된 카메라가 그녀의 눈에 들어온다. 그는 신분증을 요구하고, 그녀는 플립 지갑을 열고 배지를 꺼내 보인다.

"이히 빈 폴리치스틴*Ich bin Polizistin.*"

그녀가 미소를 지우고 말한다.

"이히 브라우헤 이레 힐페 예츠트*Ice brauche Ihre Hilfe jetzt.*"

그녀는 경찰이라면서 그의 협조가 필요하다고 말한다.

둘. '베를리너 슈타트라이니궁스베트리베*Berliner Stadtreinigungsbetriebe*'라는 회사 이름이 적힌 대형 주황색 폐기물 처리 트럭 한 대가 같은 건물의 동쪽 밖에 멈춰 선다. 슈프레강 쪽에서 불어온 거센 바람이 소용돌이치며 트럭을 훑고 지나간다.

119

트럭 뒷문이 열리고 방탄조끼, 헬멧, 그리고 두꺼운 부츠 차림의 남자 열두 명이 우르르 쏟아져 나온다. KSK* 대원들은 HK MP5 경 기관총과 폭동 진압용 라이플로 무장한 상태다. 트럭에서 가까운 콘도의 옆문이 자동으로 열린다. 프런트 직원이 열어 준 것이다. 그들은 신속히 건물로 들어간다.

셋. 지역 방송국 이름이 적힌 하얀 헬리콥터가 같은 건물 상공을 맴돌고 있다. 소음이 거의 없는 KSK 스텔스 헬리콥터에서 작전용 기어를 갖춘 KSK 대원 네 명이 30피트 밑 옥상으로 속속 내려온다. 사뿐히 착지한 대원들은 민첩한 손놀림으로 벨트에서 코드를 떼어 낸다.

그리고 넷. 펜트하우스에서 자신의 팀을 지켜보는 술리만 신도럭이 킬킬 웃는다. 지하드의 아들들 중 남은 네 명의 멤버가 그의 곁을 지키고 있다. 전날 밤 축제 분위기에서 완전히 헤어나지 못한 그들은 옷도 제대로 걸치지 않은 채로 어슬렁거리고 있다. 숙취가 묻어나는 그들의 초췌한 얼굴은 듬성듬성 자란 수염으로 뒤덮여 있다. 한낮에 일어난 그들은 지금껏 아무것도 한 게 없다.

불룩한 배를 자주색 티셔츠로 덮어 놓은 엘무로드가 긴 소파에 늘어진 채 앉아 리모컨으로 TV를 켠다. 얼룩진 속셔츠와 사각팬티 차림의 마흐마드는 생수병을 쪽쪽 빨아 대고 있다. 심하게 눌린 그의 머리는 위로 흉측하게 뻗쳐 있다. 오후 중반

---

*   Kommando Spezialkräfte, 독일의 엘리트 특수부대

이 다 돼서야 눈을 뜬 하간은 운동복 바지만 걸친 채로 포도를 우적우적 뜯어 먹는 중이다. 보나 마나 전날 밤 총각 딱지를 뗐을 게 분명한, 멀쑥하고 칠칠찮은 레비는 속옷 차림으로 소파에 널브러져 있다. 그의 얼굴에는 알랑거리는 미소가 머금어져 있다.

술리는 눈을 감고 얼굴에 뿌려지는 강바람을 느껴 본다. 슈프레강에서 불어오는 바람을 반기지 않는 이들도 있다. 저녁 바람은 특히 거세기로 유명하다. 하지만 이곳 바람은 그가 너무나 사랑하는 것 중 하나다. 나중에 그가 가장 그리워하게 될 것이기도 하고.

그는 허리에 차고 있는 권총을 체크한다. 매시간 탄창을 뽑아 제대로 장전돼 있는지 꼼꼼히 확인하는 것은 어느새 그의 습관이 돼 버렸다.

그의 권총은 단 하나의 총알로 장전이 된 상태다.

81

그들은 프로답게 전술적으로 계단을 오른다. 정찰대원 하나가 각 계단을 먼저 훑고 나서 나머지 대원들을 이끄는 방식. 사방에 사각지대가 널려 있다. 층마다 매복 공격의 가능성이 도사리고 있다. 프런트데스크에서 경보 해제 신호를 보내 왔지만 그가 모니터 중인 카메라들만 철석같이 믿을 수는 없다.

팀 원 리더는 크리스토프라는 11년 차 KSK 대원이다. 열두 명의 대원이 펜트하우스 층계참에 다다르자 그가 지휘관에게 무전을 보낸다.

"팀 원, 레드 포지션 도착."

그가 독일어로 말한다.

"레드 포지션에서 기다리도록, 팀 원."

건물 밖에 세워진 차 안에서 지휘관이 말한다.

이번 임무의 지휘관은 준장 계급을 단 KSK의 리더다. 크리스토프는 지금껏 KSK 최고위급 장교가 직접 임무를 지휘하는 걸 본 적이 없었다. 사실 준장도 총리로부터 연락을 받아 본 것은 이번이 처음이었다.

"표적은 술리만 신도릭입니다."

리히터 총리는 준장에게 말했다.

"반드시 생포해야만 합니다. 체포 후 즉시 심문이 가능하게 끔 말입니다."

지금 크리스토프의 손에 아르웬ARWEN이라는 폭동 진압용 무기가 쥐어져 있는 이유다. 아르웬은 탄창에 장전된 비살상

122

플라스틱 총탄 다섯 발을 4초 만에 전부 뿌릴 수 있다. 열두 명의 대원 중 여섯 명이 표적들을 무력화시키기 위해 아르웬을 챙겨 왔다. 나머지 여섯 명은 필요할 때 적들을 사살할 수 있도록 MP5 경기관총으로 무장했다.

[팀 투, 상황 보고.]

지휘관이 말한다.

팀 투는 옥상으로 침투한 네 명의 대원이다.

[팀 투, 레드 포지션 도착.]

KSK 대원 두 명이 라펠로 하강해 바로 밑 발코니로 침투할 준비에 들어간다. 나머지 두 명은 적들의 탈출 시도에 대비해 옥상을 지키게 될 것이다.

'하지만 놈들이 탈출할 일은 없을 거야.'

크리스토프는 생각한다.

'내 손으로 반드시 체포할 테니까.'

표적은 그의 빈 라덴이나 다름없다.

그의 이어폰에서 지휘관의 목소리가 흘러나온다.

[팀 쓰리, 표적들의 수와 위치를 확인하도록.]

팀 쓰리는 건물 위에 떠 있는 스텔스 헬리콥터다. 그들은 고성능 열 이미지 카메라로 펜트하우스 층을 감시 중이다.

[표적은 총 다섯 명입니다, 지휘관님.]

팀 쓰리가 답한다.

[펜트하우스 안에 네 명이 모여 있고, 발코니에 한 명이 나와 있습니다.]

[표적 다섯 명, 알았다. 팀 원, 옐로우 포지션으로 이동하도록.]

"팀 원, 옐로우 포지션으로 이동."

크리스토프가 부하들을 돌아보고 고개를 끄덕인다. 대원들이 일제히 무기를 치켜든다.

크리스토프가 계단 문의 걸쇠를 돌린다. 그리고 솟구치는 아드레날린에 휩쓸려 부드럽게, 하지만 신속히 문을 연다.

텅 빈 복도는 조용하다.

무기를 처든 열두 명의 대원은 몸을 잔뜩 웅크린 채 천천히 이동한다. 그들은 발소리를 죽이고 카펫 깔린 바닥을 조심스레 디뎌 오른쪽에 난 문 앞으로 다가간다. 신경이 예민해진 크리스토프는 뒤따르는 부하들이 발산하는 열기와 에너지를 뚜렷이 느낄 수 있었다. 카펫에서 풍기는 레몬 향기는 그의 후각을, 부하들의 거친 숨소리와 복도 끝에서 흘러나오는 희미한 웃음소리는 그의 청각을 각각 자극한다.

8미터. 6미터. 퍼포먼스 아드레날린이 그의 몸속을 마구 휘젓고 다닌다. 그는 쿵쾅대는 심장을 애써 무시하고 몸의 균형과 자신감을 유지하는 데 집중한다.

딸깍, 딸깍, 딸깍.

그의 고개가 왼쪽으로 홱 돌아간다. 미묘하면서도 뚜렷한 소리. 벽에 붙은 자그마한 네모난 상자가 그의 눈에 들어온다. 온도 조절 장치……

아니, 온도 조절 장치가 아니다.

"젠장."

82

술리만이 담배에 불을 붙이고 휴대폰을 체크한다. 국제 뉴스 면은 잠잠하다. 모두가 로스앤젤레스 정수 처리장 테러 사건에만 매달려 있다.

'미국 놈들이 속아 넘어간 건가?'

그는 생각한다.

하간은 온갖 음식이 널려 있는 테이블에서 끌어온 은사발에 대고 속을 비워 낸다. 고급 샴페인이었을 텐데. 술리는 생각한다. 하간은 코드를 짜는 데는 천재일지 몰라도 술 앞에서는 아직…….

그때 술리의 휴대폰에서 고음의 경고음이 터져 나온다. 딱 하나의 상황을 알리는 톤.

복도에 설치된 센서. 누군가가 침입한 것이다.

그의 손이 본능적으로 한 개의 총알만이 장전된 권총에 얹힌다.

그는 무슨 일이 있어도 절대 생포되지 않겠노라고 늘 맹세해 왔다. 감금되고, 심문받고, 얻어맞고, 물고문당하고……. 그렇게 짐승처럼 살지 않겠노라고. 때가 오면 총구를 턱에 갖다 붙이고 덤덤히 방아쇠를 당기겠노라고.

125

하지만 그는 확신해 왔다. 그 전에 최후의 일격의 순간이 반드시 찾아올 것이라고. 문제는 그 순간을 헛되이 흘려보내지 않도록 용기를 낼 수 있는지였다.

83

"발각됐다!"

크리스토프가 거칠게 속삭인다.

"팀 원, 그린 포지션으로 이동한다."

[그린 포지션으로 이동하라, 팀 원.]

기습 작전이 실패로 돌아가자 대원들은 황급히 문으로 이동한다. 그들은 다섯 명씩 양쪽으로 늘어선 가운데 래머*로 무장한 두 대원이 뒤에 버티고 선 이중 진압 포지션을 취하고 있다.

[발코니 표적이 펜트하우스로 들어갔다.]

헬리콥터에서 열 이미지를 모니터 중인 팀 쓰리 리더가 말한다.

'그놈이야.'

들뜬 마음을 진정시키며 크리스토프는 생각한다.

그들이 래머를 휘둘러 능숙하게 문을 부순다. 경첩이 떨어져 나가면서 문이 아파트 안쪽으로 넘어가 버린다. 체인이 끊

---

*   rammer, 문을 부술 때 쓰는 도구

어진 도개교처럼.

문 양쪽에 줄지어 서 있던 대원들이 일제히 섬광 수류탄을 꺼내 아파트 안으로 던져 넣고 문지방에서 멀리 떨어진다. 잠시 후, 180데시벨에 달하는 엄청난 굉음과 함께 수류탄이 폭발한다. 문간에서 뜨거운 열기와 눈부신 빛이 뿜어져 나온다.

당황한 표적들은 5초 동안 아무것도 보지도, 듣지도 못하게 될 것이다.

'하나, 둘.'

백색광이 걷히자 크리스토프가 가장 먼저 문간으로 달려 들어간다. 폭발의 여진은 아직까지도 웅웅거리고 있다.

"움직이지 마! 움직이지 마!"

그가 독일어로 소리친다. 그의 팀 동료는 터키어로 같은 내용을 외쳐 댄다.

그는 신속하게 방 안을 둘러본다.

소파에 어정쩡하게 몸이 걸쳐진 자주색 셔츠 차림의 뚱뚱한 남자는 눈을 질끈 감고 있다.

'저 친구는 아니야.'

손에 물병을 쥔 속셔츠와 사각팬티 차림의 남자는 잠시 휘청대다가 뒤로 고꾸라진다.

'저 친구도 아니고.'

넋 나간 모습으로 바닥에 드러누운 웃통 벗은 남자의 가슴

127

에는 과일 그릇이 엎어진 채 놓여 있다.

'아니야.'

크리스토프는 긴 소파 뒤편을 살펴본다. 속옷 차림의 남자가 의식을 잃은 채 늘어져 있다.

'저 친구도…….'

발코니로 통하는 미닫이 유리문 옆에 마지막 표적이 주저앉아 있다. 브래지어와 팬티 차림의 아시아 여자는 고통스러워하는 표정을 짓고 있다.

"표적이 다섯뿐인가, 팀 쓰리?"

그가 소리친다.

[그렇다, 팀 리더. 다섯.]

다른 대원이 아시아 여자를 챙기고 있는 동안 크리스토프는 유리문을 열고 몸을 웅크린 채 발코니로 나가 본다. 그의 손에 쥐어진 폭동 진압용 무기가 좌우로 심하게 흔들린다. 발코니에는 아무도 없다.

"추가 표적은 없습니다."

거실로 돌아온 크리스토프에게 그의 부관이 보고한다. 아드레날린이 걷히면서 그의 어깨가 축 늘어진다.

그는 침울한 표정으로 거실 안을 찬찬히 둘러본다. 케이블로 손이 묶인 다섯 명의 표적은 어안이 벙벙한 표정으로 쭉 늘어서 있다. 그들이 의식을 완전히 회복했는지는 의문이다.

그의 시선이 거실의 한쪽 구석으로 돌아간다.

천장에 설치된 카메라가 그를 빤히 내려다보고 있다.

84

*"구텐 탁*Guten Tag*."*

술리만이 자신을 보지 못하는 군인에게 장난스레 경례하며 말한다. 술리는 낙담한 군인에게 살짝 미안한 마음이 들었다.

웨이터가 다가오자 그는 노트북 컴퓨터를 닫는다. 그는 슈프레 강변의 한 야외 주점에 앉아 있다. 펜트하우스에서 20킬로미터 떨어진 곳이다.

"더 필요하신 거 있으십니까?"

웨이터가 말한다.

"계산할게요."

술리만이 말한다. 이제 일어나야 할 시간이다. 보트로 이동할 거리가 만만찮기에.

85

검은 통신용 텐트 안에서 리히터 총리가 전화를 끊는다.

"죄송하게 됐습니다, 대통령님."

"흔적도 없이 사라진 겁니까?"

"네. 현장에서 체포된 사람들은 그가 두 시간 전쯤 펜트하우

---

*   독일어 인사말

스를 떴다고 합니다."

늘 그렇듯 그는 이번에도 우리보다 한 발짝 빨랐다.

"잠깐……. 생각 좀 해 봐야겠습니다."

나는 덮개를 가르고 나와 오두막으로 돌아간다. 솔직히 큰 기대를 품고 있었다. 바이러스를 막을 수 있는 절호의 기회였는데.

나는 지하로 내려간다. 알렉스 트림블이 나를 바짝 뒤따른다. 복도에서도 그들의 목소리를 뚜렷이 들을 수 있다. 상황실로 들어서기도 전에.

나는 문간에 멈춰 서서 잠시 안을 들여다본다. 기술자들이 스피커폰을 중심으로 둘러앉아 있다. 펜타곤의 위협 대응팀과 통화 중인 모양이다.

"시퀀스를 뒤집었을 경우를 얘기하는 겁니다!"

데빈이 전화기에 대고 말한다.

"'뒤집는다'는 게 무슨 뜻인지는 알죠? 네? 모르겠으면 사전을 찾아봐요."

스피커폰에서 목소리가 흘러나온다.

[하지만 워너크라이* 때는…….]

"이건 워너크라이가 아니에요, 제러드! 이건 랜섬웨어가 아니란 말입니다. 이건 워너크라이와는 차원이 다릅니다. 난 지금껏 이렇게 끔찍한 바이러스를 본 적이 없어요."

---

*   WannaCry, 변종 랜섬웨어

데빈이 빈 생수병을 한쪽으로 냅다 집어던진다.

[데빈, 내 말 좀 들어 봐요. 내가 하는 얘긴 백 도어*가…….]

상대의 대꾸가 이어지는 가운데 데빈이 케이시를 쳐다본다.

"저 친구, 아직도 워너크라이 얘길 하고 있어요. 정말 울고 싶게wanna cry 만드네요."

케이시는 같은 자리를 빙빙 맴돌고 있다.

"결국 막다른 길로 들어서고 말았네요."

그녀가 말한다.

나는 돌아서서 문간을 나온다. 그들은 이미 내 질문에 답을 한 셈이다.

"통신실로 갈 겁니다."

나는 알렉스에게 말한다. 그는 문 앞까지 나를 바래다주고, 나는 혼자서 안으로 들어간다.

나는 문을 닫고 불을 끈다.

이미 어두웠지만 나는 바닥에 풀썩 주저앉아 눈을 질끈 감는다.

나는 주머니에서 레인저 동전을 꺼내 쥐고 암송을 시작한다.

"나는 레인저 부대에 자원하였고, 내가 선택한 직책의 위험성을 충분히 알고 있으며……."

3억 인구를 거느린 국가의 완전한 파멸. 겁에 질려 자포자기

---

* back door, 시스템 접근에 대한 사용자 인증 등 정상적인 절차를 거치지 않고 응용 프로그램 또는 시스템에 접근할 수 있도록 하는 프로그램

하게 될 3억 명의 국민. 그들은 모든 것을 잃게 될 것이다. 안전, 보안, 저금, 그리고 꿈. 빌어먹을 컴퓨터 천재 몇 명 때문에.

"……나는 레인저 부대원으로서 다른 병사들보다도 더 먼 곳에서 제일 먼저 힘든 싸움을 할 것을 각오한다……. 나는 언제나 더 많은 임무에 자원할 것이고, 그것이 어떤 임무든지 100퍼센트 완수할 것이다……."

긴급히 동원된 수백 대의 테스트 컴퓨터는 전부 무용지물이 되었다. 한시가 급한 상황임에도 이 나라 최고 전문가들은 여전히 오리무중에서 헤매고 있다. 언제라도 작동 가능한 이 무시무시한 바이러스를 막을 수 있는 유일한 인물은 독일 특수부대가 자신의 펜트하우스를 습격했을 때 멀찌감치 떨어진 곳에서 모든 걸 유유히 지켜보며 흐뭇해했을 것이다.

"……적과 조우했을 때 전력을 다해 그들과 싸워 이길 것이다……. 레인저에게 항복이란 없다."

그건 사실이다. 하지만 만약 바이러스를 막는 데 실패한다면 나는 어쩔 수 없이 가장 독재적인 조치를 시행할 수밖에 없다. 사람들이 식량과 정수와 피신처 확보를 위해 서로 죽여 대기 전에.

만약 그런 일이 벌어지면 우리는 아무도 알아볼 수 없는 국가가 돼 버릴 것이다. 모두가 알고 있는 아메리카 합중국으로도 남지 못할 것이고. 골치 아픈 국내 문제는 말할 것도 없고, 케네디와 흐루쇼프가 대립했던 시절 이후 핵전쟁에 가장 근접하게 될 게 불 보듯 뻔하다.

신뢰할 만한 조언자가 절실한 상황이다. 나는 휴대폰을 꺼내 들고 해결사에게 다이얼한다. 세 번의 신호음이 흐르고 대니 에이커스가 응답한다.

[대통령님—.]

그의 목소리를 듣는 것만으로도 기운이 난다.

"어떻게 해야 할지 모르겠어, 대니. 함정에 빠진 기분이야. 더 이상 내놓을 트릭도 없고. 어쩌면 이번엔 저들이 이길지도 몰라. 내겐 답이 없거든."

[걱정 마. 결국 답을 찾게 될 테니까. 늘 그래 왔듯이 말이야.]

"하지만 이번엔 다르다고."

[자네가 브라보 중대에 배치돼 사막의 폭풍에 뛰어들었던 때 기억나? 그때 무슨 일이 있었지? 자넨 레인저 스쿨에 발을 들인 적도 없었지만 상부는 자넬 상등병으로 진급시켜 팀을 이끌도록 했어. 바르사에서 돈린이 부상을 입었을 때 말이야. 아마 브라보 중대 역사상 가장 빠른 진급이었을걸.]

"이번엔 다르다니까."

[그들은 아무 이유 없이 자넬 진급시킨 게 아니었어, 존. 아카데미에 날고 기는 후보자가 넘쳐났다는 거 알지? 대체 상부는 왜 자넬 선택했을까?]

"그건 나도 몰라. 어쨌든 그건……."

[그 소문은 이곳 후방에까지 퍼졌어. 그때 중위가 뭐라고 했는지 알아? 돈린이 부상을 입고 쓰러졌을 때 자네가 적의 포화

속에서 리더를 자처하고 나섰다고 했어. 그는 그 긴박한 상황 속에서 냉정함을 유지한 채 해결책을 찾아 나선 자네를 '타고난 리더'라고 불렀지. 그의 말이 옳았어. 조나단 링컨 던컨. 이건 내가 자넬 사랑하기 때문에 괜히 하는 얘기가 아니야. 이 사태를 제대로 수습할 수 있는 사람은 이 나라에 자네뿐이라고.]

그가 옳든 아니든, 내가 그 말을 믿든 안 믿든, 결국 최종 책임자는 바로 나다. 이제는 우는 소리를 멈추고 마음을 굳게 먹어야 할 때다.

"고마워, 대니."

나는 몸을 일으키며 말한다.

"자네 헛소리 잘 들었어."

[냉정함을 되찾고 해결책을 찾아보십시오, 대통령님.]

86

나는 전화를 끊고 불을 켠다. 문을 열려는 찰나 또 다른 전화가 걸려 온다. 캐롤린.

[대통령님, 리즈가 연결돼 있습니다.]

리즈가 말한다.

[대통령님, 부통령님의 거짓말 탐지기 조사가 끝났습니다.]

[아쉽게도 결론에는 이르지 못했습니다.]

"그게 무슨 뜻이죠?"

[혐의에 대해 의견이 없다는 뜻입니다.]

"그걸 어떻게 해석해야 합니까?"

[충분히 예상 가능했던 결과입니다. 원래 이 조사는 이번처럼 시간에 쫓겨 대충 진행해선 안 되는 겁니다. 오랜 시간을 두고 치밀하게 준비를 해야 하죠. 게다가 무죄이든 유죄이든, 현재 그녀의 스트레스 레벨은 실로 엄청납니다.]

오래전, 나도 이라크 놈들의 거짓말 탐지기 테스트를 통과한 적이 있었다. 그들은 내게 부대의 위치와 이동 경로에 대해 온갖 질문을 던졌다. 나는 거기에 맞서 별의별 거짓말로 응수했다. 어쨌든 나는 그들의 테스트를 거뜬히 통과했다. 대응책을 철저히 익혀 놓은 덕분이었다. 그것은 훈련의 일부였다. 거짓말 탐지기를 상대로 이기는 방법은 얼마든지 있다.

"자발적으로 거짓말 탐지기 조사를 받은 그녀에게 점수를 줘야 할까요?"

[아뇨, 그러실 필요는 없습니다.]

캐롤린이 말한다.

[테스트를 통과하지 못했다면 그녀는 스트레스 핑계를 댔을 겁니다. 그리고 이렇게 목소리를 높였겠죠. 통과하지 못하리라는 걸 알았다면 내가 왜 자진해서 나섰겠어요?]

리즈 그린필드가 덧붙인다.

[게다가, 그녀는 거짓말 탐지기 조사를 피할 수 없으리라는 걸 알고 치밀하게 준비를 해 왔을 겁니다. 그래서 우리가 제안하기 전에 자기가 먼저 자진하고 나섰던 것이죠.]

그들 말이 옳다. 캐시는 그런 쪽으로 머리가 비상한 사람이다.

빌어먹을. 운도 지지리도 없군.

"캐롤린, 아무래도 전화를 걸어야 할 때가 온 것 같아요."

87

"대법원장님, 더 자세히 말씀드리지 못해 죄송합니다."

나는 휴대폰에 대고 말한다.

"법원에 피해가 없도록 철저히 지키고, 대법원장님과 제가 실시간으로 소통할 수 있는 창구를 구축하는 게 무엇보다 중요합니다."

[무슨 말씀인지 알아들었습니다, 대통령님.]

이 나라 대법원장이 말한다.

[아직까진 모두 무탈합니다. 다들 대통령님과 조국을 위해 기도하고 있습니다.]

상원 다수당 대표와의 통화도 매끄럽게 진행된다. 그와 그의 지도부는 이미 지하 벙커에 내려가 있는 상태다.

내 설명을 듣고 난 레스터 로즈는 본능적으로 나를 의심한다.

[대통령님, 그 위협이라는 게 정확히 어떤 겁니까?]

"그건 아직 공개할 수 없습니다, 레스터. 당신과 당신 지도부는 무사히 잘 버텨 주기만 하면 됩니다. 상세한 내용은 때가 오면 들려줄게요."

나는 그가 다음 주에 있을 특별 위원회 청문회에 대해 묻기 전에 황급히 전화를 끊어 버린다. 보나 마나 그는 내가 청문회에 쏠린 시선을 딴 데로 돌려놓기 위해 잔머리를 굴리는 것이라고 생각할 것이다. 레스터는 충분히 그러고도 남을 사람이다. 정부 존속 프로토콜을 발령해야 하는 데프콘 1 시나리오마저 그는 싸구려 정치 공세로만 여길 뿐이다.

나는 통신실로 들어가 노트북 컴퓨터를 켜고 캐롤린 브록을 호출한다.

[대통령님, 모두 상황실 보안 회선으로 연결돼 있습니다.]

"브렌단 모한?"

나는 말한다. 국가 안전 보장 담당 보좌관.

[연결됐습니다.]

"로드 산체스?"

합동 참모 본부 의장.

[연결됐습니다.]

캐롤린이 말한다.

"돔 데이턴?"

국방부 장관.

[연결됐습니다.]

"에리카 비티?"

[연결됐습니다.]

"샘 헤이버?"

[네, 연결됐습니다.]

"그리고 부통령."

나의 서클에 소속된 여섯 멤버.

캐롤린이 말한다.

[상황실에 연결돼 있습니다. 냉정함을 되찾고 해결책을 찾아보십시오.]

"잠시 후 나랑 통화가 가능하도록 준비해 줘요."

88

나는 오두막 상황실로 되돌아간다. 컴퓨터 기술자들은 아직도 주어진 과업에 필사적으로 매달려 있다. 비교적 앳돼 보이는 얼굴들, 그들의 충혈되고 지친 눈, 그리고 절박함이 묻어나는 그들의 행동. 세계를 구하려 필사적으로 머리를 짜내는 사이버 보안 전문가들의 모습은 기말고사를 앞두고 벼락치기 공부에 여념이 없는 학생들과 별로 달라 보이지 않는다.

"멈춰요, 모두 멈춰 봐요."

방 안이 순식간에 조용해진다. 모두의 눈이 내게로 쏠린다.

"혹시, 여러분들이 너무 똑똑한 게 아닌가요?"

"너무 똑똑하다고요, 대통령님?"

"그래요. 지식이 너무 많은 상태에서 엄청나게 복잡한 문제가 던져지니 단순한 해법을 못 보고 지나친 게 아닌가 해서요.

나무만 보고 정작 숲은 못 봤을 수도 있지 않겠어요?"

케이시가 방 안을 둘러보다가 한 손을 살랑이며 말한다.

"지금으로선 그 어떤 아이디어라도……."

"보여 줘요. 보고 싶어요."

"바이러스 말씀이세요?"

"그래요, 케이시. 바이러스. 이 나라를 초토화시켜 버릴 바로 그 바이러스 말이에요."

지친 기술자들은 신경이 예민해진 상태다. 방 안에서는 절망의 기운이 감돌고 있다.

"죄송합니다, 대통령님."

그녀가 고개를 떨어뜨리고 노트북 컴퓨터 키보드를 두드리기 시작한다.

"스마트스크린으로 보시죠."

그녀가 말한다. 그제야 나는 평범해 보였던 화이트보드가 사실은 컴퓨터 스마트스크린이었음을 깨닫는다.

나는 스마트스크린 쪽으로 돌아선다. 화면에 메뉴 파일들이 떠오른다. 케이시가 메뉴를 스크롤해 내리다가 파일 하나를 찾아 클릭한다.

"바로 이겁니다. 말씀하신 바로 그 바이러스."

순간 가슴이 철렁 내려앉는다.

Suliman.exe

"아주 겸손한 친구군요."

바이러스에 자신의 이름을 붙이다니.

"이 파일을 찾느라고 우리가 지난 2주 동안 그토록 난리를 쳤던 겁니까?"

"탐지를 피하도록 암호화돼 있었습니다."

케이시가 말한다.

"니나가 로깅을 우회하도록 프로그램을 짜 두었어요. 그래서 우리가 찾아 나설 때마다 감쪽같이 사라져 버렸던 겁니다."

나는 고개를 젓는다.

"이 파일, 열리나요? 열 수 있어요?"

"네, 대통령님. 적잖은 시간이 소요되긴 했지만 여는 데는 성공했습니다."

그녀가 또다시 키보드를 두드리자 바이러스의 콘텐츠가 스마트스크린에 떠오른다.

과연 나는 무엇을 보게 될 거라 예상하고 있었을까? 미쳐 버린 팩맨처럼 데이터와 파일들을 게걸스럽게 먹어 치우는 작은 초록색 괴물?

화면에 떠오른 건 뒤죽박죽 뒤섞인 여섯 줄의 부호와 글자들이다. 앰퍼샌드(&)와 파운드(#) 사인들, 대문자와 소문자로 된 글자들, 숫자와 구두점들. 언어로는 도저히 볼 수 없는 패턴이다.

"우리가 해독해야 하는 암호화된 코드인가요?"

"아뇨. 일부러 혼란스럽게 구성해 놓은 거예요. 니나가 악성 코드를 이렇게 만들어 놓은 것이죠. 누구도 읽거나 역설계할 수 없도록. 그게 바로 이 바이러스의 요점이죠."

"하지만, 오기, 네가 재현해 냈다고 했잖아."

"그랬죠. 상당 부분은."

오기가 말한다.

"이 방엔 천재들만 모여 있지만 우린 모든 걸 재현하는 데 실패했어요. 무엇보다도 타이밍 메커니즘을 재현하지 못한 게 가장 큰 문제예요."

나는 허리에 손을 얹고 한숨을 내쉬며 고개를 떨군다.

"그러니까 비활성화시킬 수 없다는 얘기죠? 바이러스를 죽일 방법이 없다는 얘기?"

케이시가 말한다.

"그렇습니다. 우리가 비활성화시키거나 제거하려 할 때마다 바이러스가 작동을 시작하거든요."

"그 '작동'이라는 게 정확히 무슨 뜻입니까? 그게 데이터를 전부 삭제해 버린다는 건가요?"

"모든 액티브 파일*을 겹쳐 써 버리는 겁니다. 재현이 불가능하게 돼 있어요."

"그럼 파일을 삭제한 후 휴지통에서 또 한 번 삭제를 한다는 말인가요? 내가 90년대에 썼던 매킨토시처럼?"

그녀가 코를 찡긋한다.

---

* 새로운 데이터를 써 넣는 일이 항시 이뤄지는 파일

"아뇨. 삭제는 다릅니다. 원래 뭔가가 삭제되면 삭제됐다고 표시가 되거든요. 비활성화되는 건 물론이고, 할당되지 않은 공간이 돼 버렸다가 결국 저장 용량이 초과되면 다른 것으로 대체가⋯⋯."

"케이시, 맙소사. 우리말로 설명해 줄 순 없어요?"

그녀가 흘러내린 두꺼운 안경을 살짝 밀어 올린다.

"그건 중요하지 않습니다. 제가 말씀드리는 건 사용자가 파일을 삭제하면 그것이 즉각 사라지지 않는다는 것입니다. 영구적으로 지워지는 것도 아니고요. 컴퓨터가 그것이 삭제됐다고 표시하면 메모리에 공간이 열리게 됩니다. 그렇게 액티브 파일에서 자취를 감춰 버리는 겁니다. 물론 전문가는 그것을 복원시킬 수 있어요. 하지만 이 바이러스는 다릅니다. 와이퍼 바이러스는 데이터를 겹쳐 쓸 수 있거든요. 그건 영구적으로 남게 되고요."

"보여 줘요. 바이러스가 데이터를 어떻게 겹쳐 쓰는지."

"알겠습니다. 대통령님께서 보고 싶어 하실지 몰라 저희가 시뮬레이션을 만들어 놓았습니다."

케이시가 다시 컴퓨터 키보드를 두드린다. 그녀가 방금 무엇을 했는지 알 수 없을 만큼 빠른 손놀림이다.

"이건 이 노트북 컴퓨터에 담겨 있는 액티브 파일 중 하납니다. 여기 보이시죠? 파일의 다양한 속성이 줄지어 나열돼 있습니다."

스마트스크린에 한 파일의 속성들이 떠오른다. 숫자나 글자로 빽빽이 채워진 가로줄들.

"이번엔 겹쳐 쓴 같은 파일을 보여 드리겠습니다."

갑자기 스마트스크린에 또 다른 이미지가 나타난다.

이번에도 나는 극적인 무언가를 상상하고 있었다. 하지만 눈앞에 펼쳐진 새로운 패턴들을 보니 김이 빠져 버린다.

"똑같은데요. 마지막 세 줄이 '0'으로 바뀐 것만 빼면."

"그게 바로 겹쳐 쓴 부분입니다. '0'으로 표시된 부분. 이래서 복원이 불가능해진 것이죠."

이 빌어먹을 '0'들 때문에 이 나라가 제3세계 국가로 전락해 버릴 위기에 처하다니.

"바이러스를 다시 보여 줘요."

그녀는 다시 이전 화면으로 돌려놓는다. 한데 뒤섞인 숫자와 부호와 글자들.

"그러니까 이게 터지면 모든 게 한순간에 사라져 버린다는 거죠?"

나는 손가락을 딱 부딪치며 말한다.

"그건 아니고요."

케이시가 말한다.

"그런 와이퍼 바이러스도 물론 있긴 합니다. 이건 줄줄이 엮여 들어가는 패턴으로 진행됩니다. 그 속도는 꽤 빠르지만 대통령님께서 생각하시는 것보단 느립니다. 관상 동맥 혈전증으로 급사하는 것과 암으로 서서히 죽어 가는 차이랄까요."

"느리다는 게 정확히 얼마나 느린 거죠?"

143

"글쎄요. 20분 정도?"

'해결책을 찾아보십시오.'

"안에 타이밍 장치가 있습니까?"

"있을 수도 있습니다. 아직 확실히는 모르지만요."

"다른 가능성은요?"

"실행 명령을 기다리고 있는지도 모릅니다. 감염된 장치들 안의 바이러스가 서로 소통하고 있을 가능성을 말씀드리는 겁니다. 그중 하나가 실행 명령을 내리면 나머지 바이러스들이 동시에 작동을 시작하게 되는 것이죠."

나는 오기를 돌아본다.

"그중 어떤 게 리더지?"

그가 어깨를 으쓱인다.

"미안하지만 그건 나도 몰라요. 니나가 알려 주지 않았거든요."

"시간을 조작하는 방법은? 다른 연도로 컴퓨터 시간을 조작하면 안 될까? 만약 이게 오늘 작동하도록 프로그램돼 있다면 시계와 달력을 한 세기 전으로 돌려놓으면 되잖아. 그럼 바이러스가 앞으로 100년은 더 기다려야 한다고 생각하지 않겠어? 우리가 시간을 바꿔 놓으면 바이러스는 그 오류를 인식하지 못할 텐데."

오기가 고개를 젓는다.

"니나는 컴퓨터 시계랑 연결해 두지 않았을 거예요."

그가 말한다.

"그건 너무 부정확하고 조작의 우려가 크잖아요. 보나 마나 마스터에 의해 통제당하게 돼 있거나 구체적인 시간이 주어졌을 거예요. 그녀가 원하는 날짜와 시간을 지정한 후 그 시점까지 정확히 몇 초가 걸리는지 계산해 놓았다면 그런 조작은 통하지 않아요."

"3년 전에 그녀가 그랬을 거라고?"

"네. 간단한 곱셈이죠. 초 단위로 계산하면 엄청나게 큰 수가 나오겠지만 그런 건 아무래도 상관없어요. 그래 봤자 단순한 수학적 문제에 불과하니까."

그의 설명에 내 기가 푹 꺾인다.

"타이머를 바꿀 수 없다면서 이 바이러스를 어떻게 작동시킨 거지?"

"저희는 바이러스를 제거하거나 비활성화시키려 했습니다."

데빈이 말한다.

"그랬더니 작동이 되더군요. 부비트랩과 같은 트리거 기능이 있었습니다. 그게 적대적인 움직임을 감지한 것이죠."

"니나는 그 누구도 이걸 감지하지 못할 거라 확신했어요."

오기가 말한다.

"결국 그녀가 믿었던 대로 됐죠. 하지만 그럼에도 그녀는 굳이 바이러스에 이 트리거를 심어 놨어요. 혹시 모른다는 생각에."

"자—."

나는 방 안을 빙빙 맴돌며 말한다.

"우리 이제 큰 그림을 한번 그려 봅시다. 큰 그림, 하지만 최대한 단순하게 가 보자고요."

모두가 고개를 끄덕이며 다시 집중에 들어간다. 마치 이참에 사고를 바꾸어 보려는 듯이. 그들은 까다로운 난제와 지혜를 겨루는 데 익숙한 사람들이다.

"어떻게든…… 바이러스를 격리시킬 방법은 없습니까? 한번 가둬 두면 영영 빠져나올 수 없는 곳에 말입니다."

내 말이 끝나기도 전에 오기가 고개를 젓는다.

"그랬다간 이게 모든 액티브 파일을 겹쳐 쓰게 될 거예요. 그 어느 곳에 격리시켜 둬도 마찬가집니다."

"저희가 이미 시도해 봤습니다."

케이시가 말한다.

"그 아이디어의 무수한 버전을 일일이 써 봤어요. 나머지 파일들로부터 바이러스를 격리시킬 방법은 없습니다."

"그럼…… 모든 장치에서 인터넷을 끊어 버리는 방법은요?"

그녀의 고개가 살짝 기울어진다.

"그건 가능할 수도 있겠습니다. 만약 이게 기능 분산 시스템이라면. 온갖 장치들로 침투한 바이러스가 서로 소통을 하다가 리더에게서 '실행' 명령을 받았다면 말입니다. 그녀가 그렇게 세팅해 두었는지도 모르죠. 만약 그게 사실이라면, 그래서 우리가 모든 장치에서 인터넷을 끊어 버린다면, 그 '실행' 명령은 나머지 바이러스들에게 전달될 길이 없습니다. 그렇게 되면 와이퍼 바이러스도 작동되지 않겠죠."

"그렇군요. 그럼……."

나는 앞으로 몸을 기울인다.

"대통령님, 만약 모든 장치에서 인터넷을 끊어 버리면……. 그러니까, 인터넷 접속을 차단시키고, 이 나라의 모든 인터넷 서비스 제공업체들을 셧다운시켜 버리면……."

"그렇게 되면 인터넷에 의지하는 모든 것이 덩달아 셧다운 돼 버리겠죠."

"우리가 저들이 하려는 걸 대신 해 주는 셈입니다, 대통령님."

"성공 가능성을 점치기도 쉽지 않고요."

데빈이 말한다.

"아시다시피 각 바이러스는 내부 타이머를 갖추고 있지 않습니까. 인터넷과는 아무 상관이 없죠. 게다가 바이러스끼리 소통한다는 걸 확인할 길도 없고요. 불확실한 부분이 너무 많습니다."

"이해했어요."

나는 두 손을 빙빙 휘저어 보인다.

"자, 계속 이어 나가 봅시다. 멈추지 말고. 궁금한 게 있는데……. 와이퍼 바이러스가 모든 걸 삭제해 버리고 나면 어떻게 되나요?"

데빈이 두 손을 펼쳐 보인다.

"그 작업이 끝나면 컴퓨터는 무용지물이 돼 버리겠죠. 코어 작동 파일이 한번 겹쳐 써지면 컴퓨터는 영영 복구될 수 없습니다."

"그럼 바이러스는 어떻게 되고요?"

케이시가 어깨를 으쓱인다.

"숙주가 죽으면 암세포는 어떻게 되겠습니까?"

"컴퓨터가 죽으면 바이러스도 죽는다는 말인가요?"

"그게……."

케이시가 데빈과 오기를 차례로 돌아본다.

"모든 게 죽게 됩니다."

"망가진 컴퓨터에 운영 소프트웨어를 재설치하고 다시 부팅시키면요? 안에서 기다리고 있던 바이러스가 다시 작동하게될까요? 아니면 그냥 죽어 버릴까요? 영원히 잠들어 버리거나하진 않고요?"

데빈이 잠시 생각에 잠긴다.

"그런 건 아무래도 상관없습니다. 어차피 모든 파일이 이미겹쳐 써진 상태일 테니까요. 복구는 불가능합니다."

"그럼……. 모든 컴퓨터를 꺼 놓고 기다리는 방법은요?"

"소용없습니다, 대통령님."

나는 뒤로 한 걸음 물러나 세 사람을 쳐다본다. 케이시, 데빈, 그리고 오기.

"다시 작업으로 돌아갑시다. 창의력을 발휘해 봐요. 모든 걸뒤집어엎어서라도 해결책을 찾아내도록 해요."

나는 휙 돌아서서 방을 나와 버린다. 그리고 하마터면 충돌

할 뻔한 알렉스를 지나 통신실로 향한다.

이것은 내게 마지막 기회가 될 것이다. 나의 헤일 메리* 패스.

89

내 서클에 속한 여섯 명이 컴퓨터 스크린에 속속 떠오른다. 브렌단 모한 NSA 국장, 로드리고 산체스 합동 참모 본부 의장, 도미닉 데이턴 국방부 장관, 에리카 비티 CIA 국장, 샘 헤이버 국토안보부 장관, 그리고 캐서린 브랜트 부통령. 이중 하나는 분명······.

"반역자라고 하셨습니까?"

샘 헤이버가 침묵을 깨고 말한다.

"분명 당신들 중 하나가 반역자입니다."

앓던 이가 빠진 듯이 후련하다. 나흘 전 나는 우리 내부자 하나가 적을 위해 일하고 있음을 알게 됐다. 그 후로 이 그룹과 소통할 때면 나는 한순간도 긴장을 늦추지 못했다. 마침내 그들에게 진실을 털어놓으니 마음이 한결 가벼워졌다.

"내 말 잘 들어요. 난 당신이 누구인지, 왜 이런 짓을 벌였는지 몰라요. 돈 때문이었나요? 오랫동안 공직에 헌신해 온 당신

이 왜 조국을 무너뜨리려 하는지 도무지 이해가 되지 않아요. 그토록 조국이 증오스럽나요? 어쩌면 당신은 강압에 못 이겨 이 일을 떠맡게 됐는지도 몰라요. 이걸 흔해 빠진 해킹 테러 정도로 여겼거나. 민감한 정보 몇 개 빼내 오는 것으로 끝날 줄 알았나요? 천만에. 당신은 지옥문을 열어젖힌 거예요. 그걸 깨달았을 때 당신은 이미 돌아올 수 없는 다리를 건너가 버린 후였고요. 거기까지는 이해할 수 있어요. 당신은 이 일이 이토록 커져 버릴 줄 몰랐겠죠."

나는 실제로 그렇게 믿고 있다. 반역자의 목표는 조국을 파멸시키는 게 아닐 것이다. 그 또는 그녀는 누군가에게 협박을 받았거나 뇌물에 넘어가 버린 게 틀림없다. 하지만 이들 여섯 명 중 하나가 이 나라를 무너뜨리려 혈안이 된 외국 정부의 비밀요원이었다는 사실은 도무지 믿기지 않는다.

설령 내가 잘못 짚었다 해도 나는 반역자가 이런 내 입장을 분명히 알아주기를 바라고 있다. 나는 그 또는 그녀에게 빠져나갈 구멍을 내주고 있는 것이다.

"하지만 그런 건 아무래도 상관없어요."

나는 계속 이어 나간다.

"우린 대재앙이 일어나기 전에 어떻게든 이 바이러스를 막아야만 해요. 내가 이렇게까지 하게 될 줄은 몰랐지만, 당신에게 통 크게 제안하겠습니다."

내가 지금 이러고 있다는 게 믿어지지 않는다. 하지만 내게는 다른 선택의 여지가 없다.

"당신들 중 누가 반역자인진 모르겠지만, 지금 자수해서 바이러스를 막아 준다면 당신이 저지른 모든 범죄 행위에 대해 사면을 약속하겠습니다."

나는 여섯 용의자의 반응을 유심히 살핀다. 하지만 분할 화면이 너무 작아 그마저도 쉽지가 않다.

"나머지 다섯 명이 내 제안의 증인입니다. 바이러스를 막는데 적극 협조하고, 누가 배후에 있는지 알려 주면 당신을 사면해 주겠습니다. 물론 모든 건 철저히 비밀에 부쳐질 겁니다. 당신은 즉시 직에서 물러나야 하고, 이 나라를 떠나야 합니다. 물론두 번 다시 돌아와서도 안 되고요. 그 누구도 당신의 사연을 알수 없습니다. 당신이 왜 갑자기 떠나 버렸는지, 당신이 무슨 짓을 했는지. 적으로부터 돈을 받았다면 그건 당신이 알아서 해요. 내가 요구하는 건 당신이 이 나라를 떠나 주는 것뿐입니다. 미국으로의 입국은 영원히 허락되지 않을 거고요. 하지만 당신은 자유를 얻게 되는 겁니다. 당신 같은 사람에겐 이것도 과분한 처사죠. 명심해요. 지금 자수하지 않으면 자비는 없습니다. 난 당신을 끝까지 색출해 기소할 겁니다. 당신은 무수한 범죄 혐의로 처벌받게 될 거고요. 당신의 혐의 중 하나는 국가에 대한 반역죄입니다. 당연히 사형 선고를 받게 되겠죠."

나는 숨을 한 번 깊게 들이쉰다.

"이게 내 제안입니다. 자유를 선택하면 타지에서 적으로부터 받아 챙긴 재물을 마음껏 누리며 잘살 수 있을 겁니다. 당신의 천인공노할 죄상은 영원히 묻혀 버릴 거고요. 그게 싫다면 우리 세대의 에델과 줄리어스 로젠버그*나 로버트 핸센**으로 기억되든가요. 고민할 필요도 없는 선택 아닌가요? 딱 30분 주겠습니다. 당연한 얘기지만, 그 전에 바이러스가 작동되면 이 제안은 자동으로 폐기됩니다."

나는 덧붙여 말한다.

"현명한 선택을 기대하겠습니다."

나는 통화를 종료하고 방을 나온다.

90

나는 주방에 서서 뒤뜰과 숲을 내다본다. 날은 빠르게 저물어 가는 중이다. 일몰까지는 한 시간 정도 남아 있고, 해는 이미 나무들 뒤로 넘어가 버린 후다.

'미국의 토요일'은 이제 다섯 시간밖에 남지 않았다.

여섯 명의 용의자에게 통 큰 제안을 던지고 나온 지 11분 30초가 지났다.

노야 바람이 내 옆으로 다가와 선다. 그녀의 앙상하고 연약한 손가락이 내 손을 살며시 감싸 쥔다.

"내 나라에 새로운 기백을 주고 싶었어요. 모두가 하나 되어

---

*   원자폭탄 정보를 소련에게 넘겼다는 간첩 혐의를 받고 사형당한 부부

**   기밀 정보를 구소련과 러시아에 넘겨준 FBI 요원

이 난관을 극복해 내기를 바랐어요. 적어도 그런 방향으로 갈 수 있기를 바랐죠. 난 그게 가능할 거라 생각했어요. 정말로 내가 그걸 해낼 수 있을 줄 알았어요."

"아직 끝나지 않았잖아요."

그녀가 말한다.

"과연 내가 우리 국민을 살릴 수 있을지 모르겠어요. 빵 한 덩어리, 휘발유 한 통 때문에 서로를 죽여 대는 사태를 과연 막을 수 있을지."

우리는 기어이 이겨 낼 것이다. 나는 확신한다. 하지만 회복은 결코 쉽지 않을 것이다. 실로 엄청난 고통이 뒤따르게 될 게 분명하다.

"제가 뭘 더 했어야 하죠, 노야?"

나는 묻는다.

"제가 뭘 잊은 게 있나요?"

그녀가 긴 한숨을 내쉰다.

"사회 질서 유지를 위해 모든 현역군과 예비군을 동원할 준비가 돼 있나요?"

"네."

"정부의 나머지 두 기관의 수장들은 무사히 자리를 지키고 있고요?"

"네."

"시장을 안정시키기 위해 긴급 조치를 취할 준비는 됐나요?"

"이미 조처를 해 놨습니다. 제 말씀은요, 노야, 제가 뭘 하지 않고 있느냐는 거예요."

"아. 적이 쳐들어오는데 막을 수 없다면 뭘 어떻게 해야 하죠?"

그녀가 내 쪽으로 몸을 튼다.

"역사 속 무수한 지도자들도 그 답을 궁금해했을 거예요."

"저도 그렇습니다."

그녀가 나를 쳐다본다.

"이라크에서 비행기가 격추됐을 때 어떻게 했나요?"

비행기가 아니라 헬리콥터였다. 바스라 인근에 추락한 F-16 조종사를 구조하기 위해 투입됐던 블랙호크. 이라크의 지대공 미사일 공격에 꼬리 부분을 잃게 된 헬리콥터는 10초도 채 되지 않아 나선상으로 급강하했다.

나는 어깨를 으쓱인다.

"저 자신과 제 팀을 위해 기도했습니다. 그리고 절대 놈들에게 정보를 내주지 않겠노라고 굳게 다짐했어요."

이런 질문이 던져질 때마다 나는 늘 이렇게 답변해 왔다. 오직 레이첼과 대니만이 진실을 알고 있다.

나는 빠르게 강하하는 헬리콥터에서 밖으로 튕겨져 나갔다. 아직까지도 나는 끔찍했던 당시 상황을 생생히 기억하고 있다. 미친 듯이 핑핑 도는 시야, 심하게 요동치는 배 속, 연기와 항공유 냄새가 유발한 구토. 사막 모래가 경착륙 순간의 충격을 적잖이 완화해 주었음에도 나는 한동안 호흡 곤란에 괴로워했다.

눈과 입으로 파고든 모래. 나는 움직일 수 없었다. 앞도 볼 수 없었고. 하지만 들을 수는 있었다. 들뜬 모습의 공화국 수비대가 모국어로 연신 고함을 질러 대며 다가오는 중이었다.

내 라이플이 보이지 않았다. 나는 오른팔도 움직여 보고, 몸도 뒤척여 보았다. 하지만 손은 라이플에 닿지 않았다. 허리에 찬 권총은 내 몸에 깔려 버린 상태였다.

온몸이 말을 듣지 않았다. 쇄골은 산산조각이 났고, 어깨는 탈구됐으며, 내 체중에 깔린 팔은 인형의 부속물처럼 흐느적거렸다.

무력한 내가 할 수 있었던 건 반듯하게 누워 죽은 척하는 것뿐이었다. 부디 이라크 놈들이 나를 주검으로 봐주기를 바라면서.

잠깐.

나는 갑자기 노야의 팔뚝을 움켜잡는다. 그녀가 화들짝 놀라며 움찔한다.

나는 아무 설명도 없이 상황실로 통하는 계단을 달려 내려간다. 심상치 않은 표정으로 불쑥 들이닥친 나를 보고 케이시가 깜짝 놀라 묻는다.

"왜 그러시죠?"

"우린 이걸 막을 수 없어요. 사후 손상된 부분들도 복구가 쉽지 않을 거고요."

"그렇죠……."

155

"그럼 속임수를 한번 써 볼까요?"

"속임수라고요?"

"당신이 그랬잖아요. 파일을 삭제하면 아무짝에도 쓸모없어진다고."

"네."

"바이러스는 오로지 액티브 파일만을 겹쳐 쓸 수 있다고도 했죠? 분명 난 그렇게 들었는데요."

"네. 그랬죠……."

"그럼—."

나는 케이시에게로 성큼 다가가 그녀의 어깨를 꼭 움켜쥔다.

"우리가 죽은 척해 보는 건 어떨까요?"

91

"죽은 척을요?"

케이시가 말한다.

"바이러스가 작동하기 전에 우리가 먼저 데이터를 파괴하자는 말씀인가요?"

"당신의 설명을 듣고 떠올린 아이디어예요. 파일들이 삭제되더라도 완전히 사라지는 건 아니라고 했잖아요. 그냥 삭제됐다고 표시만 될 뿐. 영영 삭제되는 게 아니라 단지 비활성화될 뿐이라고 말이에요."

그녀가 고개를 끄덕인다.

"바이러스는 오직 액티브 파일만을 겹쳐 쓸 수 있다고도 했어요."

나는 계속 이어 나간다.

"그럼 비활성화된 파일, 즉 삭제됐다고 표시된 파일들을 겹쳐 쓸 일은 없지 않겠어요?"

스마트보드 가까이에 서 있던 오기가 손가락 하나를 흔들어 보인다.

"컴퓨터 내 모든 액티브 파일을 삭제하자는 얘기예요?"

"그래. 바이러스가 작동할 시간이 됐을 때 삭제할 액티브 파일이 하나도 보이지 않도록 말이야. 자, 보라고. 바이러스는 암살자야. 암살자의 임무는 방으로 쳐들어가 안에 있는 모두를 총으로 쏴 죽이는 것이고. 하지만 들어가 보니 모두가 이미 죽어 있는 상태라면? 적어도 그가 그렇게 믿어 버리면 총을 뽑을 일이 없지 않겠어? 그냥 돌아서서 나와 버리겠지. 누군가가 그를 대신해 임무를 수행해 줬으니까 말이야."

"그러니까 모든 액티브 파일을 삭제됐다고 표시해 두자는 말씀이죠?"

케이시가 말한다.

"그렇게 되면 바이러스가 작동해도 아무 일 없을 테니까. 겹쳐 쓸 액티브 파일이 보이지 않을 테니까."

그녀가 데빈을 돌아본다. 그는 회의적인 반응이다.

"그런 다음에는요?"

그가 묻는다.

"언젠가는 그 파일들을 원래대로 되돌려 놔야 하지 않겠습니까. 바이러스로부터 그 파일들, 그 데이터를 어떻게 지켜 낼 것인지가 요점이잖아요. 원상복구된 파일들에서 삭제 표시를 없애면, 그래서 다시 활성화되면 바이러스가 다시 돌아와 공격하지 않겠습니까? 결국에는 그렇게 돼 버릴 텐데요. 피할 수 없는 운명을 조금 지연시킬 뿐, 해결책은 되지 못할 겁니다."

미련을 버리지 못한 나는 방 안의 천재들을 찬찬히 둘러본다. 내게 그들만큼의 지식이 없다는 게 오히려 장점이 될 수도 있지 않을까? 나무에만 집착하는 그들에게는 숲이 보일 리 없으니까.

"확실해요? 바이러스가 제 임무를 수행하고 나서 다시 잠에 빠져들거나 죽지 않는 게 확실하냔 말입니다. 아까 내가 같은 질문을 던졌을 때 당신은 숙주가 죽으면 암세포가 어떻게 되겠느냐고 반문했어요. 자, 이번엔 내 비유를 이용해 따져 봅시다. 암살자가 방으로 들어갑니다. 방 안의 모든 이를 죽여야 하는데 막상 도착해 보니 이미 모두가 죽어 있는 겁니다. 그럼 암살자는 어쨌든 임무가 완수됐으니 그냥 현장을 떠야 할까요? 아니면, 그냥 거기 남아 누군가가 깨어날 때까지 하염없이 기다려야 할까요?"

잠시 골똘히 생각에 잠겨 있던 케이시가 천천히 고개를 끄덕인다.

"일리 있는 말씀이세요."

그녀가 데빈에게 말한다.

"저희도 모르겠습니다. 저희가 돌려 본 모든 모델에서 바이러스는 코어 작동 파일을 겹쳐 쓰고 컴퓨터를 끝장내 버렸어요. 그 후 바이러스가 어떻게 되는지는 미처 생각해 보지 못했습니다. 컴퓨터가 끝까지 살아남는 모델을 돌려 본 적도 없고요. 바이러스가 활성 상태를 유지할 것인지는 분명히 말씀드릴 수가 없네요."

"활성 상태를 유지하지 않을 이유가 없잖아요."

데빈이 말한다.

"니나가 술리만 바이러스가 어느 시점에서 작동을 멈추도록 프로그램을 짰을 것 같진 않아요. 안 그래요?"

모두의 시선이 오기에게로 돌아간다. 두 손을 주머니에 찔러 넣은 그는 가늘어진 눈에 잔뜩 힘을 준 채로 깊은 생각에 잠겨 있다. 정적 속에서 벽시계만이 요란하게 째깍거릴 뿐이다. 그의 어깨를 움켜쥐고 거칠게 흔들며 닦달해 대고 싶지만 꾹 참는다. 그러다 용케 해결책을 찾아낼 수도 있으니. 잠시 후, 마침내 그의 입이 열린다. 지켜보던 모두의 몸이 그가 있는 쪽으로 기울어진다.

"가능할 것 같아요. 한번 시도해 볼 가치가 있겠어요."

나는 손목시계를 들여다본다. 사면을 제안하고 나온 지 18분이 지났지만 용의자 중 누구도 내게 연락을 시도하지 않았다.

왜지? 일생에 한 번 있을까 말까 한 기회인데.

"당장 테스트를 돌려 봐야겠어요."

케이시가 말한다.

데빈은 회의적인 표정으로 팔짱을 낀다.

"뭐가 문제죠?"

나는 그에게 묻는다.

"아까운 시간만 허비하게 될 것 같아서요. 그러지 않아도 시간이 없어 죽을 지경인데 말입니다."

92

데빈이 시운전을 준비하는 동안 꾀죄죄하고 기진맥진한 모습의 컴퓨터 전문가들은 스마트보드를 뚫어지게 응시한다.

"됐어요."

데빈이 테스트 컴퓨터의 키보드 앞에 서서 말한다.

"이 컴퓨터 안의 모든 파일은 삭제된 것으로 표시됐습니다. 코어 작동 파일들까지도요."

"코어 작동 파일들이 삭제된 상태에서 컴퓨터가 제대로 돌아가나요?"

"원래는 불가능한 일이죠. 하지만 이번에 저희가 한 건……."

"설명은 됐어요. 그런 건 아무래도 상관없으니까. 자…… 시작합시다. 바이러스를 작동시켜요."

"바이러스를 삭제하겠습니다. 그래야 작동하니까요."

내 시선이 스마트보드 쪽으로 돌아간다. 데빈이 'Suliman. exe' 파일을 클릭한 후 삭제 버튼을 누른다. 나 같은 고루한 사람도 거뜬히 할 수 있는 일이다.

아무 일도 벌어지지 않는다.

"삭제 처리에 바이러스가 저항을 시작했습니다."

데빈이 말한다.

"활성화 과정이 촉발됐습니다."

"데빈……."

"바이러스가 작동했습니다, 대통령님."

케이시가 알아들을 수 있게 통역해 준다.

"암살자가 방으로 들어갔습니다."

파일 여러 개가 화면에 속속 떠오른다. 전에 봤던 것과 같은 임의 파일들이다. 무수한 박스와 속성 페이지가 빠르게 쌓여 간다.

"겹쳐 쓰지 않고 있네요."

케이시가 말한다.

암살자가 죽여야 할 표적을 찾지 못한 것이다. 아직까지는 모든 게 원활히 진행되고 있다.

나는 케이시를 돌아본다.

"모든 파일을 일일이 찾아보는 데 20분 정도 소요된다고 했죠? 그럼 이제 우리에겐 20분이……."

"아닙니다."

그녀가 말한다.

"그것들을 일일이 겹쳐 쓰는 데 20분이 걸린다고 말씀드렸습니다. 하지만 파일을 찾는 건 훨씬 빠르게 진행됩니다. 그러니까……."

"여기."

데빈이 키보드를 두드리자 술리만 바이러스의 이미지가 화면에 떠오른다.

스캔 완료 중

62%

그녀 말대로다. 파일 수색은 매우 빠르게 진행되고 있다.

70퍼센트……. 80퍼센트…….

나는 잠시 눈을 감았다 뜨고 스마트폰을 들여다본다.

스캔 완료

찾은 파일 수: 0

"됐습니다."

데빈이 말한다.

162

"바이러스가 아무것도 겹쳐 쓰지 않았습니다. 단 하나의 파일도 감염되지 않았어요."

"자, 이제 암살자가 어떻게 나오는지 지켜봅시다. 과연 방을 나오게 될지."

나는 말한다.

한쪽 구석에 말없이 앉아 있는 오기가 턱을 문지르며 발로 바닥을 가볍게 두드린다.

"지금 바이러스를 삭제하는 게 낫겠어요. 제 구실을 다했으니 더 이상 저항하지 않을 거예요."

"그러다가 재가동이라도 되면요?"

데빈이 말한다.

"기껏 재워 놨는데 다시 깨어나면 어쩌고요?"

그가 내게 말한다.

"만약 그런 일이 벌어지면—."

오기가 말한다.

"모델을 다시 돌려보면 돼요. 삭제하지 않고."

문득 깨달음이 찾아든다. 그들이 취하는 모든 조치에는 대가가 뒤따른다는 것. 그들이 쓰는 모든 책략이 복합적인 반복 현상을 유발한다는 것. 이제야 비로소 이토록 많은 테스트 컴퓨터가 필요한 이유를 알게 됐다. 시행착오.

데빈이 말한다.

"내 방식대로 먼저 해 보고요. 바이러스가 파일들과 공존하게 될지도⋯⋯."

순간 방 안 곳곳에서 여러 언어로 치열한 논쟁이 벌어지기 시작한다. 다들 할 말이 많은 모양이다. 나는 한 손을 들고 소음 너머로 소리친다.

"그만! 그만! 먼저 오기의 방식대로 해 봐요. 바이러스를 다시 삭제하고 무슨 일이 벌어지는지 봅시다."

나는 데빈을 돌아보며 고개를 끄덕인다.

"시작해요."

"알겠습니다."

나는 스마트스크린으로 데빈의 커서가 컴퓨터 내 유일한 액티브 파일인 'Suliman.exe' 바이러스로 이동하는 걸 지켜본다. 그가 삭제 버튼을 누른다.

아이콘이 사라진다.

세계 최고의 사이버옵스 전문가들이 텅 빈 화면을 응시하며 일제히 안도의 한숨을 내쉰다.

"세상에, 맙소사!"

케이시가 불쑥 소리친다.

"저 빌어먹을 파일을 삭제하려고 우리가 몇 번이나 시도해 봤는지 기억해요?"

"500번 정도?"

"이런 결과가 나온 건 이번이 처음이에요."

"마침내 사악한 마녀가 죽은 건가요?"

데빈이 말한다. 그가 미친 듯이 키보드를 두드려 대자 컴퓨터 화면이 감히 따라갈 수 없는 빠른 속도로 바뀐다.

"사악한 마녀가 죽었어요!"

나는 흥분과 안도감을 애써 누그러뜨린다. 이게 끝이 아님을 알기에.

"다른 모든 파일을 복구시켜 봐요."

케이시가 말한다.

"암살자가 정말로 방을 나가 버렸는지 확인해 보자고요."

"알았어요. 이제 삭제됐다고 표시된 파일들을 복구해 보겠습니다."

데빈이 말한다. 그의 손가락이 자그마한 짐승처럼 찍찍대며 키보드를 신나게 두드려 댄다.

"물론 바이러스는 빼고."

나는 차마 볼 수 없어 돌아선다. 방 안에 다시 정적이 찾아든다.

나는 시간을 확인하기 위해 휴대폰을 흘끔 들여다본다. 사면 제안을 던지고 나온 지 28분이 지났지만 아직 전화벨은 울리지 않고 있다. 도무지 이해가 되지 않는 상황이다. 물론 즉각 반응이 올 거라고는 기대하지 않았다. 이런 엄청난 죄를 고백하는 건 누구에게나 쉽지 않은 일일 것이다. 그래서 나는 그들에게 숙고할 시간을 넉넉히 내주었던 것이고.

누구든 조국에 대한 반역죄를 범했으면 무시무시한 대가를 치러야만 한다. 교도소, 불명예, 가정 파탄. 나는 그런 반역자에게 통 큰 사면을 제안했다. 내게는 그 이상 내놓을 카드가 없었다. 교도소와 사형 선고를 면하게 해 주는 건 물론이고, 거기에 명예까지 지켜 주겠다고 약속했다. 또한 모든 걸 비밀에 부쳐 주겠다고도 했다. 누구도 반역자가 무슨 짓을 했는지 알지 못할 것이다. 그뿐만 아니라, 반역자는 적으로부터 대가로 받았을 큰돈도 고스란히 챙길 수 있게 됐다.

교도소도, 불명예도, 몰수도 면하게 됐는데 어째서 이 천금과 같은 기회를 날려 버리려 하는 걸까? 내 약속을 믿지 못하겠다는 건가?

"대통령님."

데빈이 나를 부르기에 돌아본다. 그가 턱으로 화면을 가리킨다. 화면에는 파일 여러 개가 끄집어내져 있고, 그것들의 속성은 밑으로 길게 내려져 있다.

"이젠 '0'이 안 보이네요."

"네, 안 보입니다."

데빈이 말한다.

"파일들은 다 복구됐고, 활성화됐습니다. 바이러스는 아무 반응이 없고요!"

"됐어요!"

케이시의 주먹이 허공을 가른다.

"빌어먹을 바이러스를 함정에 빠뜨렸어요!"

오랜 시간 동안 골머리를 썩어 온 기술자들이 모처럼 홀가분한 모습으로 서로를 부둥켜안고 하이파이브를 한다.

"봤죠? 난 처음부터 이렇게 될 줄 알았어요."

데빈이 농담을 던진다.

그때 내 휴대폰이 진동한다.

"이제 실전이에요!"

나는 데빈과 케이시, 그리고 방 안의 모두에게 소리친다.

"펜타곤 서버부터 시작하도록 해요."

"알겠습니다, 대통령님!"

"시간이 얼마나 걸릴까요? 몇 분?"

"금방 될 겁니다."

케이시가 말한다.

"어쩌면 2, 30분이 걸릴 수도 있고요. 아무래도……."

"서둘러요. 모든 준비가 끝났을 때 내가 여기 없으면 날 찾으러 와 줘요."

나는 걸려 온 전화를 받기 위해 방을 나선다.

사면 제안을 내놓은 지 29분이 지났다. 반역자는 자신에게 허락된 30분을 거의 다 쓰고 나서야 결심을 굳힌 것이다.

나는 주머니에서 휴대폰을 꺼내 들고 발신자를 확인한다.

FBI 리즈.

93

나는 상황실 밖 복도에서 전화를 받는다. 일찌감치 용의 선상에서 배제된 인물이 반역자였을 줄이야…….

[대통령님?]

167

"그린필드 국장."

[방금 니나의 두 번째 휴대폰을 풀었습니다. 밴 뒤편에서 발견된 휴대폰 말입니다.]

"잘됐군요. 잘된 일 맞죠?"

[그렇기를 바라야죠. 현재 모든 걸 다운로드 중입니다. 곧 결과를 보고드리겠습니다.]

나나는 왜 휴대폰을 두 개씩이나 지니고 다녔을까? 그러지 않아도 궁금하던 차였다.

"뭔가 쓸 만한 게 나올지도 몰라요, 리즈."

[그럴 가능성이 커 보입니다.]

"그럴 거라 믿습니다."

나는 손목시계를 들여다보며 말한다. 31분이 지났다. 사면 제안은 이제 백지화돼 버린 것이다.

94

스트로브잣나무의 높은 가지에 오른 바흐는 귀를 쫑긋 세운 채 때를 기다린다. 라이플 조준경은 가지들 틈으로 보이는 오두막 뒤편을 향하고 있다.

'어디 있지? 헬리콥터가 어디 있지?'

그녀는 절호의 기회를 놓치고 말았다. 그가 표적이었는데. 방금 전 대통령을 따라 오두막으로 들어간 남자. 비쩍 마른 몸에 들쭉날쭉 자란 머리. 몇 초만 일찍 확인됐더라면 그는 지금쯤 싸늘한 주검으로 변해 있었을 것이다. 그녀는 유유히 비행기에 오를 수 있었을 것이고.

하지만 그해 여름, 3개월간 그녀를 조련한 란코의 말이 그녀의 발목을 잡고 말았다.

"못 맞힐 바에야 차라리 쏘지 않는 편이 나아."

신중했어야 하는 게 맞다. 그가 다시 오두막을 나와 그녀에게 또 다른 기회를 제공해 줄지도 모르는 일이었으니. 그가 끝내 모습을 드러내지 않았다고 해서 그녀의 판단이 불합리했다거나 틀렸다고 볼 수는 없다.

그녀의 이어버드에서는 가보트 D장조가 흘러나오고 있다. 12년 전, 스즈키 제자들의 개별 지도를 위해 빌헬름 프리데만 헤르조그가 연주한 버전이다. 솔직히 요한 세바스찬의 작품 중 그녀가 특별히 좋아하는 곡은 아니다. 게다가 이 버전은 풀 앙상블이 아니라 바이올린 독주이기까지 하다.

하지만 그녀는 이 곡을 포기할 수 없다. 어머니의 바이올린으로 연주했던 기억이 아직도 생생히 남아 있기 때문이다. 처음에는 서툴고 어색했지만 연습을 거듭하면서 우아하고 감동적인 연주가 가능해졌다. 그녀의 어머니가 곁에서 활놀림 하나하나까지 꼼꼼하게 바로잡아 준 덕분이었다.

"활을 잘 켜야 해! ……이번엔 길게! ……처음엔 강하게 켜야 해—. 강, 약, 약……. 다시 해 봐……. 활의 균형을 유지해야지, 드라가……. 활 말고 손가락만 천천히— 활은 그냥 두라니까! 자, 드라가, 엄마가 어떻게 하는지 보여 줄게."

바이올린을 넘겨받은 그녀의 어머니는 기억을 더듬어 가보트*를 자신 있게, 그리고 열정적으로 연주해 보였다. 은은하게 퍼지는 선율이 밖에서 들려오는 폭탄과 포병 사격 소리를 완전히 차단해 주었다.

두 살 많은 그녀의 오빠는 바이올린에 있어서만큼은 그녀를 압도했다. 동생보다 2년을 더 배웠으니 당연한 일이었다. 그가 쥔 바이올린은 분리된 악기라기보다는 몸의 일부처럼 느껴졌다. 그녀의 오빠에게 있어 아름다운 음악을 만들어 내는 건 말이나 호흡만큼이나 자연스러웠다.

그에게 바이올린이 있었다면, 그녀에게는 라이플이 있다.

그래, 라이플. 이번이 마지막이야.

그녀는 손목시계를 들여다본다. 시간이 됐다. 아니, 시간은 이미 지나 버렸다.

왜 아무 일도 없는 거지?

대체 헬리콥터는 어디 있는 거야?

---

* 과거 프랑스에서 유행하던 춤, 또는 그 춤곡

95

"정말 감사합니다."

나는 위르겐 리히터 총리에게 말한다.

"베를린 습격 작전이 실패로 돌아가서 무척 안타깝습니다."

"그건 총리님 탓이 아니었습니다. 그는 특공대가 체포하러 온다는 걸 알고 있었어요."

나는 그의 이름을 친근하게 부르며 덧붙인다. 격식을 유독 따지는 그에게는 흔한 일이 아닐 것이다.

"위르겐, 나중에 때가 온다면 총리님께서 NATO를 압박해 주셔야 합니다."

"네."

그가 굳은 표정으로 고개를 끄덕인다. 그는 내가 자신을 초대한 주된 이유를 알고 있다. 만에 하나, 군사 충돌이 발생했을 때 나는 그가 NATO 파트너들을 잘 설득해 주기를 바라고 있다. 그들이 망설임 없이 미국 편을 들고 나설 수 있도록. 3차 세계 대전 발발이 목전에 닥쳤을 때 세계 초강대국이 오히려 동맹국들의 조력을 필요로 하는 예외적인 상황이 발생한다면, 그것은 북대서양 조약 5조에 대한 중요한 첫 시험대가 될 것이다.

"노야."

나는 이스라엘 총리를 꼭 끌어안는다. 그녀의 온기가 내게 위안을 준다.

"원한다면 더 머물 수도 있어요, 조니."

그녀가 내 귀에 속삭인다.

나는 그녀에게서 떨어져 나온다.

"아니에요. 벌써 7시가 넘었잖아요. 계획했던 것보다 더 오래 붙잡아 뒀어요. 만약 그 일이…… 벌어진다면…… 만약 최악의 사태가 벌어진다면……. 전 총리님의 안전을 보장해 드릴 수가 없습니다. 어차피 그땐 서둘러 귀국하길 희망하실 거예요."

그녀도 수긍하는 분위기다. 그녀는 내가 옳다는 걸 알고 있었다. 만약 이 바이러스가 작동해 우리가 우려하는 최악의 사태가 벌어진다면 그 불똥은 전 세계 각지로 튀게 될 것이다. 각국 정상들은 당연히 자국에서 제자리를 지키고 싶을 것이고.

"우리 측 기술자들은 더 머물 수 있어요."

그녀가 말한다. 나는 고개를 젓는다.

"그들은 이미 할 만큼 했습니다. 펜타곤 서버는 우리 인력만으로도 충분해요. 국방부 건물에 외부인들을 들이는 게 부담스럽기도 하고요. 이해해 주실 거라 믿습니다."

"물론이죠."

나는 어깨를 으쓱인다.

"이제 막다른 길에 다다랐어요, 노야. 바이러스를 막을 수 있는 마지막 기회입니다."

그녀가 주름지고 연약한 손으로 내 손을 꼭 감싸 쥔다.

"이스라엘에겐 미국만 한 친구가 없어요."

"내겐 당신만 한 친구가 없고요."

오늘 노아를 이곳으로 초대한 건 내가 내린 최고의 결정이었다. 그녀가 곁을 지켜 주어 얼마나 든든했는지 모른다. 보좌관도 없는 내게 그녀의 조언은 말로 다 할 수 없을 만큼 큰 위안을 주었다. 하지만 결국에는 나 혼자 짊어져야 할 짐이다. 세상의 그 어떤 동지도, 그 어떤 조언도 내 짐을 덜어 줄 수 없다. 내 재임 중에 벌어지고 있는 일이고, 어떻게든 내가 책임져야 할 일이다.

"총리님."

나는 이반 볼코프 총리와 악수를 나누며 말한다.

"대통령님, 저희 기술자들이 도움이 돼 드렸다면 좋겠습니다."

"큰 도움이 됐습니다. 체르노케프 대통령님께도 감사의 뜻을 전해 주시기 바랍니다."

러시아 측 사람들은 성심을 다해 우리를 도왔다. 케이시와 데빈도 그들에게서 수상한 낌새를 전혀 눈치채지 못했다고 했다. 하지만 그렇다고 그들에 대한 의심을 거둘 수는 없다. 그들의 결백이 확인되기 전까지는.

"저희 기술자들은 이 바이러스를 막기 위한 대통령님의 전략이 꽤 그럴 듯하다고 합니다."

볼코프가 말한다.

"부디 성공을 빌겠습니다."

나는 냉혈하고 무표정한 남자의 얼굴에 능글맞은 미소가 머금어지기를 기다린다.

"모두가 그러기를 바라야죠. 만약 우리가 피해를 보면 모두가 피해를 보는 것이나 다름없으니까요. 배후가 누구인진 몰라도 단단히 각오해야 할 겁니다, 총리님. 왜냐하면 우리가 그들을 찾아 몇 배로 갚아 줄 테니까요. 우리 NATO 동맹국들도 미국과 뜻을 같이해 줄 겁니다."

그가 고개를 끄덕인다. 그의 미간에는 깊은 주름이 패어 있다.

"최대한—."

그가 말한다.

"신중하고 조심스럽게 결정을 내리셔야 합니다."

"염려 말아요. 우린 머지않아 누가 미국의 동지이고 누가 미국의 적인지 알게 될 겁니다. 우리의 적이 어떻게 되는지 지켜보십시오."

볼코프는 대꾸 없이 돌아선다.

세 정상과 그들의 보좌관들, 그리고 컴퓨터 전문가들이 오두막 뒤편 계단을 내려간다.

그들을 실어 나를 해병 헬리콥터는 뒤뜰 헬리패드에 사뿐히 내려앉는다.

96

'때가 왔군.'

바흐는 스트로브잣나무 위에서 라이플 조준경으로 뒤뜰을

지켜보고 있다.

'호흡. 긴장을 풀고. 조준. 그리고 발사.'

회전 블레이드 소음이 거의 나지 않는 군용 헬리콥터 한 대가 헬리패드에 내려앉고 있다.

오두막 문이 열린다. 그녀는 마음을 다잡는다.

포치 조명 아래로 오두막을 나서는 정상들이 모습을 드러낸다.

그녀는 그들의 머리에 라이플을 차례로 조준해 본다. 깨끗한 헤드 샷이 가능한 상황이다.

이스라엘 총리.

독일 총리.

러시아 총리.

그들 뒤로 사람들이 우르르 쏟아져 나온다. 그녀는 조준경으로 그들의 얼굴을 빠르게 훑어 나간다. 완벽히 준비된 그녀에게 필요한 시간은 단 1초뿐이다.

'호흡. 긴장을 풀고. 조준. 그리고 발사.'

검은 머리 남자…….

그녀의 손가락이 방아쇠를 살며시 감싼다.

네거티브.

그녀 안에서 아드레날린이 솟구쳐 오른다. 이번 임무만 성공하면 나는 자유인이 되는 거야.

긴 머리 남자…….

아니. 표적이 아니야.

계속 열려 있던 오두막 문이 마침내 닫힌다.

"페비 가Febi ga."

그녀의 입에서 욕이 흘러나온다. 그는 끝내 나오지 않았다. 그는 아직도 오두막에 틀어박혀 있다.

헬리콥터가 이륙을 시작한다. 서서히 떠올라 방향을 튼 헬리콥터는 소음도 내지 않고 빠르게 사라진다.

그는 오두막을 뜨지 않을 것이다. 그가 제 발로 걸어 나오는 일은 없을 것이다.

그렇다면 쳐들어가는 수밖에.

그녀가 라이플을 내려놓고 쌍안경을 집어 든다. 비밀 경호국 요원들은 여전히 뜰과 뒤편 포치에 남아 있다. 그들은 어둠이 내려앉은 뜰 곳곳에 조명탄을 꽂아 놓았다.

앞으로 벌어질 일은 훨씬 위험할 것이다.

[팀 원, 인 포지션.]

그녀의 이어폰에서 목소리가 흘러나온다.

[팀 투, 인 포지션.]

훨씬 더 유혈이 낭자할 것이고.

97

"서두릅시다."

지하실로 내려온 나는 데빈과 케이시에게 말한다. 데빈은

176

펜타곤 시스템에 접속해 펜타곤의 모든 파일을 삭제된 것으로 표시하는 중이다. 이미 최선을 다하고 있는 그를 닦달해 대는 마음이 편치 않다.

그때 전화가 걸려 온다.

"리즈."

나는 휴대폰을 꺼내 응답한다.

[대통령님, 니나의 두 번째 휴대폰에 담긴 모든 컨텐츠를 다운로드했습니다. 대통령님께서 당장 봐 주셔야 할 것 같습니다.]

"알았어요. 어떻게 볼 수 있죠?"

[즉시 휴대폰으로 전송하겠습니다.]

"컨텐츠 전부를요? 거기서 뭘 찾아봐야 하죠?"

[그녀는 딱 한 가지 용도로만 그 휴대폰을 썼습니다.]

리즈가 말한다.

[딱 한 가지. 그녀는 대포폰을 이용해 또 다른 대포폰에 문자 메시지를 보냈습니다. 니나는 우리 내부자와 그렇게 소통해 왔던 겁니다, 대통령님. 그녀가 우리…… 우리 반역자와 문자 메시지를 주고받아 왔다는 말씀입니다.]

순간 간담이 서늘해진다. 내 작은 일부는 반역자가 없다고 믿고 싶어 했다. 니나와 오기가 다른 방법으로 '암흑시대'라는 암호를 알게 됐을 뿐이라고, 내 사람 중 누구도 이런 짓을 벌이지 않았을 거라고.

"그게 누구죠, 리즈?"

나는 떨리는 목소리로 말한다.

"대체 그 반역자가 누굽니까?"

[이름은 나와 있지 않습니다. 방금 휴대폰으로 보내 드렸습니다.]

"읽어 보고 연락할게요."

나는 전화를 끊는다.

"데빈, 케이시!"

나는 두 사람을 부른다.

"통신실에 가 있을 테니 준비되면 불러 줘요."

"알겠습니다, 대통령님."

잠시 후, 내 휴대폰이 삐삐 울린다. 리즈의 메시지가 도착한 것이다. 나는 통신실로 향하며 첨부된 파일을 열어 본다. 알렉스는 내 뒤를 바짝 뒤따른다.

파일을 열어 보니 '니나'와 알 수 없는 발신자unknown caller, 'U/C' 사이에 오고 간 메시지들이다. 아쉽다.

'U/C'보다는 '반역자'나 '유다'나 '베네딕트 아놀드'라는 이름이 더 잘 어울렸을 텐데. 소통 내역에는 날짜와 시간도 기록돼 있다.

첫 번째 문자 메시지는 5월 4일, 알 수 없는 발신자가 보내온 것이다. 금요일. 내가 유럽 순방을 마치고 돌아온 바로 다음 날. 미국이 술리만 신도력의 암살을 막았다는 뉴스가 뜨고 하루가 지났을 때. 죽은 CIA 요원의 어머니가 답변을 촉구했을 때.

나는 5월 4일 전송된 문자 메시지들부터 살펴보기 시작한다. 가장 먼저 알 수 없는 발신자의 위치가 눈에 들어온다.

펜실베이니아가 1600번지.

누군가가 백악관에서 전송한 메시지들이다. 어떻게 그게 가능했는지 도무지 이해가 되지 않는다. 나는 의문을 잠시 묻어두고 메시지들을 훑어 나가기 시작한다.

5월 4일, 금요일
U/C: 펜실베이니아가 1600번지
니나: 알 수 없는 장소
** 동부 표준시 기준 **

U/C (7:52 AM): 메모를 읽었습니다. 당신 정체가 뭡니까? 이게 장난이 아니라는 걸 어떻게 알 수 있죠?

니나 (7:58 AM): 장난이 아닌 걸 알잖아요. 이게 장난이라면 내가 무슨 수로 펜타곤 서버에 바이러스가 뜬 정확한 시간을 알 수 있었겠어요?

니나 (8:29 AM): 말이 없군요. 정말 나한테 할 말이 없어요?

니나 (9:02 AM): 내 말 못 믿겠어요? 뭐 좋을 대로 해요. 당신의 조국이 💧 속에서 파멸해 가는 걸 원하는 거죠? 잘하면 영웅이 될 수도 있을 텐데. POTUS_{President of the United States}*에게 잘 해명해 봐요. 당신이 이걸 막을 수도 있었지만 그러지 않았다고. 영웅이 🐐로 전락해 버리다니. 정말 안됐네요!!

니나 (9:43 AM): 내가 왜 이런 걸로 거짓말을 하겠어요? 당신에겐 잃을 게 없잖아요. 왜 날 외면하는 거죠?

나는 다시 타이밍을 따져 본다. 그날 아침, 우리 국가안보팀은 미팅을 가졌다. 내부 핵심 멤버들 모두 백악관에 있었다.

반역자가 미팅이 진행되는 동안 니나와 문자 메시지를 교환했다는 뜻이다.

나는 계속 읽어 내려간다. 니나는 끈질기게 알 수 없는 발신자를 압박해 나갔다.

니나 (9:54 AM): 영웅이 되기 싫은 모양이죠? 내 존재를 모른 척하고 현실 회피만 하면 다 해결될 것 같아요? 🙈🙉🙊

니나 (9:59 AM): 💧💧💧💧💧💧

니나 (10:09 AM): 토론토에서 일이 터지고 나면 그땐 날 믿어 줄래요?

---

*   미국 대통령

토론토. 맞아. 지하드의 아들들이 심어 놓은 컴퓨터 바이러스에 토론토 지하철이 완전히 마비됐던 날. 테러는 러시아워인 저녁 시간에 발생했다. 니나는 그날 아침, 문자 메시지를 띄우면서 해당 사건을 언급했다. 일이 벌어지기도 전에. 내게 아직 발생하지도 않은 두바이 헬리콥터 추락사 건에 대해 들려주었던 것처럼.

이로써 사건 발생 경위가 어느 정도 밝혀진 셈이다. 그러지 않아도 나는 이 모든 게 어떻게 시작됐는지 궁금해하던 차였다. 어떻게 사이버테러리스트와 우리 국가안보팀 멤버가 친분을 쌓게 됐는지. 대화를 시작한 쪽은 니나였다. 그녀는 어떻게 내 서클의 유다에게 접촉할 수 있었을까?

어째서 그 내부자는 내게 즉각 보고하지 않았을까? 어째서 메시지를 받자마자 내게 알리지 않고 지금껏 비밀에 부쳐 왔을까?

그때 내게 보고만 했어도 모든 게 신속히 해결됐을 텐데.

나는 다시 화면으로 시선을 가져간다. 5월 4일 메시지는 그게 전부다.

그들의 대화는 다음 날에도 계속 이어졌다. 5월 5일, 토요일 아침. 이번에도 알 수 없는 발신자는 백악관에서 문자 메시지를 전송했다.

똑똑하군. 나는 생각한다. 반역자는 자신이 펜실베이니아가 1600번지에서 다른 고위급 보안 관계자들과 함께 자리하고 있음을 일부러 알리려 했던 것이다. 상대에게 추적당했을 때 내부 핵심 멤버들 틈에 숨을 수 있도록. 반역자는 신중하고 똑똑한 인물임이 틀림없다.

나는 계속 읽어 나간다.

5월 5일, 토요일
U/C: 펜실베이니아가 1600번지
니나: 알 수 없는 장소
** 동부 표준시 기준 **

U/C (10:40 AM): 장난이 아닌 것 같군요. 정말로 어젯밤 토론토 지하철을 그렇게 만든 것처럼 우리 군 시스템도 타격할 건가요?

니나 (10:58 AM): 그보다 백만 배는 더 심할 거예요. 이제야 내 말에 귀를 기울여 주는군요!!

U/C (10:59 AM): 그래요. 당신 말을 믿기로 했습니다. 그러니까 당신이 이 바이러스를 막을 수 있단 얘기죠?

니나 (11:01 AM): 어떻게 막을 수 있는지 가르쳐 줄 수 있어요.

U/C (11:02 AM): 내게 그걸 가르쳐 준다고 될 일이 아닙니다. 난 컴퓨터에 대해 아는 게 없어요.

니나 (11:05 AM): 그런 건 몰라도 돼요. 누구나 할 수 있는 아주 간단한 방법이니까.

U/C (11:24 AM): 그럼 가까운 미국 대사관을 찾아가 자수해요.

니나 (11:25 AM): 날더러 제 발로 기트모*에 들어가라고요? 사양할래요!!!

U/C (11:28 AM): 그럼 그 바이러스를 막는 방법을 내게 알려 줘요.

니나 (11:31 AM): 내가 쥔 유일한 카드를 그냥 내놓으라고요?? 그게 없으면 내 사면도 날아가 버리는 건데. 내가 먼저 바이러스 막는 방법을 알려 줬는데 당신이 약속을 지키지 않으면 어떻게 하죠?? 미안하지만 그건 곤란해요. 절대 안 된다고요.

U/C (11:34 AM): 그럼 당신을 도와줄 수 없어요. 당신 혼자 알아서 해요.

니나 (11:36 AM): 왜 도와줄 수 없다는 거죠?????

U/C (11:49 AM): 왜냐하면 나도 곤란한 상황에 처해 있거든요. 어제

---

*   Gitmo, 관타나모 미 해군기지에 있는 수용소

당신은 토론토 테러에 대해 들려줬어요. 그 일이 터지기도 전에 말이에요. 하지만 난 그 사실을 누구에게도 알리지 않았어요.

니나 (11:51 AM): 왜 아무에게도 알리지 않았죠??

U/C (11:55 AM): 당신을 믿지 않았으니까요. 오늘 신문은 읽어 봤어요? 대통령이 술리만에게 연락한 사실이 알려져 엄청난 비난이 쏟아지고 있어요. 이런 와중에 난 그와 한 패거리인 인물과 이렇게 문자 메시지를 주고받고 있잖아요. 내가 큰 실수를 한 것 같습니다. 하지만 이미 엎질러진 물인 걸 어쩌겠습니까.

하지만 난 당신을 믿어요. 잠깐 생각 좀 해 볼게요, 네? 조금만 더 기다려 줘요. 그래 줄 수 있죠? 그 정도 여유도 없나요? 바이러스가 정확히 언제 작동할 예정이죠?

니나 (11:57 AM): 일주일 후. 내일 안으로 답을 줘요. 그 이상은 기다려 줄 수 없어요.

5월 5일, 토요일의 대화는 그렇게 끝이 났다. 머릿속이 복잡해졌다. 아무리 생각해도 이해가 되지 않는다. 오랫동안 치밀하게 준비해 온 반역적 계획이 아니었단 말인가? 돈을 뜯기 위한 협박도 아니었고? 그저 판단 실수에 불과했다고? 어리석은 결정들이 차곡차곡 쌓이면서 결국 이런 난장판이 돼 버렸다고?

우리의 베네딕트 아놀드는 다음 날인 5월 6일, 일요일 아침에 백악관에서 다음과 같은 메시지를 전송했다.

U/C (7:04 AM): 내게 불똥이 튀지 않게 처리할 수 있는 방법이 떠올랐습니다. 혹시 지금 파리에서 먼 곳에 있나요?

98

리스 보트 앤 닥스Lee's Boats and Docks 로고가 그려진 하얀 밴이 버지니아 카운티 고속도로를 벗어나와 자갈길로 들어선다. 잠시 후, 밴 앞으로 '사유지 - 무단출입 금지'라고 적힌 바리케이드가 나타난다. 그 너머로 길에서 수직으로 세워진 검은 SUV 두 대가 보인다.

밴의 운전자, 로이지크는 차를 세우고 백미러로 뒤편에 타고 있는 여덟 명의 남자를 쳐다본다. 그들 모두 방탄복 차림을 하고 있다. 그중 네 명은 AK-47로, 나머지 네 명은 장갑 관통용 로켓탄이 장전된 견착식 공격용 무기로 각각 무장한 상태다.

"내가 모자를 벗으면—."

그가 남자들에게 신호를 상기시킨다.

차에서 내린 로이지크는 뜯어진 챙이 붙은 모자에 플란넬 셔츠, 그리고 찢어진 청바지 차림이다. 그가 질문이 있다는 듯한 손을 들고 바리케이드 앞 SUV들로 다가간다.

"안녕하세요. 혹시 20번 국도가 어디쯤인지 아십니까?"

무반응. SUV들의 창문은 선팅이 돼 있어 안이 보이지 않는다.

"아무도 없습니까?"

그가 묻는다.

그는 다시 그리고 또다시 불러 본다. 그들의 예상대로 빈 차들이다. 다른 보안 요원들이 해병 헬리콥터를 타고 떠난 후로 비밀 경호국 요원들의 배치 간격은 눈에 띄게 늘어났다.

로이지크는 모자를 벗지 않는다. 밴 안의 포병들이 쏟아져 나와 로켓탄을 쏴 댈 필요가 없는 상황이다.

잘됐군. 화력을 오두막에 집중시킬 수 있게 됐으니 말이야.

로이지크는 밴으로 돌아가 남자들에게 고개를 끄덕여 보인다.

"오두막까지 편히 들어갈 수 있을 거야. 꼭들 붙잡으라고."

그는 자갈길이 끝나는 지점까지 밴을 후진시켰다가 전진 기어를 넣고 액셀러레이터를 있는 힘껏 밟는다. 밴은 바리케이드를 향해 맹렬히 달려 나간다.

잠시 후, 쾌속정 한 대가 작은 만을 향해 천천히 나아간다. 비밀 경호국 요원들의 보트가 떠 있는 곳이다. 땅거미가 내려앉은 호수 곳곳에는 환한 조명이 켜져 있다. 팀 원처럼 밴을 몰고 쳐들어가는 것보다 네 명이 탄 보트를 몰고 북쪽으로부터 침투하는 것이 발각될 가능성이 훨씬 적다.

뱃머리에는 두 남자가 서 있다. 그들 밑 갑판에는 유탄 발사기가 장착된 AK-74 공격용 소총으로 무장한 나머지 두 남자가 엎드려 있다.

[보트 멈춰!]

비밀 경호국 요원 하나가 확성기에 대고 지시한다.

[여긴 제한 수로다!]

하미드라는 이름의 리더가 두 손을 컵처럼 만들어 입에 갖다 붙이고 요원들을 향해 소리친다.

"기슭까지 견인 좀 부탁드립니다! 엔진이 고장 났어요!"

[보트 돌려!]

하미드가 두 팔을 펼쳐 보인다.

"엔진이 고장 나서 그럴 수 없다니까요!"

하미드 옆에 선 남자가 고개를 살짝 떨어뜨리고 발밑에 엎드려 있는 남자들에게 말한다.

"내 명령을 기다려."

[그럼 닻을 내리고 예인선을 기다려라!]

"그럼 우리가……."

[거기 멈춰! 당장 닻을 내려라!]

보트에 탄 요원들이 신속하게 움직이기 시작한다. 그들은 보트 양옆과 뱃머리로 각각 달려가 기관총에 덮어 놓은 방수포를 일제히 걷어 낸다.

"사격 개시!"

하미드가 갑판 바닥에서 무기를 집어 들며 속삭인다.

몸을 숨기고 있던 남자들이 벌떡 일어나 비밀 수사국 요원들을 향해 AK-74와 유탄 발사기를 일제히 쏴 대기 시작한다.

99

나는 통신실에서 지난 5월 6일, 일요일에 니나와 우리의 베네딕트 아놀드 사이에서 오간 문자 메시지를 훑어 나가는 중이다. 이제야 릴리가 어떻게 이 일에 휩쓸리게 됐는지 알 것 같다. 우리 내부자가 자신의 흔적을 남기지 않고 니나를 내게 접근시킬 수 있도록 꾀를 낸 것이었다.

니나 (7:23 AM): 대통령의 딸에게 얘기해 보라고요?

U/C (7:28 AM): 그래요. 그 아이에게 정보를 내주면 금세 그 아이 아버지 귀로 들어갈 겁니다. 그럼 당신은 대통령과 직접 소통할 수 있게 될 거예요.

니나 (7:34 AM): 대통령이 순순히 움직여 줄까요?

U/C (7:35 AM): 물론이죠. 조국을 구하는 일인데 당신네 정부에 사면을 요청하는 게 대수겠습니까? 당연히 적극 협조하겠죠! 하지만 그러려면 당신이 대통령을 직접 만나서 얘기하는 수밖에 없어요. 그럴

수 있겠어요? 당장 미국에 올 수 있어요?

니나 (7:38 AM): 직접 만나서 얘기해야만 하나요?

U/C (7:41 AM): 물론입니다. 얼굴도 내비치지 않는 사람을 대통령이 어떻게 신뢰하겠습니까?

니나 (7:45 AM): 글쎄요. 그가 날 기트모에 가둬 두고 고문하면 어떡하죠?

U/C (7:48 AM): 걱정 말아요. 그럴 일 없을 테니까. 날 믿어요.

고문이 아니라, 그보다 더한 짓도 서슴지 않았을 것이다. 그렇게 해서라도 니나의 입을 열어 이 바이러스를 막을 수만 있었다면.

하지만 그럴 필요까지는 없었다. 왜냐하면 니나는 자신의 파트너가 퍼즐의 나머지 열쇠를 쥐고 있다고 주장했기 때문이다. 그녀는 릴리를 통해 한 번, 그리고 나중에 나를 찾아와 또한 번 그 사실을 강조했다. 니나는 이것을 '일괄 거래'라고 표현하면서 만약 자신이 백악관에 억류된다면 우리는 결코 퍼즐을 풀지 못할 것이고, 결국 바이러스도 막지 못할 것이라고 경고했다.

그리고 그녀의 경고는 현실이 돼 버렸다.

니나 (7:54 AM): 만약 내가 파리에서 그의 딸을 만난다면 대통령이 날 진지하게 받아 줄 거라는 보장이 있나요?

U/C (7:59 AM): 분명 그렇게 될 겁니다.

니나 (8:02 AM): 그걸 어떻게 확신하죠? 당신은 그러지 않았잖아요.
U/C (8:04 AM): 당신에게 암호를 알려 줄 거예요. 그것만 있으면 신뢰성이 담보될 수 있어요. 그 암호를 듣는 순간 대통령은 당신을 진지하게 받아 줄 수밖에 없을 겁니다. 날 믿어요.

니나 (8:09 AM): 알았어요. 그 암호가 뭐죠?

U/C (8:12 AM): 난 당신을 믿을 수밖에 없어요. 이건 기밀 정보입니다. 발각되면 사직은 물론, 감옥에도 갈 수 있어요. 이해하겠어요?

니나 (8:15 AM): 네. 에드워드 스노든, 첼시 매닝처럼 말이죠?

U/C (8:17 AM): 그래요. 난 당신을 돕기 위해 모든 걸 걸었어요. 당신을 신뢰하기 때문이에요.

니나 (8:22 AM): 서로를 믿어야죠. 난 당신이 누구인지, 당신이 내게 어떤 정보를 줬는지 절대 발설하지 않을 거예요. 맹세해요!!

U/C (9:01 AM): 알았어요. 당신 때문에 내 목숨까지 위태로워질 수 있다는 거 알아 둬요. 부디 당신을 믿어도 되길 바라요.

니나 (9:05 AM): 안심하고 믿어 줘요.

니나는 그렇게 '암흑시대'를 알게 된 것이었다. 이 문자 메시지가 오간 바로 다음 날, 그러니까, 지금으로부터 닷새 전인 지난 월요일, 니나는 파리의 소르본 대학교 캠퍼스에서 릴리를 만나 '암흑시대'라는 암호를 속삭였다. 릴리는 즉시 내게 연락했고, 나는 지난 나흘여 동안 문제의 내부자가 누구인지 밝히는 데 집중해 왔다.

아직 내게는 그 답이 없다. 나는 다음 페이지로 넘어가 본다.

"대통령님!"

케이시의 목소리가 나를 부른다.

"모든 준비가 끝났습니다."

나는 통신실을 황급히 빠져나온다. 알렉스가 내 뒤를 바짝 뒤쫓는다. 상황실에서는 케이시, 데빈, 그리고 오기가 나를 기다리고 있다.

"바이러스를 작동할 준비가 됐나요?"

나는 휴대폰을 책상에 내려놓고 데빈의 뒤로 다가가 선다.

케이시가 나를 돌아본다.

"대통령님, 시작하기 전에 드릴 말씀이 있습니다. 아직 풀리지 않은 의문이 있습니다. 바이러스가 자기들이 감염시킨 장치를 이용해 서로 소통할 수 있는지. 이 나라 곳곳에 침투한 바이러스가 지정된 시간에 맞춰 독립적으로 작동하도록 프로그램된 건 아닌지. 한 컴퓨터에 침투한 메인 바이러스가 '실행' 명령을 보내 감염된 모든 장치 속 바이러스로 하여금 일제히 작동하게 만들 수도 있지 않겠습니까."

"그 얘긴 저번에도 들었는데요."

"그러니까 제가 드리고 싶은 말씀은, 부디 이 전략이 제대로 먹히길 간절히 바라고 있습니다만 만에 하나, 이게 실패로 돌아간다면, 그리고 펜타곤 서버 안에서 기어이 바이러스가 작동하게 된다면, 이 나라의 수백만, 아니, 수십억 개 장치 안에서도 일제히 활성화될 수 있지 않겠습니까? 한마디로, 우리가 상상할 수 있는 최악의 시나리오가 펼쳐지게 된다는 말씀입니다."

"시운전 땐 성공하지 않았습니까."

"그랬죠. 시운전 때는 최선을 다해 바이러스를 역설계했습니다. 하지만 그걸 완벽한 재현으로 보기엔 무리가 있습니다. 시간이 촉박해 모든 부분을 꼼꼼히 살펴볼 수 없었으니까요. 이게 진짜 바이러스를 맞아 얼마나 효과를 거둘지 장담하기가 쉽지 않습니다."

나는 깊은 숨을 한 번 들이쉰다.

"그렇다고 손 놓고 지켜만 볼 수는 없지 않겠습니까. 어차피 바이러스는 곧 작동하게 될 텐데요. 어쩌면 1분 후일 수도 있고, 어쩌면 몇 시간 후에 터질지도 모르는데. 지금 이 방법보다 더 그럴듯한 옵션이 있습니까?"

"그건 그렇죠. 지금껏 이 정도 성공이라도 거둔 적이 없었으니까."

"그래서요?"

나는 어깨를 으쓱인다.

"더 좋은 아이디어라도 있습니까?"

"아닙니다, 대통령님. 그저 이 부분을 말씀드리고 싶었을 뿐입니다. 만약 이번에 실패하면⋯⋯."

"지옥문이 열리게 된다는 거 알아요. 안다고요. 우리가 대승리를 거두거나 아마겟돈을 맞게 되거나, 둘 중 하나겠죠."

나는 오기를 돌아본다.

"넌 어떻게 생각해, 오기?"

"당신과 같은 생각이에요. 이게 최선이에요. 지금으로선 이 방법밖에 없어요."

"케이시?"

"저도 같은 생각입니다. 시도해 보는 게 좋겠어요."

"데빈?"

"찬성입니다, 대통령님."

나는 두 손을 비비며 말한다.

"그럼 해 봅시다, 한 번."

데빈의 손가락이 키보드 쪽으로 돌아간다.

"자, 그럼 시작⋯⋯."

[뭐라고?]

내 옆에 바짝 붙어 서 있던 알렉스 트림블이 손가락 하나를
이어버드로 가져가 붙인다.

"북쪽 루트가 뚫렸다고? 바이퍼!"

그가 무전기에 대고 소리친다.

"바이퍼, 들리나, 바이퍼?"

알렉스가 능숙한 동작으로 내 팔을 움켜쥐고 힘껏 잡아끈다.

"통신실로 가시죠, 대통령님! 지금부터 록다운에 들어가겠
습니다. 그게 가장 안전한……."

"안 돼요. 난 여기 남겠습니다."

알렉스는 계속해서 나를 잡아끈다.

"안 됩니다, 대통령님, 당장 저를 따라오십시오."

"그럼 저들도 같이 가게 해 줘요."

"그렇게 하시죠. 하지만 지금 당장 이동하셔야 합니다."

데빈은 노트북 컴퓨터를 황급히 챙긴다. 모두가 통신실을
향해 우르르 몰려간다.

기다렸다는 듯 맹렬한 포화 소리가 아득하게 들려오기 시작
한다.

100

하얀 밴을 몰고 바리케이드를 통과한 로이지크가 속도를 줄
이고 표시 없는 흙길을 찾아 두리번거리기 시작한다. 저기. 못

보고 지나치다니. 그는 차를 멈추고 후진 기어로 바꿔 건다. 흙 길로 되돌아간 그는 왼쪽으로 방향을 튼다. 비포장도로에 대해 미리 듣지 못했다면 그는 완전히 지나쳐 버렸을 것이다.

흙길은 차량 한 대만이 간신히 다닐 수 있을 만큼 폭이 좁다. 게다가 지금은 어둡기까지 하다. 해는 이미 저물어 버린 후고, 길 양옆으로는 높은 나무들이 우거져 있다. 로이지크는 두 손으로 핸들을 꼭 움켜쥔 채 목을 길게 뽑는다. 지형이 울퉁불퉁해 속도를 내기가 쉽지 않지만 그는 조금씩 가속을 이어 나간다.

오두막까지는 이제 반 마일 남짓 남았다.

호수에서는 총격전이 벌어지고 있다.

팀 투는 연막탄을 던져 놓고 AK-74 공격용 소총으로 비밀 경호국 보트를 타격하는 중이다. 경호국 요원들도 기관총으로 대응 사격을 시작한다. 예상을 뛰어넘는 맹렬한 응사에 놀란 공격자들이 갑판 바닥에 납작 엎드린다. 선체를 벙커로 쓰려는 것이다.

뒤뜰을 지키던 비밀 경호국 요원 몇 명이 팀 투 보트에 총을 쏘아 대며 부두 쪽으로 이동한다.

부두에 다다른 그들의 주의가 보트에 집중돼 있는 동안 바흐는 어둠과 대혼란에 파묻힌 뒤뜰을 신속히 가로질러 나간다. 그리고 지하 세탁실 앞 창문 안으로 잽싸게 몸을 날린다.

101

알렉스 트림블이 통신실의 육중한 문을 닫고 자물쇠를 걸어 놓은 후 주머니에서 휴대폰을 꺼내 든다.

의자에 앉은 데빈은 이미 노트북 컴퓨터를 펼쳐 놓은 상태다. 이로써 모든 준비는 끝이 났다.

"시작해요, 데빈. 바이러스를 작동시켜요."

나는 알렉스의 어깨 너머로 그의 휴대폰을 들여다본다. 비밀 경호국은 지붕에 카메라를 설치해 놓았다. 알렉스와 나는 북쪽을 향하고 있는 카메라가 보내오는 영상에 집중한다. 하얀 밴이 흙길을 따라 오두막 쪽으로 맹렬히 달려오고 있다.

"위치가 어딘가, 바이퍼?"

알렉스가 무전기에 대고 절규한다.

마치 연출가의 부름에 응답하듯 하얀 밴 뒤로 바이퍼 공격 헬리콥터가 불쑥 나타나 날개에 장착된 헬파이어 공대지 미사일을 발사한다.

밴이 폭발하면서 주황색 화염에 휩싸인다. 데굴데굴 구르던 밴이 옆으로 쓰러지며 회전을 멈춘다. 비밀 경호국 요원들이 자동 소총을 앞세우고 밴으로 다가간다.

알렉스가 버튼을 누르자 화면이 바뀐다. 이번에는 남동쪽을 향하고 있는 카메라의 영상이다. 호수에서는 격렬한 총격전이 벌어지고 있다. 보트의 요원들과 부두의 요원들이 또 다른 보트를 향해 집중포화를 쏟아붓는 중이다. 그들은 보트가 기슭에 접근하지 못하도록 필사적으로 막고 있다.

알렉스가 손가락으로 이어버드를 꾹 누르고 무전을 보낸다.

"내비게이터, 길을 내라! 길을 내라! 모든 요원들은 바이퍼에서 최대한 떨어져 있도록!"

지시가 내려지기가 무섭게 비밀 경호국 보트가 방향을 튼다. 부두에서 버티고 있던 요원들도 일사불란하게 움직여 몸을 피한다.

이내 도착한 바이퍼가 헬파이어 미사일을 발사해 적의 보트를 박살내 버린다. 거대한 불덩이에 이어 수면 위로 물기둥이 솟구쳐 오른다. 그 충격에 비밀 경호국 보트마저 뒤집혀 버린다.

"이제 해병대원들을 내려 보내라!"

알렉스가 무전기에 대고 말한다. 어느새 다음 단계로 넘어간 것이다. 지역 공항에 바이퍼와 해병대원들을 대기시켜 놓자는 건 그의 아이디어였다. 든든한 지원 병력을 가까이 두는 동시에 오두막을 눈에 띄지 않게 해 준 기발한 묘수였다.

"호수에 빠진 요원들은요?"

나는 알렉스의 어깨를 떠밀며 말한다.

그가 무전기를 내린다.

"구명구를 갖추고 있습니다. 걱정 마십시오."

그가 다시 무전기에 대고 말한다.

"해병대의 위치는? 사상자 보고를 시작하라!"

"됐어요. 펜타곤 서버에서 바이러스가 작동을 시작했습니다."

197

데빈이 말한다.

나는 고개를 돌려 데빈을 쳐다본다. 알렉스는 계속해서 지시를 내리며 통신실 문 쪽으로 자리를 옮긴다.

"어떤 반응을 보이는지 지켜봅시다."

데빈이 참았던 숨을 내쉰다.

"다들 기도해요."

그가 컴퓨터에 무언가를 입력한다. 통신실에는 스마트스크린이 갖춰져 있지 않다. 나는 케이시, 그리고 오기와 함께 그의 어깨 너머로 모니터 화면을 지켜본다. 과연 삭제된 것으로 표시된 파일들이 용케 살아남는지.

"'0'이 보이는군요."

나는 속성 박스의 맨 아랫줄을 응시하며 말한다.

"'0'이 나오면 좋지 않다고 했죠?"

"그게…… 아뇨…… 아닙니다."

데빈이 말한다.

"파일들을 겹쳐 쓰고 있는 겁니다."

"파일들을 삭제했어요? 삭제됐다고 표시해 놓은 게……."

"네, 네, 네."

좌절한 데빈이 두 손으로 노트북을 힘껏 움켜쥔다.

"빌어먹을!"

나는 같은 파일 속성을 지켜본다. 내림차순으로 정리된, 글자와 숫자로 이루어진 패턴들. 하지만 여전히 맨 아랫줄에는 '0'이 버티고 있다.

"왜 안 되는 거죠?"

"대체 뭐가……."

"테스트 때 바이러스를 완벽하게 재현하지 못했던 것 같아요."

오기가 말한다.

"우리가 해독하지 못했던 부분들 말이에요."

"우리가 뭔가를 빠뜨린 게 틀림없어요."

케이시가 말한다.

순간 등골이 오싹해져 온다.

"그럼 펜타곤 서버가 삭제되는 건가요?"

케이시가 한 손을 올려 이어폰으로 가져간다.

"다시 말해 봐요!"

그녀가 집중을 위해 눈을 질끈 감고 말한다.

"정말이에요?"

"무슨 일이죠, 케이시?"

그녀가 나를 돌아본다.

"대통령님, 펜타곤에 있는 우리 팀이……. 우리가 작동시킨 바이러스가 방금 '실행' 명령을 시스템 전체에 내렸다고 합니다. 바이러스가 재무부 서버에서 작동됐고……."

그녀가 자신의 귀를 톡톡 두드린다.

"국토안보부, 교통부, 모…… 모든 곳에서 일제히 터졌다고 합니다."

그녀가 자신의 스마트폰을 들여다본다.

"제 휴대폰도요."

나는 황급히 휴대폰을 찾아본다.

"내 휴대폰은 어디 있죠?"

"오, 이런."

오기가 말한다.

"오, 이런, 안 돼, 안 돼, 맙소사."

"제 휴대폰도 마찬가지입니다."

데빈이 말한다.

"이미 시작됐어요. 젠장. 이미 사방으로 다 퍼져 나갔습니다! 바이러스가 공격을 시작했어요."

케이시가 웅크려 앉아 두 손으로 머리를 쥐어뜯기 시작한다.

"시작됐어요."

그녀가 말한다.

"오, 하느님, 저희를 도우소서."

믿어지지 않는 상황이 펼쳐지고 있다. 실제로 이런 일이 벌어질 거라고는 상상도 못 했는데. 어떻게든 답을 찾을 수 있을 거라 믿었는데.

'오, 하느님, 저희를 도우소서.'

암흑시대가 기어이 도래하고 만 것이다.

102

전용기가 자그레브 밖 좁은 활주로에 내려앉는다. 기지개를 켜고 일어난 술리만 신도럭은 계단을 타고 활주로로 내려간다.

어깨에 라이플을 멘 두 남자가 그에게 다가온다. 검은 피부의 덩치 큰 남자들은 무표정한 얼굴로, 하지만 공손하게 술리를 맞아 준다. 그는 그들을 따라 대기 중인 지프로 향한다. 그들은 앞좌석에 오르고, 그는 뒷좌석에 자리를 잡는다. 그들은 아름다운 메드베드니차산을 끼고 뻗어 있는 2차선 도로를 빠르게 달려 나간다. 너무나도 장엄한…….

갑자기 휴대폰이 울리자 그가 흠칫 놀란다. 그가 기다렸던 벨소리다. 폭탄 터지는 소리. 이번 일을 위해 그가 특별히 고른 것이다.

예상보다 몇 시간 일찍 일이 터졌다. 미국인들이 방금 삭제를 시도한 모양이었다.

그는 휴대폰을 꺼내 달콤한 두 단어를 확인한다.

「바이러스 작동.」

그는 잠시 눈을 감고 온몸으로 퍼져 가는 기분 좋은 온기를 느껴 본다. 세상 그 무엇도 수천 마일 떨어진 곳에서 키보드를 두드려 파괴적인 테러를 벌이는 것만큼 짜릿하지 않다.

지프 안으로 스며든 바람에 그의 머리가 뒤로 나부낀다. 그는 밀려드는 환희를 온몸으로 음미한다. 그가 기어이 해낸 것이다.

역사의 흐름을 바꿔 놓은 남자.

지구상의 초강대국을 무릎 꿇린 남자.

이제 곧 어마어마한 부를 손에 넣게 될 남자.

103

"이럴 리 없어요!"

"안 돼, 하느님, 제발……."

통신실 안은 패닉과 욕설과 통곡으로 가득 차 있다. 아직도 충격에서 벗어나지 못했는지 내 몸은 주체할 수 없을 만큼 떨리고 있다. 이 모든 게 그저 고약한 악몽이기를. 나는 통신실 컴퓨터 앞으로 다가간다. 암흑시대도 전용회선을 쓰는 이 컴퓨터는 절대 건드릴 수 없다.

우리는 위협 완화 단계로 넘어와 있다. 이제 캐롤린이 발 벗고 나서야 할 때다.

우선 의회 지도자들에게 이 사실을 알리고, 최대한 신속히 하원과 상원을 소집해야 한다. 그래야 한시라도 빨리 전국에 군사력을 투입하는 법안을 입법화할 수 있을 테니까. 인신 보호 영장도 유예시켜야 하고, 물가 통제와 배급 시행을 위한 광범한 집행권도 챙겨야 한다.

그리고 행정명령 제출…….

"잠깐, 이게 뭐지?"

데빈이 빽 소리친다.

"잠깐, 잠깐, 잠깐! 케이시, 이것 좀 봐요."

그녀가 그에게로 달려간다. 나도 그녀를 뒤따른다.

데빈은 컴퓨터를 붙들고 앉아 여러 파일을 빠르게 훑어 나가는 중이다.

"이거…… 이해가 되나요? 난 도무지……."

"대체 무슨 일인데 그래요?"

나는 소리친다.

"어서 말해 보라니까!"

"이게……."

데빈이 키보드를 두드리자 다양한 화면이 나타났다 사라지기를 반복한다.

"바이러스는 분명 작동됐고……. 유유히 몇몇 파일을 겹쳐 쓰기까지 했거든요. 하지만 어쩐 일인지……. 갑자기 멈춰 섰습니다."

"멎었다고요? 바이러스가 멈췄어요?"

케이시가 바짝 다가가 컴퓨터 화면을 응시한다.

"대체 저게 뭐죠?"

그녀가 묻는다.

104

호수에서 격렬한 총격전이 벌어지고 있는 동안 바흐는 창가에 서서 무전을 보낸다.

"팀 원, 상황 보고."

그녀는 체코 팀 리더, 로이지크의 응답을 기다린다.

[계속 이동 중 ―잠깐― 뭐지?]

"팀 원, 상황 보고!"

그녀가 나지막이 재촉한다.

[*헬리콥테라*helikoptéra!]

로이지크가 모국어로 소리친다.

[*오트쿠트 포하지 헬리콥테라*odkud pocházi helikoptéra?]

헬리콥터?

"팀 원······."

그때 폭발음이 스테레오로 들려온다. 북쪽에서, 그리고 로이지크의 송신기와 연결된 그녀의 이어버드에서. 그녀의 시선이 황급히 북쪽으로 돌아간다. 불길이 하늘을 벌겋게 물들여 놓았다.

공격용 헬리콥터? 순간 그녀의 가슴이 철렁 내려앉는다.

그녀는 세탁실 창문을 살펴본다. 창문에는 자물쇠가 걸려 있다.

"페비 가."

그녀가 웅얼거린다. 불안해진 그녀는 권총의 소음장치 부분을 잡고 창문 앞으로 몸을 기울인다. 그리고······.

[*울라르닝그 베르톨리오틀라리 보르*Ularning vertolyotlari bor!]

팀 투 리더, 하미드의 다급한 목소리가 그녀의 이어버드에서 흘러나온다. 그녀는 우즈베크어를 모른다. 하지만 그녀의 직감은······.

[놈들이 헬리콥터를 투입했다! 그들이······.]

호수 쪽에서 들려온 이번 폭발음은 몇 배 더 요란하다. 이어버드에서 터져 나온 굉음이 그녀의 고막을 사정없이 강타한다. 그녀는 하마터면 중심을 잃고 고꾸라질 뻔했다.

그녀 안에서 익숙지 않은 공포가 피어오른다. 그녀의 체온은 급상승하고, 속은 울렁거리기 시작한다. 그녀는 사라예보를 떠난 후로 이토록 두려웠던 적이 없었다. 이제는 세상 그 무엇도 두렵지 않을 거라 생각했는데.

그녀는 권총 손잡이를 휘둘러 유리창을 깨뜨린다. 그런 다음, 창문 안으로 손을 넣어 자물쇠를 풀고 잠시 귀를 쫑긋 세워본다. 5초. 10초. 안에서는 아무 소리도 들리지 않는다.

그녀는 창문을 마저 열고 발부터 먼저 세탁실 안으로 밀어넣는다.

105

"왜 그래요? 무슨 일입니까?"

"그게······."

데빈이 고개를 젓는다.

"니나가 차단기를 심어 놓았습니다."

"네?"

"그녀가……. 안전장치를 심어 놨어요. 패스워드 오버라이드도 설치해 뒀고요."

"그게 대체 무슨 소립니까?"

오기가 내 팔뚝에 손을 얹는다.

"어떻게 된 건지 알겠어요."

그가 공황상태에 빠진 모습으로 말한다.

"니나가 바이러스가 작동한 직후 자동으로 멈추게 하는 장치를 심어 놓은 모양이에요. 데빈이 설명한 대로, 바이러스가 소량의 데이터를 겹쳐 쓰기 시작한 겁니다. 자신의 능력을 보여 주기 위해서 말이죠. 하지만 이제 멈춰 버렸으니 우리에게 기회가 온 겁니다. 암호를 찾아 막아야죠."

"바이러스를 재현했을 때 그 부분은 복제하지 못했어요."

케이시가 말한다.

"그게 거기 심어져 있는 걸 몰랐거든요."

"그럼 이 나라의 다른 컴퓨터와 장치들에 침투한 바이러스들은요?"

나는 묻는다.

"이게 그들에게 명령을 내렸다고 했잖아요. 그들도 멈췄나요?"

케이시가 자신의 헤드셋에 대고 다급하게 말한다.

"제러드, 차단 장치가 바이러스를 멎게 했어요. 거기서도 확인이 되나요? 지금쯤이면 거기서도……."

나는 초조하게 그녀를 바라본다.

지금껏 이토록 더디게 흐르는 20초를 겪어 본 적이 없었다.

잠시 후, 그녀가 확 밝아진 표정으로 한 손을 들어 보인다.

"됐어."

그녀가 말한다.

"됐어요! 펜타곤 서버에 침투한 바이러스가 분산 시스템 전체에 '중지' 명령을 내린 모양이에요."

"그럼…… 모든 곳의 바이러스가 작동을 멈췄다는 얘긴가요?"

"네, 대통령님. 일단 안심해도 될 것 같습니다."

"패스워드 오버라이드 차단기를 보여 줘요."

나는 오기를 옆으로 밀쳐 내고 컴퓨터 화면을 들여다본다.

Enter Keyword: _____ 28:47

"타이머."

나는 말한다.

"30분에서부터 카운트다운이 되고 있군요."

28:41…… 28:33…… 28:28…….

"그럼 바이러스가 28분 동안만 작동을 멈춘다는 뜻인가요?"

"그래요."

오기가 말한다.

"28분 안에 키워드를 찾아 입력해야만 해요. 안 그러면 바이러스는 작동을 재개할 거예요. 이 나라의 모든 시스템과 장치들 속에서 말이에요."

"하느님 맙소사."

나는 머리털을 한 손 가득 움켜쥔다.

"아니, 이렇게 돼서 다행이에요. 잘된 겁니다. 게임은 아직 끝나지 않았어요. 우리에게 마지막 기회가 주어진 거라고요. 자, 키워드를 찾아봅시다."

나는 케이시를 돌아본다.

"암호를 해독하는 소프트웨어는 없나요?"

"저…… 있긴 합니다만 28분 안에 설치하고 가동시키는 건 불가능합니다. 게다가 이건 보통 바이러스가 아니지 않습니까. 최소한 몇 시간은 걸릴 겁니다. 어쩌면 며칠, 몇 주가 걸릴 수도 있고……."

"좋아요. 그럼 추측으로 알아맞힐 수밖에 없겠군요. 그렇죠?"

[누구나 할 수 있는 아주 간단한 방법이니까.]

니나는 문자 메시지에서 말했었다. 자신의 설명을 들으면 컴퓨터에 문외한인 사람도 손쉽게 할 수 있다면서.

'간단한 방법.'

키워드를 알고 있으면 당연히 간단하겠지.

"대체 키워드가 뭐지?"

나는 오기를 홱 돌아본다.

"그녀가 알려 주지 않았어?"

"난 몰라요."

그가 말한다.

"아마 날 보호하려고 그랬던 것 같아요. 각자가 알고 있는 걸 따로 관리하려고……."

"지나가는 말로라도 언급한 적 없고? 힌트를 줬다든지 하진 않았어? 잘 생각해 봐, 오기. 머리를 굴려 보라고."

"난……."

오기가 한 손을 올려 자신의 이마에 얹는다.

"난……."

나는 내 집무실에서 니나가 했던 말들을 떠올려 본다. 그녀는 이 나라가 불바다로 변할 거라고 했고, 파트너인 오기가 '일괄 거래' 조건으로 자신과 함께하고 있다고 했다. 그녀는 내게 내셔널스 경기 입장권을 건넸고, 두바이에서 본 헬리콥터 얘기도…….

도무지 감이 잡히지 않는다.

"'술리만'을 입력해 봐요."

나는 데빈에게 말한다.

그는 내가 시키는 대로 입력하고 엔터키를 누른다. 입력한

209

단어는 이내 사라져 버린다.

Enter Keyword: _____ 27:46

"이번엔 대문자로 입력해 봐요."

케이시가 말한다.

"대소문자를 구별하는지도 모르잖아요."

데빈이 대문자로 입력해 보지만 결과는 같다.

"이번엔 전부 소문자로."

"똑같아요."

"전체 이름을 입력해 봅시다. 술리만 신도럭."

나는 말한다.

데빈은 주문대로 해 본다. 역시 무반응.

"빌어먹을. 이젠 어쩌죠?"

나는 말한다.

[간단한 방법.]

니나는 문자 메시지에서 분명 그렇게 말했다.

나는 주머니를 더듬으며 방 안을 둘러본다.

"내가 휴대폰을 어디 뒀더라? 대체 어디로 사라져 버린 거지?"

"'니나'를 입력해 봐요."

오기가 말한다.

"풀리지 않아요. 대문자로도 안 되고요."

데빈이 두 가지 방법을 다 써 보고 나서 말한다.

"소문자도 마찬가지예요."

"이번엔 '니나 신쿠바'로 해 봐요. 여러 가지 방법으로."

"신쿠바의 철자가 어떻게 되죠?"

모두가 오기를 돌아본다. 그는 어깨를 으쓱인다.

"당신이 알려 주기 전까진 난 그녀의 성을 몰랐어요."

그가 내게 말한다.

철자는 나도 알지 못한다. 그냥 리즈에게 전해 들었을 뿐이니. 나는 다시 주머니를 더듬으며 방 안을 둘러본다. 그녀에게 연락하려면 휴대폰부터 찾아야 한다.

"내 휴대폰 못 봤어요?"

"아마 이걸 겁니다. s-h-i-n-k-u-b-a."

케이시가 말한다.

데빈은 여러 가지 방법으로 그녀의 이름을 입력하기 시작한다.

Nina Shinkuba

nina shinkuba

NINA SHINKUBA

NINASHINKUBA

ninashinkuba

하지만 다 소용이 없다. 나는 타이머를 확인한다.

26:35

"대체 어디로 간 거야?"

나는 다시 말한다.

"정말 아무도……."

그때 문득 답이 떠오른다. 상황실. 데빈이 바이러스를 작동시키려 할 때 휴대폰을 내려놓았던 게 기억난다. 알렉스가 긴박한 바깥 상황을 보고받고 나를 통신실로 이끌었을 때. 그때 깜빡하고 챙기지 못한 것이다.

"잠깐 나갔다 올게요."

나는 말하자 여전히 무전기와 씨름 중인 알렉스가 화들짝 놀라며 내 앞을 막아선다.

"안 됩니다, 대통령님! 지금은 록다운 상황입니다. 바깥은 아직 위험합니다."

"휴대폰을 가져와야 해요, 알렉스. 지금 당장……."

"안 됩니다, 대통령님."

나는 그의 셔츠를 우악스럽게 움켜잡는다. 내가 보인 뜻밖의 행동에 그가 움찔한다.

"이건 명령입니다. 지금은 그 휴대폰이 내 목숨보다 더 중요합니다."

"그럼 제가 가져오겠습니다."

그가 말한다. 그가 주머니에 손을 찔러 넣는다.

"그럼 빨리 가 봐요, 알렉스! 어서!"

"잠시만요, 대통령님."

그가 주머니에서 무언가를 꺼내며 말한다.

"아무거나 입력해 봐요!"

나는 내 팀에게 소리친다.

"오기의 이름을 입력해 봐요! 오기 코슬렌코!"

106

스택형 세탁기와 건조기 위에 올라가 앉아 있던 바흐가 어두운 방의 바닥으로 사뿐히 내려온다. 그녀는 문간 밖을 살펴본다. 하나의 긴 복도로 이루어진 지하는 미로처럼 복잡하게 얽혀 있지 않다. 복도 양옆으로는 방이 여럿 자리하고 있고, 그녀 왼편 복도 중간 부분에는 계단이 나 있다.

그녀 뒤 열린 창문으로 요란한 소음이 들려온다. 선박 상륙하는 소리, 누군가가 외쳐 대는 명령들, 발을 구르며 사방으로 흩어지는 사람들.

막 도착한 또 다른 헬리콥터 소리. 해병대가 투입된 모양이다. 어쩌면 특수부대인지도 모르고.

발소리. 그들은 전력으로 달려오고 있다. 열린 창문을 향해······.

그녀는 쪼그려 앉아서 무기를 든다.

창문을 지나쳐 간 남자들이 갑자기 달리기를 멈춘다. 그들 중 하나는 창문 바로 앞에 멈춰 선다.

대체 무슨…….

그때 누군가의 목소리가 들려온다.

"웨스트 팀, 위치 도착!"

'웨스트 팀.'

세탁실은 오두막의 서측에 자리하고 있다. 웨스트 팀. 그렇다면 노스 팀, 사우스 팀, 그리고 이스트 팀도 있다는 뜻이리라.

그들이 오두막을 포위한 것이다.

그녀는 어머니, 딜라일라를 떠올린다. 어머니가 밤마다 들이닥친 군인들에게 어떻게 시달렸는지. 어머니가 매일 밤 자식들을 위해 무엇을 했는지. 그녀는 어린 아들과 딸을 침실에서 멀리 떨어진 방 옷장 안에 가둬 두고 그들의 귀에 헤드폰을 하나씩 씌워 주었다. 아이들이 침실에서 새어 나오는 소리 대신 파사칼리아*나 두 대의 바이올린을 위한 협주곡에 집중할 수 있도록.

"꼭 음악만 들어야 한다."

어머니는 바흐와 그녀의 오빠에게 말했다.

---

*   3박자의 조용한 춤곡

마음을 단단히 먹고 방을 나선 바흐는 왼편에 자리한 첫 번째 방의 문턱을 넘어간다. 그들이 상황실이라고 부르는 곳.

그녀는 방 안을 흘끔 들여다본다. 흰색의 대형 스크린에는 이런 것이 떠올라 있다.

Enter Keyword: _____ 26:54

빈 란에 입력된 암호: Nina Shinkuba

단어들이 사라지고 이내 또 다른 암호가 떠오른다. nina shinkuba

단어들은 계속해서 입력됐다 지워지기를 반복한다.

NINA SHINKUBA

NINASHINKUBA

ninashinkuba

빈 란 옆 숫자들은 타이머인 듯하다.

26:42

26:39

26:35

그녀는 총을 앞세우고 안으로 들어간다. 방 안은 텅 빈 상태다. 서류 캐비닛 뒤편에는 상자들만 잔뜩 쌓여 있을 뿐 아무도 숨어 있지 않다.

빈방. 그가 있어야 할 곳인데. 다들 어디로 갔지?

그녀는 다시 하얀 스크린을 돌아본다. 새로운 단어들이 입력되고 있다.

Augie Koslenko

AugieKoslenko

augiekoslenko

Augustas Koslenko

그녀도 아는 이름이다. 하지만 왜 이걸 입력하고 있지?

갑자기 들려온 윙윙 소리에 그녀가 화들짝 놀란다. 나무 책상 위에서 휴대폰이 진동하고 있다. 화면에 떠오른 발신자 정보. FBI 리즈.

그녀의 시선이 위로 올라간다.

한쪽 구석에서 보안용 카메라가 그녀를 내려다보고 있다. 빨간 불이 깜빡이는 걸 보니 그녀를 지켜보고 있는 게 틀림없다.

그녀는 발을 끌며 오른쪽으로 이동한다. 카메라도 그녀를 따라 움직인다.

그녀의 등골이 오싹해진다.

세탁실 쪽에서 소음이 들려온다. 누군가가 창문을 걷어차고 있다. 안으로 들어오려는 모양이다.

위층에서는 무거운 발소리가 터져 나온다. 적잖은 수의 남자들이 지하로 통하는 문을 향해 달려오는 중이다. 잠시 후, 문이 벌컥 열린다.

남자들이 우당탕대며 계단을 달려 내려온다.

바흐는 상황실 문으로 다가가 자물쇠를 걸고 뒤로 천천히 물러난다. 한 걸음, 또 한 걸음. 등이 벽에 닿을 때까지.

그녀는 권총에서 소음장치를 떼어 낸다.

그녀는 심호흡을 하며 목 안을 세차게 울려 대는 맥박을 외면하려 애쓴다. 그녀의 시야는 연신 배어 나오는 뜨거운 눈물로 흐려져 있다.

그녀는 자신의 배를 살살 어루만지기 시작한다.

"넌 내게 내려진 소중한 선물이야, 드라가."

그녀가 모국어로 속삭인다. 그녀의 목소리는 가볍게 떨리고 있다.

"엄마가 영원히 지켜 줄게."

그녀가 벨트에서 휴대폰을 뽑아 들고 보디슈트 밑으로 연결된 이어폰을 뺀다.

"자, 드라가."

그녀가 배 속 아이에게 말한다.

"들어 봐, 내 예쁜 천사."

그녀는 교회 칸타타 '시련을 견디는 자는 행복하도다_{Selig ist der Mann}'를 선택한다. 빌헬름 프리데만 헤르조그의 바이올린이 이끄는 현악단의 유연한 선율. 그리스도의 부드러운 목소리로

217

시작되는 도입부. 소프라노의 열정적인 외침.

Ich ende behande

mein irdisches Leben,

mit Freuden zu scheiden

verlang ich itzt eben.

저는 서둘러 이 땅에서의 삶을 마칩니다,

기쁨 가운데 떠남은 이제는 심지어 저의 소망입니다.

그녀는 벽에 등을 댄 채 바닥으로 스르르 미끄러져 내린다. 그녀가 휴대폰을 자신의 배에 갖다 붙이고 볼륨을 높인다.

"꼭 음악만 들어야 해, 드라가."

107

알렉스와 나는 그의 휴대용 모니터로 상황실 보안 카메라 영상을 지켜본다. 바닥에 주저앉은 암살자는 눈을 감고 있다. 위장 페인트로 덮인 그녀의 얼굴은 평화로워 보인다.

그녀가 권총의 총구를 자신의 턱으로 가져가 붙인다. 그녀의 복부에는 휴대폰이 얹혀 있다.

"자신이 진퇴양난에 빠졌다는 걸 깨달은 모양이군요."

나는 말한다.

"저곳만 빼면 안전합니다."

알렉스가 내게 말한다.

"지하의 나머지 공간과 오두막의 나머지 공간의 수색이 끝났습니다. 이제 저 여자만 제거하면 됩니다. 긴급 파견대가 상황실 문 밖에 대기해 있습니다. 명령이 내려지면 급습이 진행될 겁니다. 자, 이제 저랑 나가시죠, 대통령님."

"그럴 수 없어요, 알렉스. 우린 여기 남아서……."

"저 여자가 몸에 폭발물을 두르고 있는지도 모릅니다."

"저렇게 몸에 딱 달라붙는 보디슈트 밑에 말인가요?"

"그야 알 수 없는 일이지 않습니까. 복부에 얹어 놓은 저 휴대폰이 기폭장치인지도 모릅니다. 그게 아니라면 왜 저러고 있겠습니까?"

나는 다시 화면을 들여다본다. 그녀는 분명 헤드폰을 벗고 나서 휴대폰을 복부에 얹어 놓았다.

문득 레이첼이 불룩한 배 속의 릴리에게 노래를 불러 주던 기억이 떠오른다.

"당장 여길 뜨셔야 합니다, 대통령님."

알렉스가 내 팔뚝을 움켜잡는다. 내가 순순히 따라나서지 않으면 나를 질질 끌고라도 갈 기세다.

데빈, 케이시, 그리고 오기는 계속해서 키워드를 떠올리는 중이다.

"시간이 얼마나 남았죠, 데빈?"

"22분 남았습니다."

"마린 원에서도 노트북으로 작업을 할 수 있나요? 가능해요?"

"네, 가능합니다."

"그럼 어서 나갑시다. 다들 서둘러요."

알렉스가 문을 열자 양옆으로 늘어서 있는 해병대원들이 눈에 들어온다. 우리는 그들에게 이끌려 위층으로 올라간다. 발코니를 통해 밖으로 빠져나온 우리는 마린 원이 대기 중인 헬리패드로 향한다. 알렉스는 나를 계속해서 우악스럽게 잡아끈다. 데빈은 갓난아기라도 되는 듯 노트북을 끌어안고 있다.

"휴대폰을 가져와야 해요."

헬리콥터 안으로 떠밀려 들어간 나는 말한다.

"일단 안전한 고도까지 올라갑시다. 하지만 너무 멀리 벗어나면 안 돼요. 사람을 보내 내 휴대폰을 가져오게 해요."

헬리콥터의 익숙한 내부 분위기가 흥분한 나를 조금이나마 진정시켜 준다. 데빈은 크림색 가죽 좌석에 털썩 주저앉아 노트북을 편다.

"이제 20분도 채 남지 않았습니다."

그가 말한다. 마린 원은 나무들과 불길이 솟구치는 호수와 바이퍼가 박살 낸 보트의 잔해 위로 떠오른다.

나는 알렉스의 어깨 너머로 모니터를 들여다보며 데빈에게 소리친다.

"'지하드의 아들들'을 입력해 봐요. 'SOJ'로도 시도해 보고요.

어쩌면 그냥 '지하드'일 수도 있고요."

"알겠습니다."

모니터 화면 속에서 암살자는 미동도 없이 앉아 있다. 총구는 여전히 그녀의 턱에 붙어 있고, 휴대폰은 여전히 그녀의 배에 엎어져 있다.

그녀의 자궁 위에.

알렉스가 무전기에 대고 말한다.

"대원들은 들도록. 대통령은 무사하시다. 들어가서 표적을 제거하라."

나는 알렉스에게서 무전기를 빼앗아 든다.

"던컨 대통령입니다. 가능하면 그녀를 산 채로 붙잡아 줘요."

108

그녀는 눈을 감고 음악에 맞춰 흥얼거린다. 그녀만의 세상은 자신이 품고 있는 아이, 딜라일라와 경쾌한 현악기 선율과 혼이 담긴 후렴으로만 가득 차 있다.

문이 부서지는 소리도, 총을 내려놓고 투항하라는 군인들의 명령도 들리지 않는다.

시그의 총구는 아직도 그녀의 턱에 붙어 있다. 그녀는 쏟아져 들어온 남자들을 멀뚱하게 쳐다본다. 그들은 공격용 무기를 그녀에게 겨누고 있다. 표적을 생포하라는 명령이 내려진 모양이다. 누구 하나 선뜻 방아쇠를 당기지 않은 것을 보면.

그 무엇도, 결단을 내리고 평화를 찾은 그녀에게 고통을 안겨 줄 수 없다.

"널 위해 할 수 있는 게 이것밖에 없구나, 드라가."

그녀가 속삭인다.

그녀가 쥐고 있던 권총을 앞으로 툭 던져 놓고 두 손을 곧게 뻗어 낸 채 카펫 깔린 바닥에 엎드린다.

해병대원들이 우르르 달려들어 그녀를 번쩍 들어 올린다. 그리고 그녀를 황급히 어딘가로 데려간다.

109

"헬리콥터 착륙시켜요!"

나는 알렉스에게 말한다.

"그 휴대폰이 필요하단 말입니다!"

"아직 안 됩니다."

알렉스가 무전기를 든다.

"표적을 생포하면 보고하라!"

그녀가 몸에 폭발물을 두르고 있지 않다는 게 확인됐을 때. 그리고 내게 위협이 되지 않게 충분히 멀리 떨어졌을 때.

해병대원들은 신속히 그녀를 방에서 끌어낸다. 그들은 그녀의 사지를 하나씩 붙잡고 카메라의 시선이 닿지 않는 곳으로 사라진다.

"아직도 그대로인가요?"

나는 데빈에게 묻는다. 이미 답을 알고 있음에도.

"'SOJ'와 '지하드'로는 풀리지 않습니다."

"그럼 이번엔 '아브하즈'나 '그루지야'로 해 봐요."

"아브하즈의 철자를 알려 주시겠습니까?"

"A-b……. 아무래도 적어 봐야 알 것 같아요. 여기 종이 있나요? 종이와 펜을 가져와요!"

케이시가 작은 메모장과 펜을 내게 건넨다. 나는 그 단어를 적고 나서 철자를 불러 준다.

그는 내가 불러 주는 대로 입력한다.

"일단 일반 표기법으로는 안 됩니다. 대문자로만 써 봐도…… 소문자로만 써 봐도…… 무반응입니다."

"그럼 '아브하즈' 끝에 'n'을 붙여 봐요."

그는 주문대로 입력해 본다.

"안 됩니다."

"철자가 틀리진 않았나요?"

"그런 것 같진…… 않고요."

"그런 것 같진 않다고요? 그런 모호한 답은 집어치워요, 데빈!"

나는 같은 자리를 빙빙 맴돌며 틈틈이 컴퓨터 화면 속 타이머를 체크한다.

18:01

17:58

나는 니나가 언급했던 모든 것을 떠올려 보려 애쓴다. 그녀가 문자 메시지로 작성해 보냈던 모든 내용도 마찬가지고.

"안전합니다!"

알렉스가 큰소리로 보고한다.

"헬리콥터를 다시 착륙시키겠습니다!"

조종사가 마린 원을 급강하시킨다. 앞부분이 푹 숙여졌던 헬리콥터가 다시 균형을 되찾는다. 잠시 후, 헬리콥터는 우리가 방금 전 떠나왔던 헬리패드에 사뿐히 내려앉는다.

제이콥슨 요원이 헬리콥터 안으로 불쑥 들어와 내게 휴대폰을 쥐여 준다.

나는 황급히 문서를 찾아 꺼낸다. 대혼란 속에서 미처 다 훑어보지 못했던 문자 메시지 기록.

그때 내 손 안에서 휴대폰이 진동한다. FBI 리즈.

"리즈—."

나는 응답한다.

"시간이 없어요. 최대한 짧게 해 줘요."

110

나는 수석 보좌관, 캐롤린에게 전화를 건다. 오늘 하루 동안 수십 차례 통화했음에도 그녀와 마지막으로 대화한 것이 언제 였는지 기억이 나지 않는다. 그간 숨 가쁘게 이어져 온 크고 작은 사건들 때문에 넋이 나가 버린 탓이다.

'죽은 체하기' 시운전, FBI가 잠금 해제한 니나의 또 다른 휴대폰, 오두막 습격 사건, 암호 없이는 풀 수 없는 니나의 차단기.

[대통령님! 맙소사! 제가 얼마나⋯⋯.]

"잘 들어요, 캐리, 내 말부터 들어 줘요. 길게 설명할 시간이 없어요. 바이러스가 작동하기까지 6분도 채 남지 않았어요."

캐롤린에게서 헉, 하는 소리가 터져 나온다.

"키워드를 알아내야 해요."

나는 계속 이어 나간다.

"그게 있어야 바이러스를 막을 수 있어요. 키워드를 찾아 입력하면 모든 시스템에서 바이러스가 비활성화될 거예요. 만약 그러지 못하면⋯⋯. 말 그대로 암흑시대가 오게 되는 거고요. 이곳 기술팀이 온갖 방법을 다 동원해 봤지만 소용이 없었어요. 아직까지도 추측만 해 대고 있을 뿐입니다. 지금 내겐 이나라에서 가장 머리 좋은 사람들이 필요해요. 우리 국가안보팀. 그들 모두를 소집해 줘요."

[모두를요?]

그녀가 묻는다.

[부통령님까지도 말씀이십니까?]

"부통령도 절대 빠뜨려선 안 됩니다."

[알겠습니다, 대통령님.]

"그녀였어요, 캐리. 자세한 설명은 나중에 할게요. 당신도 알아야 하니까. 이미 부통령의 웨스트 윙 집무실을 수색하라고 지시해 놨어요. FBI가 도착하면 알아서 작업하도록 놔둬요."

[그렇게 하겠습니다, 대통령님.]

"그럼 모두를 회의실에 소집해 줘요. 난 마린 원에서 기다리고 있을게요."

[네, 대통령님.]

"최대한 서둘러 줘요, 캐리. 이제…… 5분밖에 남지 않았어요."

111

나는 데빈과 케이시를 지나쳐 걸어 나간다. 그들은 마린 원의 중앙 선실 가죽 소파에 축 늘어져 있다. 그들의 지친 얼굴에는 땀으로 젖은 머리가 들러붙어 있고, 눈은 천장을 향하고 있다. 그들은 엄청난 압박감 속에서 최선을 다해 주었다. 더 이상 그들이 할 수 있는 건 없다. 이제 모든 건 나와 국가안보팀의 손에 달려 있다.

누구보다도 니나와 가까웠던 오기는 말할 것도 없고.

나는 오기를 이끌고 오두막 뒤편으로 들어가 문을 닫는다. 평면 스크린 TV의 리모컨을 집어 드는 내 손은 주체할 수 없을 만큼 떨리고 있다. 버튼을 누르자 여덟 명의 얼굴이 일제히 떠오른다. 리즈, 캐롤린, 그리고 문제의 '6인 서클'.

오기는 가죽 의자에 앉아 노트북 컴퓨터를 펼친다.

"캐롤린에게 브리핑 받았죠?"

나는 화면 속 멤버들에게 말한다.

"키워드를 알아내야 해요. 그리고 우리에겐……."

나는 휴대폰을 들여다본다. 휴대폰의 타이머는 바이러스의 타이머와 동기화된 상태다.

4:26

4:25

"……4분 30초도 채 남지 않았어요. 그녀와 오기와 술리만 신도력의 이름은 물론이고, '아브하즈'와 '그루지야'와 '지하드의 아들들'을 떠올릴 수 있는 모든 형태로 입력해 봤지만 소용없었어요. 다들 그럴듯한 아이디어가 있으면 한번 쏟아 내 봐요."

[그녀 생년월일이 어떻게 되죠?]

CIA 국장, 에리카 비티가 묻는다.

니나의 자료를 손에 쥔 리즈가 답한다.

[1992년 8월 11일로 알려져 있어요.]

나는 오기를 돌아본다.

"'8월 11일'로 해 봐. '8월 11일, 1992년'과 '8-11-92'로도 해 보고."

[아뇨.]

에리카가 말한다.

[유럽에선 달 앞에 날을 써요. '11-8-92', 이렇게.]

"알았어요."

나는 오기를 돌아본다. 심장이 요동치기 시작한다.

"두 가지 다 입력해 봐."

그가 빠르게 키보드를 두드려 나간다. 집중하는 그의 미간에는 깊은 주름이 패어 있다.

"안 돼요."

첫 번째 시도.

"이것도 아니고."

두 번째 시도.

"이것도 아니고."

세 번째 시도.

"이것도 아니고."

네 번째 시도.

3:57

3:54

228

내 시선이 부통령, 캐시 브랜트에게로 돌아간다. 그녀는 여전히 입을 굳게 닫고 있다.

잠시 후, 캐시가 고개를 들고 말한다.

[그녀 가족은요? 성. 어머니, 아버지, 형제.]

"리즈?"

[어머니는 나디아, n-a-d-y-a, 결혼 전의 성은 모르고요. 아버지는 미카일, m-i-k-h-a-i-l.]

"입력해 봐, 오기. 모든 형태로. 대문자, 소문자, 전부 다. 그들 이름을 하나로 붙여도 보고."

모든 자간과 대소문자 조합을 시도해 보라는 주문이다. 모든 입력어는 반드시 다양한 순열 조합으로 시도되어야 한다. 적잖은 시간이 소요되는 작업이다.

"오기가 이것저것 시도해 보는 동안 우린 계속 머리를 짜내 봅시다. 여러분의 아이디어는 괜찮은 것 같아요. 그리고……"

나는 손가락을 딱 부딪치며 나 자신의 말을 끊는다.

"니나에겐 조카가 있었어요. 그렇죠? 폭탄 테러로 숨졌다고 니나가 얘기했었어요. 니나는 그때 머리에 파편이 박혔다고 했고요. 그 조카의 이름을 알고 있나요? 리즈? 오기?"

[그 정보는 없습니다.]

리즈가 말한다.

"성은 암호가 아니에요."

오기가 말한다.

"모든 조합을 다 입력해 봤는데 안 풀려요."

3:14

3:11

"그럼 조카는, 오기? 그녀가 자기 조카에 대해 언급한 적 없었어?"

"내 기억으로는……. 이름이 'r'로 시작했던 것 같은데……."

"'r'로 시작한다고? 고작 그 정도 힌트로 답을 찾을 수 있을 거라 생각해? 자, 시간이 없어요. 다들 서둘러요!"

[뭐가 그녀의 마음을 움직였을까요?]

캐롤린이 묻는다.

[그녀에게 가장 중요한 게 뭐였을까요?]

나는 오기를 돌아본다.

"자유? 한번 입력해 봐."

오기가 입력하고 나서 고개를 젓는다.

[여권 번호.]

국방부 장관, 도미닉 데이턴이 말한다.

오기는 리즈가 불러 주는 번호를 입력한다. 하지만 결과는 같다.

[그녀가 태어난 곳?]

합동 참모 본부 의장, 로드 산체스가 묻는다.

[애완동물, 개나 고양이가 아닐까요?]

국토안보부 장관, 샘 헤이버가 말한다.

[그녀가 날려 버린 기차역 이름.]

국가 안전 보장 담당 보좌관, 브렌단 모한이 말한다.

['바이러스', '시한폭탄', '쾅boom', 뭐 이런 게 아닐까요?]

[아마겟돈.]

[암흑시대.]

[대통령님의 성함.]

[USA. 아메리카 합중국.]

전부 좋은 아이디어. 오기는 쉴 새 없이 이 단어들을 다양한 조합으로 입력해 나간다.

하지만 그 어느 것도 정답이 아니다.

2:01

1:58

부통령은 딱딱하게 굳은 표정으로 정면을 응시하고 있다. 저 머릿속엔 지금 무슨 생각이 떠올라 있을까?

[그녀는 도망쳐 다니던 중이었어요. 그렇죠?]

캐롤린이 다시 입을 연다.

"그래요."

[그럼 그 부분에 초점을 맞춰 보는 게 어떨까요? 그녀에게 가장 중요한 게 무엇이었는지.]

나는 오기를 쳐다보며 고개를 끄덕인다.

"그녀는 고향으로 돌아가고 싶어 했어요."

오기가 말한다.

231

"맞아."

나는 말한다.

"하지만 그건 이미 시도해 봤잖아."

[어쩌면……. 아브하즈 자치 공화국이 흑해에 자리하고 있죠?]

캐롤린이 말한다.

[그녀가 흑해를 그리워했던 건 아닐까요? 아니면 그와 비슷한 곳을?]

나는 손을 뻗어 오기를 가리킨다.

"좋아. '흑해'로 시도해 봐. 다양한 조합으로."

오기가 입력하는 동안 나머지 멤버들은 속속 떠오르는 아이디어를 연신 쏟아 낸다. 하지만 내 눈은 오로지 부통령에게만 고정돼 있다. 부통령직 제안을 기꺼이 수락하고, 나와 이 나라를 위해 충성스럽게 헌신했을 많은 이들을 물리치고 내가 러닝메이트로 선택했던 사람.

그녀는 무표정한 얼굴로 백악관 상황실 구석구석을 훑어보고 있다. 그녀의 얼굴을 선명히 볼 수 없는 게 유감이다. 그녀는 지금 이 상황을 부담스럽게 여기고 있을까? 궁금해 미칠 것같다.

"'흑해'로는 안 돼요."

오기가 말한다.

아이디어는 계속 던져진다.

[사면.]

[자유.]

[가족.]

[그녀의 고향이 정확히 어디죠?]

캐롤린이 묻는다.

[그녀가 늘 고향 생각만 했었다면서요? 고향으로 돌아가는 게 그녀의 유일한 소망이었다면서요? 그녀의 집이 어느 도시에 있었는지 혹시 아시나요?]

"그녀가 옳아요."

나는 말한다.

"그 부분을 좀 파고들 필요가 있겠어요. 그녀가 어디 살았었지, 오기? 정확히 어느 도시였냐고! 리즈? 누구 아는 사람 없나요? 그녀가 어디 살았는지조차 모른다는 겁니까?"

리즈가 말한다.

[그녀의 부모는 수후미에 살았어요. 아브하즈 자치 공화국의 수도나 다름없는 곳이죠.]

"자, 이제 철자를 불러 줘요, 리즈."

[s-o-k-h-u-m-i.]

"입력해, 오기— '수후미.'"

[정말인가요?]

캐롤린이 묻는다.

나는 휴대폰을 들여다본다. 쿵쾅대는 심장이 목구멍으로 튀어 올라올 것만 같다.

0:55

0:52

부통령의 입술이 살짝 갈라진다. 그녀는 무언가를 말하고 있지만 나머지 멤버들의 목소리에 파묻혀 잘 들리지 않는다.

"잠깐. 다들 잠깐 멈춰 봐요."

나는 말한다.

"캐시, 방금 뭐라고 했죠?"

불시에 던져진 내 질문에 그녀는 흠칫 놀라는 모습이다. 하지만 그녀는 이내 마음을 다잡는다.

['릴리'라고 했습니다.]

놀랄 일은 아니지만 어떤 이유에서인지 가슴이 철렁 내려앉는다.

나는 오기를 돌아본다.

"해 봐. 내 딸 이름을 한번 넣어 보자고."

0:32

0:28

내 딸의 이름을 입력한 오기가 고개를 젓는다. 전부 대문자로 바꿔 입력해 보지만 결과는 똑같다. 곧장 또 다른 방법으로……

[대통령님—.]

캐롤린이 말한다.

[수후미를 다른 철자로도 쓸 수 있습니다. 제가 정보 위원회 소속이었을 때 'o' 대신 'u'가 두 개 포함된 경우를 본 적이 있어요.]

나는 고개를 떨구고 눈을 감는다. 내가 기억하는 철자법도 그렇다.

"'릴리'로는 안 풀려요."

오기가 말한다.

"S-u-k-h-u-m-i."

나는 그에게 말한다.

그가 키보드를 두드린다. 모두가 숨을 죽이고 기다린다.

0:10

0:09

오기의 손가락이 키보드에서 떨어진다. 그가 두 손을 번쩍 든 채 모니터를 뚫어지게 들여다본다.

0:04

0:03

"키워드가 받아들여졌어요. 바이러스가 멎었다고요."

112

나와 함께 뒷방에 들어와 있는 케이시가 두 손으로 노트북 컴퓨터를 쥐고 말한다.

"시스템에 '중지' 명령이 내려진 게 확인됐습니다. 모든 곳에서 바이러스가 멎었어요."

"현재 오프라인인 컴퓨터와 다른 장치들은요? 인터넷에 접속이 안 돼 있는 것들 말입니다."

나는 묻는다.

"오프라인이니 '중지' 명령을 전달받지 못했을 텐데요."

"괜찮습니다. 애초에 '실행' 명령이 전달되지 않았을 테니까요."

데빈이 말한다.

"물론 앞으로도 전달받지 못할 거고요. 이건 영구적인 '중지' 명령이니까요."

"아무리 그렇다 해도―."

케이시가 말한다.

"저는 마음을 놓지 않을 거예요. 매의 눈으로 이 노트북 화면을 지켜볼 겁니다."

나는 오랜만에 달콤한 산소를 폐 안 가득 들이마신다.

"그러니까 단 하나의 장치도 이 바이러스에 희생되지 않았다는 얘긴 거죠?"

"그렇습니다, 대통령님."

만에 하나, 술리만 바이러스가 되살아날 가능성에 대비해 국토안보국은 신속 대응 시스템을 통해 '수후미'라는 키워드를 사방에 뿌려 대는 중이다. 이 시스템은 산업 사이버테러리즘에 맞서기 위해 마련한 강화 시스템의 일환이다. 나, 또는 내 전임자가 서명한 여러 행정 명령에 의해 구축된 것이다. 우리는 각 회사의 중심인물을 수신자로 지정해 밤낮 할 것 없이 언제든 정보를 뿌릴 수 있다. 모든 인터넷 서비스 제공업체, 모든 주정부와 지방정부, 모든 산업 분야의 모든 멤버들— 은행, 병원, 보험회사, 제조사, 그리고 우리 설득에 못 이겨 등록한 소규모 업체들. 그들 모두는 단 몇 초 만에 키워드를 전달받게 될 것이다.

또한 키워드는 긴급 경보 시스템을 통해 모든 텔레비전과 컴퓨터, 그리고 스마트폰에 뿌려지게 될 것이다.

나는 자세를 바로잡고 고개를 끄덕인다. 내 안에서는 예상치 못했던 감정이 꿈틀거리고 있다. 나는 마린 원의 창문 밖으로 무지개 셔벗* 같은 하늘을 내다본다. 일몰과 함께 토요일이 저물어 가는 중이다.

우리는 조국을 잃지 않았다.

금융 시장, 국민의 저축 예금과 401_k**, 보험 기록, 병원, 공익 기업체들 모두 큰 화를 면할 수 있게 됐다. 불빛은 계속 세상

---

*   입에 넣으면 사르르 녹는 과일 맛 빙과
** 봉급에서 공제하는 퇴직금 적립제도

을 밝히게 될 것이다. 뮤추얼 펀드와 예금 계좌에 담긴 국민의 피 같은 노후 대비 자금도 무사하다. 사회 보장 연금과 노령 연금도 차질 없이 지급될 것이다. 에스컬레이터와 엘리베이터는 정상적으로 작동할 것이고, 비행기는 추락하지 않을 것이다. 음식은 상하지 않을 것이며, 물은 안심하고 마실 수 있을 것이다. 심각한 경제적 불안도, 대혼란도, 약탈과 폭동도 없을 것이다.

우리가 암흑시대를 막아 낸 것이다.

나는 알렉스가 앉아 있는 주 선실로 들어간다.

"대통령님, 곧 백악관에 도착합니다."

내 휴대폰이 진동한다. 리즈.

[대통령님, 부통령님 집무실에서 그게 발견됐습니다.]

"휴대폰."

[그렇습니다. 니나의 나머지 휴대폰.]

"수고했어요, 리즈. 이따 백악관에서 봅시다. 참, 리즈?"

[네, 대통령님.]

"수갑 챙겨 오는 거 잊지 말아요."

113

술리만 신도럭은 메드베드니차 산기슭에 자리한 작은 세이프 하우스에서 휴대폰을 응시하고 있다. 마치 뚫어지게 들여다보면 결과가 달라질 수 있을 거라 믿는 듯이.

바이러스 비활성화 완료

지프를 타고 오는 동안 그는 대혼란에 빠졌을 미국을 상상
하며 흐뭇해했다. 하지만 잠시 후, 그의 휴대폰에는 예상치 못
한 '바이러스 실행 중단' 메시지가 떠올랐다. 그리고 그로부터
30분도 채 지나지 않아 도착한 충격적인 메시지는 그를 패닉
에 빠뜨려 버렸다. 그는 계속해서 화면을 노려보지만 메시지
내용은 바뀌지 않는다.

어떻게 된 거지? 바이러스는 완벽했는데. 그들이 의기양양
하게 성공을 장담했는데. 오기— 오기는 그저 해커에 불과했
다. 그가 키워드를 알아냈을 리 없다.

그럼 니나가? 그는 생각한다. 니나가 나 몰래 꾸민 사보타주
가 틀림없어.

누군가가 다급하게 노크를 하고 문을 연다. 군인 하나가 음
식이 담긴 바구니를 가지고 들어온다. 바게트, 치즈, 커다란 생
수병.

"여기서 얼마나 더 머물러야 하죠?"

술리가 묻는다.

남자가 그를 쳐다본다.

"이제 네 시간 남았다고 합니다."

네 시간. 동부 표준시로 따지면 자정에 가까운 시간일 것이

다. 바이러스의 실행 개시 예정 시간. 물론 미국인들이 조기 활
성화를 촉발하지 않았다면.

그들은 그를 목적지로 데려가기 전 바이러스가 제대로 작동
하는지 확인하고 싶어 한다. 그는 계속해서 애꿎은 휴대폰만
들여다볼 뿐이다.

바이러스 비활성화 완료

"무슨…… 문제라도 생겼습니까?"
군인이 묻는다.
"아뇨, 아닙니다."
그가 말한다.
"아무 문제 없어요."

114

나는 해병들에게 경례를 하며 마린 원에서 내려온다. 이마
에 붙여진 내 손은 평소와 달리 쉽게 떨어지지 않는다. 해병들
이 아니었다면 정말 큰일 날 뻔했다.

밖에 나와 서 있던 캐롤린이 나를 맞아 준다.
"축하드립니다, 대통령님."
그녀가 말한다.

"당신 덕분이에요, 캐리. 할 얘기가 쌓였지만 먼저 한숨부터 돌려야겠어요."

"그러시죠."

나는 곧장 목적지를 향해 전력으로 내달리기 시작한다.

"아빠, 오 맙소사……."

릴리가 침대에서 벌떡 일어난다. 아이 무릎에 얹혀 있던 책이 침실 바닥에 툭 떨어진다. 딸은 말을 맺기도 전에 부리나케 달려와 내게 안긴다.

"무사하셨군요."

딸이 내 어깨에 대고 속삭인다. 나는 아이의 머리를 살살 쓸어내린다.

"얼마나 걱정했다고요, 아빠. 나쁜 일이 터질 것 같은 불길한 기분을 느꼈거든요. 아빠도 잃게 될 줄 알았어요."

내 품속에서 아이의 몸이 가볍게 떨린다.

"봐. 이렇게 살아서 왔잖니."

딸의 따스한 체온과 독특한 향기가 내게 크나큰 위안을 준다. 사실 지금껏 이토록 멀쩡하고 온전했던 적은 없었다. 이토록 감사하고 사랑이 넘치는 순간도 없었고.

다른 모든 건 눈 녹듯 사라져 버린다. 시급히 처리할 일이 산더미지만 그 무엇도 눈에 들어오지 않는다. 지금 이 순간, 내게 중요한 건 오로지 예쁘고, 똑똑하고, 상냥한 내 딸뿐이다.

"엄마가 그리워요."

아이가 속삭인다.

"그 어느 때보다도 엄마가 보고 싶어요."

나도 마찬가지다. 아내를 생각하니 가슴이 터져 버릴 것만 같다. 그 사람도 함께 있었으면 좋았을 텐데. 날 꼭 안아 주며 축하해 줬겠지? 같이 농담을 나누다가 내가 우쭐해하면 쓴소리로 브레이크를 걸어 주었을 거고.

"네 엄마는 늘 우리와 함께 있잖니. 오늘 아빠랑도 같이 있었어."

나는 뒤로 살짝 물러나 딸의 얼굴에서 눈물을 훔쳐내 준다. 나를 쳐다보는 아이의 얼굴은 그 어느 때보다도 레이첼을 닮아 있다.

"이제 아빠는 가서 대통령 노릇을 해야 해."

115

안도감과 피로에 젖은 나는 대통령 집무실 소파에 늘어져 있다. 끔찍한 악몽이 끝났다는 게 아직도 실감 나지 않는다.

물론 완전히 끝난 것은 아니다. 어쩌면 가장 골치 아픈 부분은 지금부터인지도 모른다.

내 바로 옆에는 대니가 앉아 있다. 그는 버번위스키를 한 잔 가져와 내게 건넸다. 불시에 실시한 동전 체크에서 허를 찔린 대가다. 내가 흥분을 가라앉히는 동안 그는 입을 닫고 묵묵히 기다린다. 그는 내 곁을 지켜 주려 왔을 뿐이다.

부통령은 상황실에 감금된 상태다. 그녀는 그 이유를 모르고 있다. 누구도 그녀에게 설명해 주지 않았다. 보나 마나 그녀는 지금쯤 무척 불안해하고 있을 것이다.

나는 당분간 그냥 내버려 둘 생각이다. 그러든지 말든지.

샘 헤이버는 끊임없이 최신 정보를 보고해 준다.

'무소식이 희소식'이라는 옛 속담이 지금처럼 마음에 와닿은 적은 없었다. 바이러스는 비활성화됐다. 갑자기 바이러스가 작동을 재개하는 놀랍고도 극적인 사태는 발생하지 않았다. 하지만 과보호하는 부모처럼 눈에 불을 켜고 컴퓨터를 지켜보는 작업은 계속 이어지고 있다.

케이블 뉴스 방송들은 오로지 술리만 바이러스 소식만을 쉴 새 없이 보도하고 있다. 그들 모두 화면 윗부분에 '키워드: 수후미'라는 배너를 걸어 놓았다.

"마무리 지어야 할 일이 남았어."

나는 대니에게 말한다.

"미안하지만 자넬 쫓아내야겠어."

"그래."

그가 소파에서 일어난다.

"참, 이번 일은 다 내 덕분이라는 거 잊지 말라고. 내 격려의 메시지가 없었으면 어쩔 뻔했어?"

"당연하지."

"적어도 난 그렇게 믿을 거야."

"좋을 대로 해, 대니얼. 자네 좋을 대로."

나는 미소를 머금고 집무실을 나서는 대니를 지켜본다. 홀로 남겨진 나는 개인 비서, 조앤에게 캐롤린을 들여보낼 것을 주문한다.

잠시 후, 캐롤린이 집무실로 들어온다. 그녀는 녹초가 된 모습이다. 우리 모두가 그렇듯이. 전날 밤 제대로 눈을 붙인 사람은 아무도 없을 것이다. 지난 24시간 동안 우리를 짓이겨 댔던 살인적인 스트레스는……. 하지만 다행스럽게도 캐롤린은 그나마 상태가 나은 편이다.

"그린필드 국장님이 와 계시던데요."

그녀가 말한다.

"알아요. 밖에서 기다리라고 했어요. 당신과 먼저 얘기하고 싶었어요."

"네, 대통령님."

그녀가 긴 소파 맞은편 의자로 다가와 앉는다.

"당신이 해냈어요, 캐리. 당신이 키워드를 맞혀서 우리가 살았어요."

"제가 아니라 대통령님께서 해내신 거죠."

그 말도 틀리지는 않다. 결국 모든 책임은 대통령이 지는 것이니. 어느 쪽으로 결과가 나오든 상관없이. 만약 내 팀이 승리를 거두면 그 공은 고스란히 대통령에게 돌아온다. 하지만 우리는 키워드를 맞힌 장본인을 알고 있다.

나는 긴 한숨을 내쉰다. 내 신경은 아직도 곤두선 상태다.

"다 내 탓이에요, 캐리. 캐시 브랜트를 러닝메이트로 세우지만 않았어도 이런 일은 없었을 텐데."

그녀도 내 말에 동의하는 분위기다.

"그땐 그게 최선이었으니까요."

"그래서 그렇게 결정했었죠. 정치적인 이유로. 그래선 안 됐는데."

이번에도 그녀는 내 의견에 반기를 들지 않는다.

"오로지 능력만 보고 골랐어야 했는데. 능력만 따졌다면 내가 누굴 골랐을지 짐작이 되죠? 내가 지금껏 만나 본 이 중 가장 똑똑한 사람. 가장 절제력 있는 사람. 가장 재능 있는 사람."

그녀의 얼굴이 붉어진다. 칭찬과 관심을 부담스러워하는 건 여전하다.

"하지만 난 당신을 워싱턴에서 가장 고된 자리에 앉혀 놨어요. 고되기만 하고 생색은 나지 않는 자리에."

그녀는 내 찬사가 불편한지 한 손을 살랑여 보인다. 그녀의 얼굴은 한층 더 붉어진다.

"이렇게라도 곁에서 모실 수 있게 돼서 영광일 따름입니다, 대통령님."

나는 남은 버번위스키를 마저 들이켜고 빈 텀블러를 내려놓는다.

"저, 대통령님……. 부통령님은 어떻게 하실 생각입니까?"

"내가 어떻게 하는 게 좋을 것 같아요?"

그녀는 고개를 좌우로 살살 흔들며 골똘히 생각에 빠진다.

"조국을 위해서라면—."

그녀가 말한다.

"기소하지 않는 게 낫겠죠. 저라면 최대한 조용히 처리할 겁니다. 그녀에게 사퇴를 요구하고 적당한 핑곗거리를 만들어 수습하는 게 좋지 않을까요? 그녀가 무슨 짓을 했는지는 비밀로 묻어 두고 말입니다. 저라면 모든 걸 조용히 덮어 버리겠어요. 지금 국민은 유능한 국가안보팀이 대통령의 지휘에 따라 엄청난 재난을 막아 낸 얘기만 하고 있어요. 반역자나 배신에 대해선 아무도 언급이 없고요. 이건 긍정적이고 교훈적인 스토리잖아요. 무엇보다도 해피엔딩이고요. 그냥 이렇게 정리하시는 게 좋을 것 같습니다."

나는 그녀의 의견을 잠시 곱씹어 본다.

"하지만, 그 전에 난 그 이유를 알아야겠어요."

"그녀가 왜 그런 짓을 했는지 말씀이신가요?"

"그녀는 매수된 게 아니었어요. 갈취당한 것도 아니었고요. 그녀는 조국이 파멸의 길로 들어서는 걸 원치 않았어요. 이건 니나와 오기의 머리에서 나온 아이디어였지 그녀와는 무관했단 말입니다."

"그걸 어떻게 확신하시죠?"

그녀가 묻는다.

"아, 참, 휴대폰에 대해 모르고 있죠?"

"휴대폰?"

"그래요. 대혼란 속에서 FBI가 니나의 밴에서 발견한 두 번째 휴대폰의 잠금을 해제했어요. 덕분에 니나와 우리의 베네딕트 아놀드 사이에 오고 간 민감한 내용의 문자 메시지를 확인할 수 있었습니다."

"오, 맙소사. 그건 몰랐어요."

나는 한 손을 살랑여 보인다.

"니나와 오기는 상상치도 못했던 엄청난 일에 휘말리게 됐어요. 그들은 자신들이 대대적인 파괴를 촉발하는 도구로 이용되고 있음을 깨닫고 술리만으로부터 떨어져 나왔죠. 그들은 우리에게 피카부를 뿌려 경고한 후 거래를 위해 이곳에 왔어요. 우리가 그루지야 공화국에 니나의 사면을 요청하면 그녀는 바이러스를 제거해 주는 조건이었죠. 우리의 반역자— 우리의 베네딕트 아놀드? 그녀는 그저 중개인이었을 뿐이에요. 재수 없게 그들의 연락을 받았을 뿐 이번 일을 꾸미는 데 있어 어떠한 역할도 하지 않았습니다. 오히려 그녀는 니나를 미국 대사관으로 이끌려고 제법 애를 썼어요. 니나에게 바이러스를 막는 방법을 묻기도 했고요."

"하지만 우리에게 그 사실을 알리지 않았잖아요."

캐롤린이 말한다.

"맞아요. 니나와 소통해 온 사실을 함구해 온 건 그녀에게 큰 부담이었을 겁니다. 시간이 흐를수록 수렁 속으로 점점 깊이 빠져드는 기분을 느꼈겠죠. 그래서 그녀는 니나와의 직접 접촉을 피하려고 '암흑시대'라는 암호를 슬쩍 흘린 겁니다. 그녀가 릴리를 통해 나랑 직접 소통할 수 있도록 말이죠. 그래야 내가 그녀를 진지하게 받아들여 줄 테니까."

"듣고 보니……. 이해가 좀 되네요."

캐롤린이 말한다.

"아뇨. 난 이해가 안 돼요. 니나가 '암흑시대'를 내게 들이대는 순간 우리 내부 서클에 반역자가 있다는 사실이 확인되지 않겠어요? 내가 반역자를 색출해 내기 위해 백방으로 노력하게 될 거라는 걸 과연 그녀가 몰랐을까요? 자신이 여덟 용의자 중 하나였는데."

캐롤린이 천천히 고개를 끄덕인다.

"그녀가 대체 왜 그랬을까요, 캐리? 왜 굳이 우리로 하여금 자신을 의심하도록 한 걸까요? 다른 건 몰라도 캐시 브랜트는 바보가 아니잖아요."

캐롤린이 두 손을 펼쳐 보인다.

"똑똑한 사람들도 가끔……. 바보짓을 할 때가 있잖아요."

그 또한 맞는 말이다.

"이걸 한 번 읽어 봐요."

나는 FBI 휘장이 찍힌 폴더를 끌어온다. 내 주문을 받고 리즈 그린필드가 출력해 온 문자 메시지 기록이다. 나는 처음 사흘간의 대화 기록을 캐롤린에게 건넨다. 지난 금요일, 토요일, 그리고 일요일.

"직접 확인해 봐요. 우리 반역자가 얼마나 어리석었는지."

116

"대통령님 말씀대로네요."

사흘간의 대화 기록을 전부 읽고 나서 캐롤린이 고개를 든다.

"그녀 혼자서 꾸민 일 같진 않습니다. 하지만…… 왠지 대화 기록이 더 있을 것 같은데요. 이 대화는 일요일에 종료됐잖아요. 그녀는 니나에게 다음엔 암호를 알려 주겠다고 약속했고요."

"그래요. 기록이 더 있어요."

나는 그녀에게 다음 것을 건넨다.

"그들이 5월 7일, 월요일에 나눈 대화 내용입니다. 엿새 전에 말이죠. 니나가 릴리의 귀에 '암흑시대'를 속삭였던 날."

캐롤린이 문자 기록을 받아 들고 그 내용을 읽어 내려가기 시작한다. 나도 같은 사본을 꺼내 들고 훑어 나간다.

5월 7일, 월요일

U/C: 펜실베이니아가 1600번지

니나: 알 수 없는 장소

** 동부 표준시 기준 **

니나 (7:43 AM): 파리에 도착했어요. 암호도 없이 와 버렸다고요!! 알려 줄 거예요, 말 거예요? 어젯밤에 누군가가 날 미행한 것 같아요. 술리가 날 죽이려고 해요.

U/C (7:58 AM): 밤새도록 고민해 봤어요. 아무래도 바이러스 막는 방법을 먼저 들어야겠어요. 그래야 당신을 신뢰할 수 있을 것 같아서 말이죠.

니나 (7:59 AM): 그 얘기라면 저번에 했잖아요. 아······. 젠장!!! 내가 같은 얘길 몇 번 더 반복해야 알아듣겠어요?? 그건 내가 쥔 마지막 카드란 말이에요!

U/C (8:06 AM): 위험에 빠져 있다면서요. 여기 도착하기 전에 당신에게 무슨 일이라도 생기면 어쩌라고요? 그렇게 되면 무슨 수로 바이러스를 막죠?

니나 (8:11 AM): 내가 바이러스 막는 방법을 알려 주는 순간 내 가치는 사라져요. 다시 말하지만 이건 내 마지막 카드예요.

U/C (8:15 AM): 아직도 상황이 이해 안 돼요? 우리가 소통했다는 걸 들키면 안 된다고요. 지난 며칠간 당신과 소통한 사실을 밝히지 않고 바이러스 막는 방법을 알게 된 경로를 무슨 수로 설명할 수 있겠어요? 그게 드러나는 순간 난 끝장이라고요. 당장 이 자리에서 물러나야 하는 건 물론이고, 이 일로 감옥에도 갈 수 있어요.

니나 (8:17 AM): 만약 그게 사실이라면 왜 굳이 그걸 알려고 하는 거죠? 어차피 알려 줘도 쓸 일이 없을 텐데.

U/C (8:22 AM): 당신에게 무슨 일이라도 생기면 내가 직접 나서서 바이러스를 막아야 할 테니까요. 내 조국을 구하기 위해서. 다른 이유는 없어요. 하지만 그건 맨, 맨, 맨 마지막 시나리오예요. 난 아직도 당신이 POTUS를 만나 직접 협상하기를 바라고 있어요. 난 여기서 빠지고 싶다고요.

니나 (8:25 AM): 안 돼요. 그렇겐 못 하겠어요.

U/C (8:28 AM): 하는 수 없군요. 더 이상 연락하지 말아요. 행운을 빌게요. 날 믿든지 아니면 당신 혼자서 알아서 하든지.

두 사람 사이에 한동안 침묵이 흘렀다. 세 시간도 넘게. 그리고……

니나 (11:42 AM): 소르본 대학에 도착했어요. POTUS의 딸을 찾았어요. 암호를 가르쳐 줘요. 계속 고집부리면 난 영원히 사라져 버릴 거예요.

U/C (11:49 AM): 바이러스 막는 방법부터 가르쳐 줘요. 그럼 암호를 알려 줄게요. 싫다면 두 번 다시 내게 연락할 생각 말아요.

니나 (12:09 PM): 바이러스가 작동하기 전에 키워드를 입력할 기회가 30분 주어질 거예요. 그 키워드를 제대로 입력하면 바이러스는 영원히 비활성화돼요. 만약 날 골탕 먹이려고 날 이 여자에게 보낸 거라면 난 맹세코 만천하에 당신의 정체를 폭로할 거예요.

U/C (12:13 PM): 당신을 골탕 먹이려는 게 아니에요. 난 당신이 꼭 성공하기를 바라고 있어요! 우린 목표가 같다고요.

U/C (12:16 PM): 이봐요. 당신이 큰 위험을 감수하고 있다는 거 알아요. 하지만 그건 나도 마찬가지예요. 나도 당신만큼이나 두렵다고요! 우린 한 배를 탄 동지예요.

당근과 채찍. 그녀는 회유와 위협으로 니나를 교묘히 조종했다. 그녀는 니나가 엄청난 부담을 느끼고 있음을 깨달았다. 아쉬운 쪽은 누가 봐도 니나였다. 니나는 고도로 숙련된 사이버테러리스트였고, 엘리트 코드 라이터였다. 하지만 세계무대에서 고난도 협상을 일상처럼 처리해 온 사람의 상대로는 한없이 부족했다. 그녀가 그 사실을 깨닫기까지는 약 10분의 시간이 소요됐다.

니나 (12:25 PM): 키워드는 수후미예요.

U/C (12:26 PM): 암호는 암흑시대예요.

캐롤린이 문자 기록에서 눈을 떼고 말한다.

"그녀도 알고 있었군요. 월요일에 이미 키워드를 알고 있었다는 뜻이네요."

나는 아무 말도 하지 않는다. 버번위스키가 한 잔 더 당기지만 이미 한 잔 걸친 것을 놓고 잔소리를 쏟아 낼 레인 박사를 떠올리니 술 생각이 싹 가신다.

"하지만…… 잠깐만요. 이 문자 기록은 언제 처음 보셨습니까, 대통령님?"

"그 페이지…… 월요일 대화 내용 말인가요? 그건 마린 원에 올라서야 비로소 볼 수 있었어요. 해병대원들이 내 휴대폰을 가져다줬을 때."

그녀는 고개를 돌리고 골똘히 생각에 잠긴다.

"그렇다면……. 우리가 마지막으로 회의를 진행했을 때, 그러니까 대통령님께서 마린 원에 타고 계셨을 때 말입니다. 모두가 문제의 키워드를 찾기 위해 한자리에 모여 머리를 짜내고 있었을 때……."

"오, 맞아요."

나는 말한다.

"난 이미 키워드를 알고 있었어요. 데빈이 그걸 입력했고, 위기는 그렇게 종결됐어요. 데빈과 케이시는 탈진해 쓰러졌고, 난 오기와 함께 뒤편에서 당신들과 실시간 통화를 했죠."

캐롤린이 나를 빤히 쳐다본다.

"이미 바이러스를 제거하신 후였다고요?"

"그래요, 캐리."

"그럼 모두가 키워드를 떠올리느라 그 야단법석을 떨었던 건 다…… 계략이었다는 말씀인가요?"

"그런 셈이죠."

나는 소파에서 일어난다. 다리는 후들거리고 얼굴은 화끈 달아오른다. 지난 몇 시간 동안 걱정, 안도, 그리고 감사의 롤러코스터에 갇혀 있었으니 그럴 만도 하다.

하지만 지금 나는 분노로만 가득 차 있다.

나는 '결단의 책상'으로 다가가 레이첼과 릴리, 부모님, 그리고 캠프 데이비드에서 함께 휴가를 보낸 브룩 가족과 던컨 가족의 사진을 차례로 들여다본다. 사진 속 캐롤린의 아이들은 우스꽝스러운 세일러 햇*을 쓰고 있다.

나는 텀블러에 버번위스키를 조금 따르고 단숨에 들이켠다.

"괜찮으세요, 대통령님?"

나는 텀블러를 거칠게 내려놓는다.

"전혀 괜찮지 않아요, 캐리. 사실 지금 난 '괜찮음'과는 아주 거리가 멀어요. 그 이유를 설명해 줄게요."

나는 어금니를 악문 채 돌아 나와 책상에 몸을 기댄다.

"당신 말대로 똑똑한 사람들도 가끔 바보짓을 할 때가 있어요. 하지만 난 캐시가 니나에게 '암흑시대'를 흘렸다고 생각하지 않아요. 그건 바보짓이 아니라 미친 짓이니까. 그걸 흘리는 순간 자신이 의심받을 게 뻔한데 왜 그런 무모한 짓을 하겠어

---

*   빳빳한 차양에 운두가 낮고 딱딱한 밀짚모자

요? 결국 딜미를 잡힐 텐데. 다른 방법으로 니나를 내게 접근시키려 했겠죠. 훨씬 효과적이고 안전한 방법으로 말이에요."

캐롤린의 눈썹이 추켜세워진다. 그녀는 내 말의 요지를 아직 모르는 듯하다.

"지금…… 무슨 말씀을 하고 계시는 거죠?"

"그러니까 내 말은, 니나에게 '암흑시대'를 흘린 사람은 내 서클로 의심이 돌려지기를 내심 바랐던 겁니다."

어리둥절해진 캐롤린이 얼굴을 찌푸리며 묻는다.

"도대체 누가……. 그리고 왜 대통령님의 서클로 의심이 돌아오기를 바랐을까요?"

117

"오, 그 이유를 짐작하는 건 어렵지 않아요. 아니, 어려운가요?"

나는 집무실을 빙빙 맴돌며 말한다.

"하긴, 나도 이제야 간파했으니. 어쩌면 난 역대 가장 우둔한 대통령인지도 몰라요."

워싱턴에 가장 부족한 것은 바로 신뢰다. 하지만 지금 내게는 신뢰가 넘쳐나고 있다. 그리고 과도한 신뢰는 사람의 눈을 멀게 할 수 있다. 바로 내 경우처럼.

나는 소파 옆 탁자를 지나쳐 걸어 나간다. 어제 니나가 서서 백악관 뜰에 내려앉은 마린 원에서 내려오는 릴리와 나의 사진을 들여다보았던 자리다.

캐롤린이 미간을 찌푸리며 말한다.

"저는…… 무슨 말씀이신지 이해가 안 됩니다. 그 인물이 대통령님에게 반역자의 존재를 알리려 했다니."

그 사진 옆에는 내가 대통령에 당선된 날 밤 캐롤린과 얼싸안고 찍은 사진이 놓여 있다. 나는 그 사진을 집어 들고 한껏 들뜨고 행복했던 당시 상황을 떠올려 본다.

나는 그 사진을 탁자에 힘껏 내던진다. 유리는 산산조각이 나 버리고, 나무 액자는 쪼개진다.

캐롤린이 그 소리에 놀라 움찔한다.

"그럼 이건 이해가 되는지 들어 봐요."

나는 수석 보좌관과 나의 이미지를 노려보며 말한다.

"기밀 누설로 국가안보팀 내 높은 직위의 인물이 의심을 받게 됩니다. 그냥 부통령이라고 합시다. 그녀가 가장 만만한 표적이니까요. 그녀는 내게 불충했습니다. 아주 눈엣가시 같은 존재였죠. 당연히 그녀는 쫓겨나게 됩니다. 불명예 퇴진. 기소될 수도 있고 안 될 수도 있습니다. 어쨌든 중요한 건 그녀가 영원히 퇴출됐다는 사실이죠. 그럼 누군가가 그 빈자리를 채워야 하지 않겠습니까? 안 그래요?"

내 언성이 높아진다.

"그렇죠."

캐롤린이 속삭인다.

"당연히 그래야죠. 그럼 누가 그녀를 대체할 수 있을까요? 이번 사태를 통해 영웅으로 떠오른 인물은 어떻습니까? 바이러스가 작동을 시작하기 직전에 극적으로 키워드를 맞힌 장본인. 애초에 자신이 부통령 자리에 앉았어야 했다며 이를 갈아온 사람."

캐롤린 브룩이 의자에서 일어나 나를 응시한다. 마치 헤드라이트 불빛에 놀란 사슴 같은 모습이다. 그녀의 벌어진 입에서는 아무 말도 새어 나오지 않는다. 하긴, 입이 열 개라도 할 말이 없겠지.

"절체절명의 위기 속에서 진행됐던 국가안보팀과의 마지막 회의."

나는 이어 말한다.

"아까 계략이라고 했었죠? 사실 그건 테스트였어요. 당신들 중 하나가 분명 키워드를 내놓을 거라 믿었거든요. 그래서 잠자코 지켜봤습니다."

나는 한 손을 올려 콧날을 잡는다.

"난 신에게 기도했어요. 내 아내의 무덤에 대고 맹세도 했고요. 제발 캐리, 당신만은 아니기를 간절히 빌었어요."

그때 알렉스 트림블이 부하 요원, 제이콥슨을 이끌고 집무실로 들어온다. 그들은 벽 앞에 차렷 자세로 나란히 선다. 잠시후, FBI 국장, 엘리자베스 그린필드가 안으로 들어온다.

"당신은 끝까지 빈틈을 보이지 않았어요, 캐리. 당신은 그답을 입에 담지 않은 채 우리를 니나의 고향으로 교묘히 내몰았습니다."

캐롤린의 상처받은 표정이 마침내 무너진다. 그녀는 눈을 몇 번 깜빡이며 기억을 더듬는다.

"그래서 일부러 틀린 철자를 쓰셨던 거군요."

그녀가 속삭인다.

"그리고 당신이 그걸 바로잡아 줬고요."

나는 말한다.

"'u'가 두 개 들어간 수후미."

캐롤린이 눈을 질끈 감는다.

나는 고개를 끄덕여 리즈 그린필드에게 신호한다.

"캐롤린 브록—."

그녀가 말한다.

"당신을 스파이방지법 위반과 반역 음모 혐의로 체포하겠습니다. 당신은 묵비권을 행사할 수 있고, 자신에게 불리한 진술을 거부할 수 있으며……."

118

"잠깐! 잠깐만요!"

그린필드 국장의 단호한 태도, 그리고 체포 언급과 미란다 원칙 암송에 방어 기제가 무너진 캐롤린이 두 손을 황급히 내젓는다.

그녀가 나를 돌아본다.

"니나는 고향으로 돌아가고 싶어 했어요. 그래서 자연스럽게 수후미를 떠올렸을 뿐이라고요. 동유럽 도시 이름의 철자를 알면 다 반역자인가요? 어떻게 제게 이러실 수 있죠? 제가 그동안 대통령님 곁을 지키며……."

"닥쳐요. 내 곁을 지켜 줬으니 그래도 된다는 말인가요?"

"부탁이에요, 대통령님. 잠시……. 잠시만이라도 좋으니 제발 제 말 좀 들어 주세요. 딱 2분이면 돼요. 2분도 못 내주시나요? 그 정도 배려는 해 주실 수 있잖아요. 네?"

리즈 그린필드가 캐롤린 앞으로 다가가려 하자 나는 한 손을 들어 멈춰 세운다.

"2분만 자리를 피해 줘요, 리즈. 정확히 120초 후에 들어와야 합니다. 난 단 1초도 더 내줄 마음이 없어요."

리즈가 나를 쳐다본다.

"대통령님, 그건 별로 좋은 생각이……."

"분명히 120초라고 했습니다."

나는 문을 가리킨다.

"자리를 피해 줘요. 다 나가 있으란 말입니다."

비밀 경호국 요원들과 FBI 국장이 집무실을 빠져나간다. 내 시선은 캐롤린에게서 떨어지지 않는다. 그녀가 무슨 생각을 하고 있을지 궁금하다. 아이들. 남편 모티. 형사 기소. 불명예. 어떻게든 이 상황을 모면할 생각.

"얘기해요."

단둘이 남겨지자 나는 말한다.

캐롤린이 깊은 숨을 한 번 들이쉬고는 두 손을 내밀어 보인다.

"오늘 있었던 일들을 잘 생각해 보세요. 대통령님은 조국을 구해 내셨어요. 탄핵 위협도 완전히 날려 버리셨고요. 이제 레스터 로즈는 구석에 틀어박혀 손가락만 빨아 댈 거예요. 지금 대통령님의 지지도는 하늘을 찌르고 있어요. 이젠 전에 없던 권한까지 행사할 수 있게 되셨다고요. 앞으로 1년 반, 아니 5년 반 동안 대통령님께서 무엇을 할 수 있을지 상상해 보세요. 역사가 대통령님을 어떻게 기록할지 상상해 보시라고요."

나는 고개를 끄덕인다.

"하지만……."

"하지만 기어이 이 길을 택하신다면, 기어이 저를 반역자로 기소하신다면, 대통령님께선 실로 엄청난 후폭풍을 감수하셔야 합니다. 저를 공개적으로 파면하신다면 말이죠. 제가 말 잘 듣는 아이처럼 얌전히 징계를 감수할 거라 생각하시나요?"

그녀가 자신의 가슴에 한 손을 얹고 고개를 옆으로 기울이며 침울한 표정을 지어 보인다.

"제가 반격하지 못할 거라 생각하세요? 부통령 집무실을 수색했더니 뭐가 나오던가요? 뭐 쓸 만한 거라도 건지셨어요?"

불빛에 놀란 사슴의 표정은 더 이상 엿보이지 않는다. 이것이 그녀의 본모습이었을 줄이야. 그녀는 이런 상황에 대해서도 치밀하게 대비해 온 모양이다. 분명 모든 가능성을 열어 두고 비책을 찾아 놓았으리라. 가공할 캐롤린 브록은 충분히 그러고도 남을 사람이다.

"당신에겐 그 휴대폰을 그녀 집무실에 몰래 심어 둘 기회가 많았어요. 캐시가 바보도 아니고, 그걸 집무실 책장에 숨겨 뒀을 리 없겠죠. 누구라도 들키기 전에 산산조각 내 버렸을 텐데."

"그건 대통령님 생각이시고요. 제 변호사들의 입장은 좀 다릅니다. 대통령님이 저를 반역죄로 법정에 세우신다면 저 또한 그녀를 반역죄로 법정에 세울 겁니다. 대통령님의 현명한 판단을 기대할게요."

"그런 건 아무래도 상관없어요."

"오, 상관이 있을걸요."

그녀가 책상을 돌아 들어오며 말한다.

"왜냐하면 대통령님은 재임 중에 그 어떤 오점도 남기고 싶어 하지 않으시니까요. 이 위대한 업적이 한순간에 스캔들로 돌변하는 걸 원치 않으시니까. '백악관 내부자의 반역.' 그리고 그 반역자는 다름 아닌 대통령 최측근인 수석 보좌관, 아니면 현직 부통령. 이런데도 상관없으시다고요? 대통령님께서 저희 두 사람을 친히 뽑으셨는데도요? 모두가 대통령님의 판단력에 의문을 제기하지 않을까요? 이 엄청나고 전례 없는 업적은 하루아침에 대통령님 생애 최악의 참사로 바뀔 수 있어요. 왜요? 불쾌한가요, 존? 하지만 뭐 어쩌겠어요? 그냥 익숙해질 수밖에."

그녀가 마치 기도하듯 두 손을 모은 채 내 앞으로 바짝 다가 온다.

"조국을 생각해 봐요. 좋은 대통령, 아니, 훌륭한 대통령이 이 나라를 이끌어 주기를 바라는 국민을 생각해 보라고요."

나는 대꾸하지 않는다.

"기어이 내게 죄를 묻겠다면, 당신의 정치 인생도 끝장나는 거예요."

시간에 맞춰 들어온 리즈 그린필드가 나를 쳐다본다.

나는 캐롤린을 빤히 쳐다본다.

"미안한데, 2분만 더 주겠어요, 리즈?"

119

이제는 내 차례다.

"고집부리지 말고 유죄를 인정해요."

다시 우리 둘만 남겨지자 나는 말한다.

"당신 같은 사람을 믿고 뽑은 나는 비난받아 마땅해요. 그 부분에 대해선 책임질 겁니다. 그건 정치적인 문제예요. 난 내 게 크나큰 오점으로 남을 수도 있는 이번 일을 감출 생각이 없습니다. 그러니 무책임하게 달아날 생각 말고 유죄를 인정 해요."

"대통령님……."

"비밀 경호국 요원들이 목숨을 잃었어요, 캐리. 나나도 죽었고요. 하마터면 나도 암살당할 뻔했어요. 이건 조용히 덮는다고 해결될 문제가 아닙니다. 적어도 이 나라에선 말이죠."

"대통령님……."

"정말 재판에서 붙어 보고 싶어요? 그럼 유럽에 있는 나나가 어떻게 그 첫 번째 메모를 이곳 워싱턴에 있는 캐시 브랜트에게 건넬 수 있었는지 설명해 봐요. 이메일로 전달했다고요? 택배로 부쳤을 거라고요? 그런 방법으로 우리 보안망을 뚫을 수 있다고 생각해요? 반면 수석 보좌관인 당신은 그때 나랑 같이 유럽 순방 마지막 방문지, 세비야에 있었어요. 나나가 호텔로 찾아와 당신에게 직접 건넸는지도 모르잖아요. 마침 CCTV 영상을 확보했는데 같이 확인해 볼까요? 감사하게도 스페인 정부가 챙겨 보내 줬거든요. 스페인에서의 마지막 날, 우리가 떠나기 몇 시간 전. 영상을 보니 나나는 호텔에서 한 시간쯤 보내고 나왔더군요."

번뜩이던 그녀의 눈빛이 사그라진다.

"당신이 술리만 신도력에게 전송한 메시지를 가로채고 해독하기까지 얼마나 걸릴 것 같습니까?"

그녀가 겁에 질린 표정으로 나를 쳐다본다.

"FBI와 모사드가 지금 그걸 찾고 있어요. 당신이 그에게 귀띔해 줬죠? 아닌가요? 나나가 살아남았다면 당신들의 계획은 전부 수포가 돼 버렸을 겁니다. 그녀와 내가 거래를 성사시켰을 테니까요. 만약 그녀가 죽지 않았다면. 그리고 만약 오기와 내가 야구장에서 그녀의 밴에 무사히 오를 수 있었다면 말입니다. 난 그루지야 정부를 설득해 그녀가 고향으로 돌아갈 수 있게 해 줬을 거고, 그녀는 내게 키워드를 내줬을 겁니다. 그랬다면 당신이 영웅으로 등극하는 일도, 캐시가 희생양으로 전락해 버리는 일도 없었겠죠. 또 누가 알겠습니까? 니나가 당신의 반역을 폭로했을지."

캐롤린이 한 손을 들어 자신의 얼굴로 가져간다. 그녀에게 있어 최악의 악몽이 실현된 것이다.

"술리만과 접촉하는 방법을 당신보다 더 잘 아는 사람이 과연 있을까요? 터키에서 우리 중개인들을 통해 그에게 처음 접촉했던 것도 바로 당신이었지 않습니까. 한 번 해 봤으니 두 번째는 식은 죽 먹기였겠죠. 그녀는 당신에게 모든 걸 들려줬어요, 캐리. 그 내용은 나머지 문자 기록에 고스란히 기록돼 있고요. 그녀는 자신의 타임라인을 속속들이 공개했습니다. 오기, 야구장, 자정에 작동을 시작할 바이러스. 그녀는 당신을 믿었어요, 캐리. 그녀는 당신을 믿었지만 당신은 그녀를 죽였습니다."

벽에 구멍을 뚫어 놓았으니 이제 둑이 무너지는 건 시간문제다. 당황한 캐롤린이 온몸을 바르르 떨며 흐느끼기 시작한다.

슬픔보다도 분노가 앞서는 순간이다. 그녀와 나는 동고동락해 온 사이다. 그녀는 내가 대통령이 될 수 있게 길을 닦아 주었고, 워싱턴이라는 거대한 지뢰밭에서 무사히 살아남을 수 있게 이끌어 주었으며, 백악관이 최대 효율로 가동될 수 있게 가족과 보낼 황금 같은 시간과 잠을 희생해 주었다. 수석 보좌관으로서 그녀는 모든 면에서 완벽했다.

잠시 후, 그녀의 눈물이 멎는다. 그녀는 몸서리치며 얼굴에서 눈물을 훔쳐 낸다. 나와 눈을 맞추기가 두려운지 그녀의 고개는 여전히 떨구어져 있다.

"흔해 빠진 피의자처럼 굴지 말아요. 무엇이 옳은 일인지 생각해 봐요. 여긴 법정이 아니라, 내 집무실입니다. 어떻게 내게 이럴 수 있죠, 캐리?"

"당신이 대통령이 됐으니까요."

지금껏 들어 본 적 없는 생소한 목소리다. 우리가 함께해 온 세월 동안 캐롤린은 용케도 이 버전의 자신을 내게 꼭꼭 숨겨 왔다. 마침내 그녀가 고개를 들고 나를 똑바로 쳐다본다. 그녀의 얼굴은 극도의 고통과 비통함으로 일그러져 있다. 이 또한 과거에 한 번도 본 적 없는 모습이다.

"난 마이크가 숨겨져 있는지도 모르고 욕 한마디 툭 내뱉었다가 정치 인생이 끝나 버렸는데 당신은 대통령이 됐잖아요."

미처 상상치도 못했던 일이다. 그녀 마음속에 부러움과 억울함, 비통함이 차곡차곡 쌓여 왔을 줄이야. 대통령에 출마하고, 또 대통령으로 살아가는 것. 나 외의 그 무엇에도 신경 쓸 겨를이 없는 치열한 삶이다. 후보자에게 무엇이 필요한지, 후보자를 어떻게 도울지. 모든 관심은 투표용지에 이름을 올린 인물에게 쏠리게 돼 있다. 그리고 실제로 대통령이 되면 그건 몇 배 더 심해진다. 물론 우리는 예전처럼 잘 지냈고, 서로의 가족과도 친분을 쌓아 나갔다. 하지만 그녀가 이런 마음을 품어 왔을 줄은 상상도 못 했다. 그녀는 유능한 보좌관이었다. 나는 그녀가 우리가 함께해 온 멋진 일들에 뿌듯함을 느끼고 있을 거라 생각했다. 그녀가 새로운 도전과 막중한 사명을 즐기고, 그것으로부터 성취감을 느끼고 있을 거라 생각했다.

"혹시……."

그녀가 쓸쓸하게 웃음 짓는다.

"혹시 그 사면 제안, 아직 유효한가요?"

그녀는 이 상황에서의 '사면' 언급이 많이 부끄러운 모양이다.

조국을 구한 영웅이 한순간에 굴욕의 주인공으로 전락해 버릴 줄 누가 알았을까? 내 집무실로 들어설 때만 해도 새 부통령으로 낙점받을 생각에 한껏 들떠 있었을 그녀는 이제 어떻게든 교도소행을 면할 궁리만 하고 있다.

리즈 그린필드가 다시 문을 연고 안을 살핀다. 나는 그녀에게 들어오라고 손짓한다.

캐롤린은 저항 없이 FBI 요원들에게 이끌려 나간다.

집무실을 나서기 직전, 캐롤린이 나를 흘끔 돌아본다. 하지만 이번에도 그녀는 차마 나와 눈을 맞추지 못한다.

120

"안 돼. 안 돼."

술리만 신도력은 휴대폰에 떠오른 뉴스 속보에서 눈을 떼지 못한다. 모든 뉴스 사이트가 같은 내용의 표제를 내걸어 놓았다.

"파멸의 위기에 빠졌던 미국"
미국, 치명적인 사이버 공격을 좌절시키다
미국, 가공할 사이버 바이러스 막아 내
미국을 겨냥한 '지하드의 아들들' 바이러스 공격 수포로 돌아가

모든 기사가 바이러스의 작동을 막아 줄 '수후미'라는 키워드를 언급하고 있다.

수후미. 니나의 짓이 틀림없었다. 그녀가 패스워드 오버라이드를 심어 둔 것이다.

그는 세이프 하우스 창문 밖으로 시선을 돌린다. 군인 두 명이 지프에 앉아 다음 지시를 기다리고 있다.

하지만 그를 이곳으로 데려온 사람들은 바이러스 테러의 성공 여부를 확인하기 위해 동부 표준시로 자정까지 기다리지 않을 것이다. 보나 마나 진작 이 소식을 접했을 테니까.

그가 탄약 하나가 장전된 권총을 양말 속에 쑤셔 넣는다.

그런 다음, 뒤뜰과 산으로 통하는 문을 찾아 손잡이를 돌려 본다. 문에는 빗장이 질러 있다. 그는 집에 난 유일한 창문을 잡아당겨 보지만 그것에도 역시 빗장이 질러 있다. 가구가 드문드문 배치된 실내를 다급하게 둘러보던 그의 눈에 작은 유

리 테이블이 들어온다. 그는 그것을 냅다 던져 창문을 부숴 버린다. 그리고 권총으로 들쭉날쭉하게 붙은 유리 조각들을 걷어 낸다.

앞쪽에서 현관문이 거칠게 열어젖혀지는 소리가 들려온다. 그는 권총을 꼭 품은 채 창문 밖으로 몸을 날린다. 탈출에 성공한 그는 나무가 우거진 쪽으로 내달리기 시작한다. 동트기 전의 어둠 속으로.

뒤에서 그를 부르는 소리가 들려오지만 그는 멈추지 않는다. 그의 발이 무언가에 걸려 버린다. 나무뿌리. 그는 중심을 잃고 앞으로 고꾸라진다. 몸이 땅에 떨어지는 순간 그의 숨이 턱 막혀 버린다. 그의 눈꺼풀 안에서는 별들이 핑핑 돈다. 권총은 그의 손에서 떨어져 나간 상태다.

그때 어딘가에서 날아든 총알이 그의 신발 밑창을 관통한다. 극심한 통증에 그가 외마디 비명을 내지른다. 그는 오른쪽으로 기어 나가기 시작한다. 곧이어 뿌려진 총알들이 그의 겨드랑이를 스치고 지나간다. 그는 손을 뻗어 미친 듯이 주변을 더듬어 보지만 떨어뜨린 권총은 닿지 않는다.

군인들의 목소리가 점점 커져 온다. 그들은 그가 알아듣지 못하는 언어로 경고 메시지를 요란하게 외쳐 대고 있다.

이 모든 걸 한 방에 날려 줄 권총은 그 어디에도 보이지 않는다. 그는 직접 방아쇠를 당길 용기가 있었다. 무슨 일이 있어도 놈들의 손에 죽는 일은 없을 것이다.

하지만 그는 권총을 찾을 수도, 그것에 닿을 수도 없다.

그는 깊은 숨을 들이쉬며 결심한다.

몸을 일으킨 그가 그들이 달려오는 쪽으로 홱 돌아선다. 그리고 두 손을 모아 두 남자에게 겨눈다.

화들짝 놀란 군인들은 라이플을 그의 가슴에 겨누고 방아쇠를 당겨 대기 시작한다.

121

지하 2층으로 내려온 나는 문을 열고 부통령이 기다리고 있는 방 안으로 들어선다. 나를 보자 그녀가 자리에서 일어난다.

"대통령님—."

그녀가 불안해하는 모습으로 말한다. 그녀의 눈에는 피로와 스트레스로 다크서클이 둘러 있다. 그녀가 리모컨을 집어 들고 벽에 걸린 평면 스크린 텔레비전의 볼륨을 끈다.

"뉴스를 좀 보고…….."

그래. 케이블 뉴스를 보고 있었겠지. 국가 서열 2위인 부통령으로서가 아니라 이 나라의 평범한 시민 입장으로. 그 사실이 그녀를 많이 위축시켜 놓은 듯하다.

"축하드립니다."

그녀가 내게 말한다.

나는 말없이 고개만 끄덕일 뿐이다.

"제가 아니었습니다, 대통령님."

나는 다시 TV를 돌아본다. 슐리만 바이러스와 우리가 알아낸 키워드 관련 뉴스 속보가 쉴 새 없이 이어지고 있다.

"알아요."

나는 말한다. 그제야 그녀가 안도한다.

"사퇴 의지는 여전한가요?"

내가 묻자 그녀가 살짝 고개를 숙인다.

"대통령님께서 그걸 원하시면 저는 언제든 물러날 준비가 돼 있습니다."

"그걸 원해요? 정말 사퇴하고 싶어요?"

"전혀요, 대통령님."

그녀가 고개를 들고 나를 쳐다본다.

"하지만 대통령님께서 절 믿지 못하신다면……."

"당신이 대통령이라면 어떻게 하겠습니까?"

"당연히 사표를 수리하겠죠."

내가 예상했던 답이 아니다. 나는 팔짱을 끼고 문틀에 몸을 기댄다.

"저는 못 한다고 했습니다, 대통령님. 제 리무진에 도청장치를 심어 두셨다면 이미 알고 계시겠죠."

우리는 그녀를 도청한 적이 없다. 제 아무리 FBI라 해도 그녀를 담당하는 비밀 경호국 요원들 몰래 도청하는 건 불가능하다. 물론 그녀는 그 사실을 알 리 없겠지만.

"당신에게 직접 듣고 싶어요."

"레스터에게 우리 쪽 상원에서 그가 필요로 하는 열두 표를 모아 바치지 않을 거라고 분명히 얘기했어요. 다른 건 몰라도 그 선만큼은 절대 넘을 수 없다고. 이번 일로……. 저 자신에 대해 돌아볼 수 있는 계기가 됐어요."

"정말 잘됐군요, 캐시. 하지만 이건 『닥터 필Dr. Phil*』 에피소드가 아니에요. 그런 미팅을 가졌다는 사실 자체가 문제란 말입니다. 당신은 내게 불충했어요."

"맞아요. 인정합니다."

그녀가 두 손을 모으고 나를 올려다본다.

"거짓말 탐지기 조사를 받았을 땐 레스터 관련 질문을 받지 않았어요."

"정치 문제는 중요하지 않았으니까요. 적어도 그때는. 하지만 이제 위기도 극복했고, 정치 문제는 다시 중요해졌습니다. 난 무엇보다도 내가 직접 고른 부통령을 신뢰할 수 있을지 궁금해요."

그녀는 난처해하는 모습으로 두 손을 펼쳐 보인다.

"제 사표를 수리하실 건가요?"

"내가 대리인을 찾을 때까지 남아 줄 수 있겠어요?"

"물론입니다, 대통령님."

그녀의 어깨가 축 늘어진다.

"내가 당신 자리에 누굴 앉히면 좋을까요?"

그녀가 깊은 숨을 한 번 들이쉰다.

---

*   미국의 인기 고민 상담 토크쇼

"문득 떠오르는 인물이 몇 명 있어요. 그중 월등히 뛰어난 후보가 있긴 하지만 말씀드리려니 괴롭네요. 마음이 너무 아파요. 하지만 만약 제가 대통령님이라면 저는…… 캐롤린 브록을 고르겠어요."

나는 고개를 젓는다. 나 혼자서만 속은 게 아니었군.

"캐시, 난 당신 사표를 수리할 생각이 없습니다. 자, 어서 당신 자리로 돌아가요."

122

바흐는 『마태 수난곡Saint Matthew Passion』에 맞춰 몸을 좌우로 흔든다. 그녀에게는 음악도, 헤드폰도 없다. 그것들은 이미 압수당한 후다. 하지만 다행히도 한때 숱하게 따라 불렀던 후렴과 소프라노 독창은 그녀 기억에 생생히 담겨 있다. 그녀는 18세기 성당에서 수난곡의 초연을 감상하는 자신의 모습을 상상해 본다.

그때 독방 문이 열리면서 그녀의 기분 좋은 상상이 깨져 버린다.

안으로 걸어 들어온 젊은 남자는 엷은 갈색 머리에 버튼다운 셔츠와 청바지 차림을 하고 있다. 그가 의자를 침대 앞으로 끌어와 앉는다.

일어나 앉은 바흐는 벽에 등을 기대고 두 다리를 침대 밑으로 늘어뜨린다. 그녀의 손목에서는 쇠사슬이 짤랑거린다.

"난 랜디라고 해요. 난 아주 상냥한 사람입니다. 나머지는 죄다 성질이 괴팍하고요."

"난……. 그런 심문 수법에 익숙해요."

"이름이…… 카타리나, 맞죠?"

그들은 용케도 그녀의 정체를 알아냈다. 어쩌면 그들이 채취해 간 DNA 샘플 덕분인지도 모른다. 아니면, 안면 인식 소프트웨어? 비록 가능성은 희박하지만.

"당신 본명 맞죠? 네? 카타리나 도로테아 닌코비츠. 카타리나 도로테아 — 요한 세바스찬의 장녀 이름, 아닌가요?"

그녀는 대답하지 않는다. 그녀가 종이컵을 집어 들고 남은 물을 마저 마신다.

"한 가지 물어볼게요, 카타리나. 당신이 임신했다는 이유로 우리가 봐줄 것 같아요?"

그녀가 앉은 채로 몸을 뒤척인다. 강판 같은 매트리스는 한없이 불편했다.

"당신은 대통령을 암살하려고 했어요."

그녀의 눈이 가늘어진다.

"내가 대통령을 암살하려 했다면, 그는 이미 암살당했을 거예요."

모든 카드를 손에 쥔 랜디는 이 순간을 즐기고 있다. 그는 미소를 머금고 고개를 끄덕인다.

"당신과 얘길 나누고 싶어 하는 나라가 아주 많아요."

273

그가 말한다.

"그들 모두가 우리처럼 인권에 대해 진보적 입장을 취하고 있진 않습니다. 어쩌면 우리가 그중 한 곳을 골라 당신을 넘길 수도 있어요. 그들이 나중에 당신을 되돌려 보내 줄지도 모르고요. 물론 당신이 무사히 살아남는다면 말이죠. 어때요, 바흐? 우간다에 가서 한번 호되게 당해 볼래요? 니카라과는 어때요? 요르단도 단단히 벼르고 있던데. 당신이 국가 안보 수장의 미간에 총알을 박아 넣었다고 믿는 모양이더군요."

그의 말이 끝나기를 묵묵히 기다려 온 그녀는 잠시 뜸을 들이다가 입을 연다.

"뭐든 물어봐요. 다 대답할게요. 그 대가로 내가 요구하는 건 딱 하나뿐이에요."

"당신이 지금 그런 조건을 내걸 위치에 있다고 생각해요?"

"당신 이름이 뭔진 모르겠지만……."

"랜디."

"……당신이 내게 물어야 하는 건 내가 뭘 원하는지예요."

그가 의자 등받이에 몸을 기댄다.

"알았어요, 카타리나. 당신이 원하는 게 대체 뭡니까?"

"내가 감옥에서 여생을 보내게 될 운명이라는 거 알아요. 난이 상황에 대해……. 어떤 착각도 하지 않고 있어요."

"다행이군요."

"난 내 아이가 미국에서 건강하게 태어나 주길 바라요. 그리고 오빠가 내 딸을 입양해 주면 좋겠어요."

"오빠?"

랜디가 되묻는다.

* * *

소녀가 폭삭 주저앉은 집 앞에 서 있을 때 소년이 옆집 뒤편에서 모습을 드러냈다. 소녀는 나무에 묶인 채 숨진 어머니를 어루만지고 있었다. 흠씬 두들겨 맞고 칼로 목이 그어진 어머니를.

"정말이야?"

소년이 다가오며 물었다. 몸서리치는 그의 얼굴은 눈물 자국으로 얼룩져 있었다. 그가 라이플을 손에 쥔 동생을 쳐다보았다. 소녀의 바지에는 권총이 꽂혀 있었다.

"정말이구나. 그렇지? 네가 그들을 죽였어. 네가 군인들을 죽인 게 사실이었어!"

"아빠를 죽인 군인들을 죽였어."

"그래서 그들이 엄마를 죽인 거야!"

그가 울음을 터뜨렸다.

"대체 왜 그런 짓을 한 거지?"

"난…… 미안해……. 난…….."

소녀가 오빠에게로 다가갔다. 하지만 그는 몸서리치며 뒤로 물러났다.

"멈춰."

275

소년이 말했다.

"가까이 오지 마. 두 번 다시 내 눈앞에 나타나지 마. 영원히!"

소년이 돌아서서 내달리기 시작했다. 소녀는 돌아오라고 애원하며 오빠를 쫓아 보지만 끝내 따라잡지 못했다. 동생의 애타는 부름에도 소년은 못 들은 척 사라져 버렸다.

그 후 소녀는 영영 오빠를 보지 못했다.

***

처음에 그녀는 오빠가 죽었을 거라 생각했다. 하지만 나중에 고아원이 그를 사라예보에서 탈출시켜 주었음을 알게 됐다. 남자아이들은 여자아이들에 비해 입양이 수월했다.

그녀는 오빠를 간절히 만나고 싶었다. 오빠를 끌어안고 못다 한 얘기를 마음껏 나누고 싶었다. 하지만 그녀는 오빠의 연주를 들으며 아쉬움을 달래는 데 만족해야 했다.

"빌헬름 프리데만 헤르조그."

랜디가 말한다.

"빈에 사는 바이올리니스트. 오스트리아 양부모의 성을 쓰고 있지만 친부모가 지어 준 이름은 버리지 않았더군요. 요한 세바스찬의 장남 이름을 따서 그렇게 지었다죠? 대충 패턴이 보이는군요."

그녀는 무표정한 얼굴로 그를 응시한다.

276

"좋습니다. 그러니까 오빠, 빌헬름이 당신의 아이를 입양해 주기를 바란다는 얘기죠?"

"내 모든 금융자산도 오빠에게 넘기고 싶어요. 필요한 서류를 작성하고 인가해 줄 변호사도 필요하고요."

"오빠가 당신 아이를 기꺼이 입양해 줄 거라 생각해요?"

그 질문에 그녀의 눈가가 축축해진다. 사실 그녀도 확신이 서지 않았다. 졸지에 갓 태어난 조카를 떠안게 될 오빠는 얼마나 당혹스러울까? 하지만 그는 좋은 사람이다. 아무리 동생이 원망스러워도 같은 피를 나눈 어린 조카를 탓하지는 않을 것이다. 그녀가 넘길 1천 5백만 달러는 딜라일라와 오빠 가족에게 재정적 안전을 보장해 줄 것이고.

바흐는 무엇보다도 딜라일라에게 든든한 가족이 생겼다는 사실에 기뻤다.

랜디가 고개를 젓는다.

"당신이 그런 요구를 할 만한 위치에 있다고……."

"지난 10년간 세계 각지에서 발생한 수십 건의 민감한 사건들, 난 그것들에 대한 정보를 알고 있어요. 무수한 고위 인사들의 암살. 내가 누구의 의뢰를 받고 그들을 죽였는지 알려 줄게요. 당신들 수사에도 적극 협조할 거고요. 필요하다면 법정에 출두해 증언도 할 수 있어요. 내 아이가 미국에서 무사히 태어나 오빠에게 입양될 수 있게만 해 줘요. 지금껏 내가 맡아 처리해 온 모든 일에 대해 상세히 들려줄 테니까."

랜디는 여전히 여유로운 모습이지만 그녀는 그가 보인 표정의 미세한 변화를 똑똑히 확인할 수 있었다.

"이번 일을 포함해서."

그녀가 말한다.

123

나는 오기를 이끌고 집무실 동쪽 문을 통해 로즈 가든*으로 나간다. 늦은 시간임에도 밖은 후텁지근하다. 당장이라도 비가 쏟아질 것만 같은 분위기다.

레이첼과 나는 매일 밤 저녁을 먹고 나서 함께 정원을 거닐곤 했다. 어느 날, 함께 산책을 하던 중 아내는 암이 재발했음을 알려 주었다.

"네게 성의껏 감사 인사를 못 한 것 같아."

나는 그에게 말한다.

"그런 건 필요 없어요."

"이젠 어쩔 셈이지, 오기?"

그가 어깨를 으쓱여 보인다.

"나도 모르겠어요. 우리…… 니나와 나……. 우린 수후미로 돌아갈 계획만을 갖고 있었어요."

또다시 튀어나온 키워드. 현재 인터넷에서 '트렌딩'되고 있다

---

*   백악관의 정원

는, 그리고 이제는 꿈속에서도 보게 될 것만 같은 바로 그 단어.

"지금 생각하면 웃겨요. 우린 이 계획이 실패할 수도 있다는 걸 알았어요. 술리만이 누군가를 보내 우릴 죽이려 할 거라 믿었죠. 당신이 어떻게 나올지 짐작도 안 됐고요. 아무튼 너무 많은……."

"변수?"

"그래요. 변수가 너무 많았어요. 하지만 우린 마치 성공을 확신한 사람처럼 행동했죠. 그녀는 부모님 집에서 반 마일 떨어진 곳에 있는 집을 살 거라고 했어요. 바다에서 가까운 곳이라나요. 그녀는 나중에 우리가 낳게 될 아이들 이름도 미리 지어 놓았어요."

그의 목소리는 구슬프고 눈망울은 배어나온 눈물로 반짝인다.

나는 그의 어깨에 손을 얹는다.

"원한다면 여기 남아도 좋아. 우리랑 같이 일해 보는 건 어때?"

그의 입이 실룩인다.

"하지만…… 난 이민 신청 자격이……."

나는 걸음을 멈추고 그를 돌아본다.

"그 부분은 내게 맡겨. 내가 알아서 처리해 줄 테니까."

그가 미소를 짓는다.

"그래 준다면야 고맙지만……."

"오기, 이런 일은 두 번 다시 있어선 안 돼. 이번엔 운이 좋아서 막을 수 있었지만 앞으론 운만 가지고선 힘들 거야. 내겐 너 같은 전문가가 필요해. 네가 필요하다고."

그가 수선화와 히아신스가 만발한 정원 너머로 시선을 돌린다. 레이첼은 이 정원의 모든 꽃에 대해 속속들이 알고 있었다. 꽃이 예쁘다는 것만 아는 나와 달리. 바로 지금이 정원이 가장 아름다울 시기다.

"미국—."

그가 골똘히 생각에 잠긴 표정으로 말한다.

"야구 대회는 처음 봤는데, 꽤 재미있더군요."

그 말에 나는 웃음이 터진다. 실로 오랜만에 누려 보는 웃음다운 웃음이다.

"야구 '경기'라고 하는 거야."

일요일

124

"폐하—."

나는 수화기에 대고 말한다. 나는 집무실 책상에 앉아 사우디아라비아의 사이드 이븐 사우드 국왕과 통화하고 있다. 나는 커피 머그를 집어 들고 입으로 가져간다. 오후에 커피를 마시는 건 아주 드문 일이다. 하지만 달랑 두 시간의 수면, 그리고 악몽 같았던 금요일과 토요일을 감안하면 불가피한 일이었다.

[대통령님—.]

그가 말한다.

[아주 다사다난한 며칠을 보내셨더군요.]

"그쪽도 다르지 않았다고 들었습니다. 좀 어떠십니까?"

[구사일생으로 탈출했습니다. 암살 시도 전에 그 음모가 발각됐기에 망정이지, 하마터면 거기 갇혀 이 세상을 하직할 뻔했습니다. 정말 운이 좋았어요. 혼란스러웠던 나라가 간신히 질서를 되찾았습니다.]

"평소 같았으면, 그 소식을 듣자마자 직접 연락 드렸을 겁니다. 하지만 상황이……."

[설명하실 필요 없습니다, 대통령님. 그쪽 사정은 들어서 알고 있어요. 그건 그렇고, 제가 오늘 연락드린 용건에 대해선 브리핑을 받으셨겠죠?]

"CIA 국장으로부터 전해 들었습니다."

[잘 아시겠지만 사우디 왕실은 구성원도 많을뿐더러 개개인의 입장도 다양합니다.]

그것은 꽤 절제된 표현이다. 사우디 왕실의 구성원은 그 수가 수천 명에 달하고, 종파도 무수히 많다. 대부분 가족 구성원들에게는 영향력이 전혀 없거나 설령 있더라도 미미하다. 그저 석유 수익에서 나오는 거액의 배당금을 얌전하게 받아 챙길 뿐이다. 2천여 명의 리더들로 구성된 핵심 그룹에도 여러 종파와 계급이 있다. 가족 위계와 정치적 계급 구조상 원성과 질투가 넘쳐날 수밖에 없다. 사아드 이븐 사우드가 쟁쟁한 경쟁자들을 물리치고 국왕 자리에 올랐을 때 많은 이가 순탄치 않은 앞날을 예상했다.

[쿠데타를 시도한 멤버들은……. 내 원칙에 불만을 품어 왔습니다.]

"아무튼 공모자들이 잡혔다니 다행입니다. 축하드립니다, 폐하."

[나도 모르는 새, 그것도 바로 내 눈앞에서 이런 음모가 진행돼 왔다니, 민망하기가 그지없습니다. 정보국이 큰 실수를 범했어요. 이번 참에 확실히 바로잡아야죠.]

이번에 같은 일을 겪은 나는 그의 심정을 충분히 이해한다.

"그들의 음모가 정확히 무엇이었습니까? 그들이 뭘 원했죠?"

[옛 시절로 돌아가는 것.]

그가 잠시 끊었다 말한다.

[우세한 미국과 우세한 이스라엘이 없는 세상으로 말입니다. 그들은 사우디 왕국과 중동 전체를 지배하고 싶어 했습니다. 미국을 무너뜨리려는 게 아니라 더 이상 초대강국의 지위를 누릴 수 없을 만큼만 힘을 빼 놓으려 했던 것이죠. 말 그대로 옛 시절을 그리워했던 겁니다. 지역 패권. 세계를 주무르는 슈퍼파워가 없었던 시절 말입니다.]

"골치 아픈 국내 문제가 넘쳐나면 우리가 더 이상 중동에 신경 쓰지 않을 거라고 생각한 모양이죠?"

[그런 것 같습니다. 이 얼마나 비현실적인 계략입니까?]

비현실적인 계략? 거의 성공할 뻔했는데? 나는 계속해서 상상을 초월하는 상황을 떠올려 본다. 니나가 키워드로 바이러스를 무력화시키는 차단기를 심어 놓지 않았다면 지금쯤 우린 어떻게 됐을지. 그녀가 피카부를 뿌려 우리에게 경고하지 않았다면? 우리에게 니나와 오기가 없었다면? 암흑시대는 현실이 돼 버렸을 것이고, 우리는 무방비 상태에서 치명타를 얻어맞았을 것이다.

물론 나라가 괴멸되는 일은 없겠지만 그들 입장에서는 그 정도로 충분하다 여겼을 것이다. 국내 문제로 난처해진 우리가 한동안 밖으로 눈을 돌리지 못할 테니까.

그들은 우리가 무너지는 걸 원치 않았다. 그들의 목표는 우리를 말살하는 게 아니었다. 그들은 단지 자신들의 땅에서 우리를 쫓아내기 위해 적당한 수준의 타격을 가하려 했을 뿐이다.

　[심문은 성공적으로 끝났습니다.]

　국왕이 말한다.

　사우디인들의 '심문' 기술은 우리보다 현란하다.

　"그들이 입을 열던가요?"

　[그럼요.]

　그가 당연하다는 듯 말한다.

　"물론 그 내용은 귀국에 전부 공개될 겁니다."

　"감사합니다."

　[요약하면, 왕실 내 한 분파가 테러 조직, 지하드의 아들들에 천문학적인 돈을 지불하고 미국의 기반시설들을 파괴하게 시켰던 겁니다. 또한 그들은 암살자를 고용해 그룹에서 이탈한 지하드의 아들들 멤버들을 제거하려 했습니다.]

　"네. 그 암살자는 우리가 붙잡아 두고 있습니다."

　[조사에 순순히 협조해 주던가요?]

　"네. 그녀와 합의가 됐습니다."

　[그럼 제가 이제 무슨 말씀을 드리려 하는지 짐작하시겠군요.]

　"물론입니다. 하지만 기왕이면 폐하로부터 직접 듣고 싶습니다."

125

"앉으시죠."

루즈벨트 룸으로 들어서며 나는 말한다. 평소 같았으면 내
집무실로 안내했을 것이다. 하지만 오늘 대화는 집무실에서
나눌 만한 성질의 것이 아니다.

그가 양복 재킷의 단추를 풀고 의자에 앉는다. 나는 테이블
상석에 자리를 잡는다.

"사건이 이렇게 해결돼서 정말 다행입니다, 대통령님. 비록
미약하나마 도움이 돼 드릴 수 있어서 기뻤습니다."

"네, 대사님."

"편하게 안드레이라고 불러 주십시오."

안드레이 이바넨코는 시리얼 광고 속 할아버지 캐릭터를 연
상케 하는 외모를 가졌다. 벗겨진 정수리는 검버섯으로 뒤덮
여 있고, 그 양옆으로는 성긴 백발이 드문드문 붙어 있다. 한마
디로 꾀죄죄한 분위기라 할 수 있다.

하지만 이런 순박한 외모만 보고 긴장을 늦춰서는 안 된다.
악의 없어 보이는 겉껍데기 안에는 러시아가 공들여 길러 낸
스파이가 들어앉아 있다. 한때 엘리트 KGB 요원으로 맹활약
했던 그는 늘그막에 주미 대사가 되어 조국에 헌신하고 있다.

"러시아가 사전에 이 컴퓨터 바이러스에 대해 경고해 주었
다면, 훨씬 큰 도움이 됐을 텐데 말입니다."

"지금 '사전에'라고 하셨습니까?"

그가 두 손을 펼쳐 보인다.

"무슨 말씀이신지 모르겠습니다."

"러시아는 진작 알고 있었어요, 안드레이. 사우디 왕실 사람들이 무슨 짓을 꾸며 왔는지 당신들은 알고 있었단 말입니다. 물론 러시아도 그들과 같은 걸 원했겠죠? 우릴 무너뜨리는 대신 우리가 더 이상 영향력을 행사할 수 없을 만큼만 힘을 빼 놓는 것. 그래야 우리가 당신들의 야욕에 신경 쓰지 못할 테니까요. 우리가 쓰러져 신음하는 동안 당신들은 소련 제국을 재건하려 했던 겁니다."

"대통령님―."

그가 당황하며 말한다. 그의 말투는 질질 끄는 남부 말투처럼 들린다. 그는 지구가 평평하고, 태양은 서쪽에서 떠오르며, 달이 블루치즈로 만들어졌다고 뻔뻔하게 둘러대고도 거짓말 탐지기 조사를 거뜬히 통과할 수 있는 위험한 사람이다.

"사우디 왕실 사람들이 다 불었습니다."

"자신들이 죽게 생겼으니 아무 말이나 지껄이며 발악을 해 댄 것에 불과합니다, 대통령님."

그가 태연하게 대꾸한다.

"그런 상황에서 무슨 말인들……."

"당신들이 고용한 암살자도 같은 얘길 하더군요. 양측의 주장이 아주 흡사합니다. 믿지 않을 수 없을 만큼 말이죠. 우린 지금도 추적해 봤습니다. 그 왜, 러시아가 '라트니치' 소속 용병들과 바흐에게 전달한 돈 있죠?"

288

"라트니치? 바흐?"

"바흐와 용병들은 사려 깊게도 러시아 대표단이 떠날 때까지 기다렸다가 우리 오두막을 공격했어요. 너무 신기하지 않나요?"

"황당해서 무슨 말씀을 드려야 할지 모르겠습니다."

나는 차가운 미소를 머금고 고개를 끄덕인다.

"당신들은 컷아웃을 전면에 내세웠어요. 러시아는 바보가 아니지 않습니까. 분명 그럴듯한 해명거리를 준비해 놨겠죠. 하지만 내겐 안 통해요."

우리는 체포된 사우디인들의 진술을 통해 술리만이 먼저 그들에게 아이디어를 제공했음을 알게 됐다. 그들은 술리만에게 엄청난 거금을 그 대가로 지급했다. 이건 러시아가 시작한 것이 아니었다. 하지만 그들은 진작부터 모든 걸 알고 있었다. 자금 추적을 걱정한 사우디인들이 러시아를 중개자로 끌어들였기 때문이다. 사우디인들은 러시아 역시 자신들만큼이나 미국에 악감정을 품고 있다는 걸 알고 있었다. 러시아는 자금 이동 문제를 해결해 주었을 뿐만 아니라 사우디 측에 용병들과 암살자, 바흐까지 제공해 주었다.

나는 자리에서 일어난다.

"안드레이, 이만 돌아가 보시죠."

그가 고개를 저으며 일어난다.

"대통령님, 대사관에 돌아가는 즉시 체르노케프 대통령님께 보고드리겠습니다. 분명……."

"가서 직접 뵙고 말씀드리도록 하세요, 안드레이."

그가 움찔한다.

"당신은 추방된 겁니다. 지금 당장 모스크바로 떠나십시오. 대사관의 모든 인력도 일몰 전에 내보낼 겁니다."

그의 입이 떡 벌어진다. 그가 이토록 당황하는 모습은 익히 본 적이 없다.

"정말로…… 러시아 대사관을 폐쇄하시려고요? 그건 외교적으로 엄청난……."

"이건 시작에 불과합니다. 우리가 준비한 일련의 제재를 몸소 체험해 보면 사우디 반체제 인사들과 손잡은 그날을 뼈저리게 후회하게 될 겁니다. 오, 그리고 라트비아와 리투아니아가 요청한 대미사일 방어 시스템 있죠? 당신들이 그들에게 절대 팔지 말라고 애원하지 않았습니까. 걱정 말아요, 안드레이. 우린 그들에게 팔지 않을 생각입니다."

그가 마른침을 꿀꺽 삼킨다. 그의 얼굴에 안도의 표정이 살짝 떠오른다.

"대통령님, 그렇게 말씀하시니 그나마……."

"그냥 공짜로 넘겨주려고 합니다."

"저…… 대통령님, 저는…… 그건 절대로……."

나는 그의 앞으로 성큼 다가간다. 속삭여도 충분히 들릴 거리임에도 나는 굳이 언성을 높인다.

"체르노케프에게 전해요. 늦기 전에 우리가 바이러스를 막아 낸 걸 행운으로 알라고 말입니다. 그러지 못했으면 러시아는 NATO와 전쟁에 돌입했을 겁니다. 물론 러시아는 패배했을 거고요. 두 번 다시 날 시험하지 말아요, 안드레이."

나는 덧붙여 말한다.

"오, 그리고 우리 선거에 개입할 생각일랑 말아요. 어차피 내일 내가 입을 열고 나면 당신네 선거 조작하느라 남의 나라 사정엔 관심도 없겠지만. 자, 이제 내 나라에서 썩 꺼져요."

126

조앤이 내 집무실로 들어온다. 나는 샘 헤이버와 함께 국토 안보부의 술리만 바이러스 사후 평가 보고서를 꼼꼼히 훑어나 가는 중이다.

"대통령님, 하원 의장님 전화입니다."

나는 샘을 잠깐 쳐다보다가 조앤에게로 시선을 돌린다.

"지금은 곤란해요."

"내일로 예정된 특별 위원회 청문회를 취소하기로 했답니 다. 내일 밤 양원 합동 회의 때 연설을 해 주십사 부탁하셨습니 다."

예상했던 그대로다. 우리가 이 바이러스를 막아 낸 후로 레 스터 로즈는 180도 달라진 태도를 노골적으로 취해 왔다.

"하늘이 두 쪽이 나도 참석하겠다고 전해 줘요.

월요일

127

"의장님—."

수위관守衛官이 말한다.

"대통령님이십니다."

내가 대표단을 이끌고 하원 회의실로 들어서자 상원과 하원 의원들이 일제히 자리에서 일어난다. 나는 늘 양원 합동 회의에서 연설할 기회를 즐겨 왔다. 한껏 들뜬 분위기와 사방에서 들려오는 정치 한담이 평소보다 몇 배 더 정겹게 느껴진다. 불과 일주일 전만 하더라도 오늘 밤 내가 의회에 발을 들이게 될 줄은 몰랐다. 또한 연단에서 브랜트 부통령과 로즈 의장의 손을 차례로 맞잡게 되리라고도 상상하지 못했다.

나는 텔레프롬프터가 준비된 연단에 올라서서 의원들을 찬찬히 둘러본다. 아직도 실감이 나지 않는다. 내게 주어진 새로운 기회. 조국의 행운.

'우리가 해냈어.'

나는 생각한다.

'이제 더 이상 우리가 극복하지 못할 위기는 없어.'

128

부통령님, 의장님, 의회 의원 여러분, 그리고 친애하는 국민 여러분.

어젯밤, 헌신적인 이 나라 공직자들은 가까운 두 동맹국과 용감한 외국인의 도움을 받아 미국은 물론, 세계 그 어느 국가에도 가해진 적 없는 가공할 사이버 공격을 막아 냈습니다.

만약 그들이 성공을 거두었다면 우리 군은 심각한 타격을 입었을 것이고, 우리의 모든 재무 기록과 그 백업 파일은 삭제됐을 것이며, 우리의 전력망과 송전망은 파괴됐을 것입니다. 그뿐만 아니라, 우리의 급수와 정수 시설은 가동을 멈추었을 것이고, 이동 통신 장비들은 무용지물로 전락해 버렸을 것입니다. 그 공격으로 대대적인 인명 손실을 겪을 뻔했고, 모든 연령대의 미국 국민 수백만 명의 건강이 위협받을 뻔했습니다. 대공황보다 훨씬 심각한 경제 위기와 전국 곳곳으로 번져나가는 폭동과 혼란을 피할 수 없었을 것입니다. 그리고 그 여파는 전 세계를 뒤흔들었겠죠. 잔해를 수습하는 데만 수년이 걸렸을 것이고, 경제, 정치, 그리고 군대를 원상태로 되돌리기까지는 수십 년이 소요됐을 것입니다.

이번 공격을 계획하고 실행에 옮긴 이는 터키인 테러리스트 술리만 신도력이었습니다. 그는 종교적인 신념이 아닌, 오로지 돈을 위해, 그리고 대혼란에 빠져 허우적대는 미국을 흐뭇하게 지켜보기 위해 이런 만행을 저질렀습니다. 그에게 자금을 댄 건 현 정부에 어떠한 영향도 미치지 못하는, 부유한 사우디 왕자 몇 명이었습니다. 그들은 미국이 무대를 비운 동안 사우디 국왕을 무너뜨리고 그와 그를 지지하는 왕실 분파의 재산을 이용해 이란, 그리고 시리아와의 화해를 시도하려 했습니다. 또한 과학과 첨단 기술을 이용해 기술집약적 칼리프 국가를 수립하려 했습니다. 지난 1천여 년간 누리지 못했던 최고의 이슬람 국가 지위를 되찾기 위해서 말입니다.

애석하게도 이번 테러 사건 배후에는 또 다른 악당이 있었습니다. 바로 러시아입니다. 지난 토요일, 저는 러시아 대통령, 독일 총리, 그리고 이스라엘 총리를 버지니아주 시골에 만들어 놓은 작전 기지로 초대했습니다. 사이버 보안에 있어 그들보다 역량 있는 나라가 없기 때문이었습니다. 특히 러시아는 사이버 공격에 있어 단연 세계 최고죠. 후자의 두 나라는 지원과 도움을 아끼지 않았습니다. 이번에 우리 국민은 독일과 이스라엘에 큰 신세를 진 셈입니다.

러시아 대통령은 참석하지 않고 대신 총리를 보내는 것으로 동정하는 척 연기했습니다. 우리는 그들이 이번 공격을 어떻게, 그리고 왜 지원했는지 알고 있습니다. 그들은 테러 계획에 대해 진작 알고 있었습니다. 하지만 제가 물었을 때도 그들은 그 사실을 알려 주지 않았습니다. 그들은 사우디 왕자들의 신원이 밖으로 드러나지 않도록 자금 전달을 맡아 처리했습니다. 또한 실행에 필요한 용병들과 암살자까지 고용해 바치기까지 했습니다. 그들은 핵무기로 우리를 타격하기 위해 이런 일을 벌인 게 아니었습니다. 그들은 우리를 뒷전으로 물러나게 한 후 적국들을 옥죄고, 다른 모든 지역에 자신들의 힘과 영향력을 떨치기 위해 우리의 약점을 파고들었던 것입니다. 토요일 밤, 떠나는 러시아 총리에게 우리가 무엇을 의심하고 있는지 들려주었습니다. 상대가 누구든 처절하게 응징하겠다고도 확실히 못 박았습니다. 어제 저는 그 첫 번째 단계에 돌입했습니다. 러시아 대사와 대사관 소속 러시아 직원들을 추방했습니다. 그리고 이것이 바로 두 번째 단계입니다. 그들이 세계 최악의 깡패 국가임을 만천하에 알리는 것.

사우디 측 또한 이번 테러 계획에 대해 상세한 브리핑을 받았습니다. 그들도 반역자들의 처리를 놓고 고민 중에 있다고 합니다.

그리고 술리만은 신을 만나러 떠났습니다. 그가 얼마나 독실했는지는 모르겠지만 말입니다.

토요일까지도 확실히 밝혀진 건 없었습니다. 우리가 본부에서 시간과 사투를 벌이고 있을 때 잘 훈련된 프로 킬러들이 들이닥쳤습니다. 제가 이 문제로 백악관을 떠난 후 가해진 세 번째 공격이었습니다. 그 과정에서 적잖은 습격자들이 사살됐습니다. 용감한 비밀 경호국 요원 두 명도 위험에 빠진 저와 조국을 구하기 위해 나섰다가 안타깝게 목숨을 잃었습니다. 그들은 영웅입니다.

함께 세상을 뜬 희생자 중에는 아주 훌륭한 젊은 여성도 한 명 있었습니다. 이번 사이버테러를 설계한 인물이죠. 그녀는 이 가공할 계획을 차마 실행에 옮길 수 없어 자신을 끔찍이도 사랑했던 파트너와 함께 술리만으로부터 탈출했습니다. 그리고 특이한 방법으로 우리에게 그 내용을 알려 왔습니다. 그 두 사람은 술리만의 살해 위협에도 굴하지 않고 공격을 막아 내는 데 결정적인 도움을 주었습니다. 하지만 그중 파트너인 청년만 극적으로 살아남았습니다. 만약 그들이 제때 인간성을 회복하지 못했다면 오늘 우리가 갈채를 보내고 있는 결과는 완전히 달라졌을 것입니다.

그 여성은 아주 기발하고 우회적인 방법으로 우리에게 연락했습니다. 그리고 충분한 정보를 내주며 우리의 관심을 사로잡았습니다. 그녀는 오직 자신과 파트너만이 막을 수 있다면서 무사히 고향으로 돌아갈 수 있도록 사면을 요구했습니다.

우리 정부를 신뢰하지 못한 그녀의 파트너는 홀로 미국에 도착해 우리에게 접촉했습니다. 그리고 직접 만나 의논하고 싶다면서 공공장소로 저를 불러냈습니다.

그래서 여러분의 대통령이 사라졌던 것입니다.

저는 위험을 감수하고 변장을 한 채 혼자서 그를 만나러 나섰습니다. 저는 아직도 그것이 옳은 결정이었다고 믿고 있습니다. 하지만 부디 앞으로는 또 다른 대통령이 그 어떤 위기 상황에서도 이런 결정을 내려야 할 일이 없기를 바랍니다.

지난 이틀간 실로 많은 일이 있었습니다. 조만간 국민 여러분께 상세히 보고드리도록 하겠습니다. 하지만 아직 미진한 부분이 많이 남아 있습니다. 보안 문제도 꼼꼼히 따져 봐야 하고 말입니다.

제가 자리를 비운 동안 언론이 많이 바빴던 것 같습니다. 대통령이 어디 있는지, 왜 사라졌는지, 무엇을 하고 있는지. 저는 측근들의 만류에도 제 탄핵 절차를 시작할지 여부를 결정하게 될 특별 위원회 청문회에 출두하겠다고 진작 통보를 해 두었습니다.

공백 기간 동안 저와 관련해 온갖 추측성 기사가 쏟아져 나왔습니다. 이미 잘 알려진 혈액 질환으로 위독해졌다는 보도도 있었고, 극심한 업무상 스트레스와 지지율 하락, 그리고 아내의 죽음 때문에 신경쇠약에 걸렸다는 얘기도 들려왔습니다. 제게 호의적이지 않은 언론사들은 황당한 소설까지 써서 지면에 올렸더군요. 제가 비밀 계좌로 거액을 빼돌린 후 달아났다고 말입니다. 세계에서 가장 악명 높은 테러리스트와 우리 민주주의를 훼손시키려 혈안이 된 적국에 조국을 팔았다나요?

인정합니다. 그런 반응은 전 수석 보좌관 외 그 누구에게도 무엇을 하고 있는지, 또 그 이유는 무엇인지 털어놓지 않은 제가 자초한 것이었습니다. 저는 어젯밤 제가 죽었다면 대통령직을 승계받았을 브랜트 부통령에게조차도 함구했습니다.

비밀 유지가 힘들 것 같다는 판단에 의회 지도자들에게도 알리지 않았습니다. 만약 그 내용이 새어 나갔다면 온 나라가 패닉에 빠졌을 것입니다. 공격을 막아 내려는 우리의 필사적인 노력에도 좋지 않은 영향이 미쳤을 테고 말입니다. 우리는 어떤 식으로든 공격이 가해질 것을 알고 있었던 내각 내 몇 안 되는 이들 중 반역자가 끼어 있을 거라 짐작해 왔습니다. 전 수석 보좌관과 저를 제외하면 브랜트 부통령을 포함한 일곱 명만이 그걸 알 수 있었을 것입니다. 제가 떠나야 하는 순간까지도 우리는 그게 누구인지 밝혀 내지 못했습니다. 그래서 부통령에게도 알릴 수가 없었던 것입니다.

제가 떠난 후 의장은 부통령과 접촉했습니다. 의회에서 저를 탄핵하는 데 필요한 표를 확보했다면서 부통령에게 상원의 3분의 2가 동의할 수 있도록 우리 쪽에서 몇 표만 더 모아 줄 것을 요청했다고 합니다. 또한 그것만 처리해 주면 그녀가 대통령직을 승계해도 상관없다고 했다더군요. 저만 물러나면 그가 아주 오랫동안 의회와 입법 안건을 마음껏 주무를 수 있을 테니까요.

한없이 다행스럽게도 부통령은 그의 제의를 거절했습니다.

저는 오랫동안 지속돼 온 의장님과의 불화를 다시 들쑤시려는 게 아닙니다. 단지 산뜻한 새 출발을 위해 관계 개선을 시도하려는 것뿐입니다. 우리는 한마음 한뜻이 되어 이번 위협에 맞서 싸웠어야 했습니다. 그게 이 나라의 기본 방침이니까요.

우리 민주주의는 종족 중심주의, 극단주의, 그리고 끓어오르는 적의를 버텨 낼 수 없습니다. 어느새 나라 전체가 '우리 대 그들us versus them'이라는 프레임에 갇혀 버렸습니다. 정치는 이제 유혈 스포츠나 다름없게 돼 버렸고 말입니다. 우리가 우리만의 버블 속에 갇혀 모든 외부인에 대한 적의를 키워 나가는 동안 문제를 해결하고 기회를 포착하는 우리 능력은 점점 쇠퇴해져 갈 뿐입니다.

이제 우리는 달라져야 합니다. 순수한 의견 차이는 자연스러운 것입니다. 건강한 토론이 더 많아져야 합니다. 우리 모두 건전한 의구심을 가집시다. 너무 순진한 것도, 지나치게 냉소적인 것도 좋지 않으니까요. 하지만 신뢰의 우물이 말라 버리면 민주주의를 보존할 수 없습니다.

권리 장전에 명시된 자유와 우리 헌법의 견제와 균형은 오늘날 우리가 직면한, 스스로 자초한 부상들을 예방하기 위해 존재합니다. 그 안에 적힌 글은 새 시대가 열릴 때마다 그것에 생명을 불어넣은 이들에 의해 적용돼야 합니다. 그 덕분에 흑인들은 노예 신세를 벗고 차별에서 해방될 수 있었습니다. 또한 그 덕분에 평등한 세상을 찾아 긴 여정을 떠날 수 있었죠. 비록 그들의 여정은 아직 끝나지 않았지만 말입니다. 여성의 권리, 노동자의 권리, 이민자의 권리, 장애인의 권리, 신앙의 자유를 정의하고 보호하려는 노력, 그리고 성적 성향이나 성 정체성에 상관없이 평등권을 보장하는 것, 다 마찬가지입니다.

전부 불확실하고 급변하는 지형에서 치러 온 격전이었습니다. 그렇게 이룬 진전들은 이해관계와 신념을 위협받는 이들에게 큰 반향을 일으켰습니다.

지금 우리가 사는 세상은 무서운 속도로 변화하고 있습니다. 사방이 정보와 오보로 넘쳐나고 우리의 독자성은 항상 위협받고 있습니다.

오늘날 미국인으로 살아간다는 것은 어떤 의미일까요? 그

답을 얻기 위해서는 무엇이 우리를 여기까지 이끌어 주었는지 되짚어 봐야 합니다. 우리는 기회의 범위를 넓히고, 자유의 의미에 깊이를 더했으며, 공동체의 결속력을 강화해 왔습니다. 또한 '그들'의 정의를 줄이고, 대신 '우리'의 정의를 늘려 왔습니다. 그 누구도 소외시키지 않았고, 경시하지도 않았습니다.

우리는 다시 기본으로 돌아가야 합니다. 최대한 정력적으로, 그리고 겸손하게 말입니다. 우리에게 주어진 시간은 짧습니다. 우리에게 주어진 힘은 그 자체로 끝나면 안 됩니다. 보다 숭고하고 필연적인 일을 성취하기 위한 수단으로 쓰여야만 합니다.

아메리칸 드림은 우리의 공통된 인간적 유대감이 우리의 흥미로운 차이점보다 더 큰 가치를 갖게 될 때, 그리고 그것들이 하나 되어 무한한 가능성을 만들어 낼 때 비로소 이룰 수 있습니다.

바로 그런 미국이야말로 싸워서, 그리고 죽어서 지킬 만한 가치가 있지 않겠습니까? 그런 미국이야말로 살 만한, 그리고 헌신할 만한 가치가 있지 않겠습니까?

암흑시대라는 가공할 테러를 막아 내기 위해 자리를 비웠을 때, 저는 조국을 목숨 바쳐 보호하고 수호하겠다는 맹세를 배신하지 않았습니다. 이라크에 전쟁포로로 붙잡혀 고문을 당했을 때 조국을 배신하지 않은 것과 같은 이유였습니다. 저는 그러지 않았습니다. 그럴 수 없었기 때문입니다. 그러기에는 조국에 대한 저의 사랑이 너무나 큽니다. 저는 이 나라가 자유롭고 번영하기를, 평화롭고 안전하기를, 그리고 향후 세대를 위해 끊임없이 나아지기를 바랍니다.

이건 허세가 아닙니다. 여러분이 제 위치에 계셨어도 같은 선택을 하셨을 거라 믿습니다. 부디 제가 여러분께 새 출발을 위한 충분한 신뢰를 드렸기를 바랍니다.

친애하는 국민 여러분, 우리는 2차 세계 대전 이후 가장 큰 위기에 직면했고, 기적적으로 극복해 냈습니다. 우리에게 두 번째 기회가 주어진 것입니다. 우린 이 기회를 그냥 흘러버려선 안 됩니다. 모두 한마음이 되어 이 기회를 최대한 활용해야 합니다.

우선 선거제도를 개혁하고 지켜야 합니다. 투표권이 있는 모든 국민은 공연한 불편과 선거인 명부에서 빠지는 것에 대한 두려움, 그리고 기계가 몇 분 만에 해킹당해 자신들의 표가 제대로 읽히지 않을 수도 있다는 우려 없이 투표할 수 있어야 합니다. 그리고 가능한 곳에서는 무소속 평가팀이 선거구를 조정해 이 나라 최고의 자산인 의견과 관심사의 다양성이 잘 반영될 수 있도록 해야 할 것입니다.

상상해 보십시오. 우리의 기반을 넘어서서 다양한 영역의 의견과 관심사를 잘 담아낼 수 있다면 세상이 얼마나 달라지겠습니까? 서로 음해하는 것보다 상대의 의견을 경청하는 데 더 집중하게 되지 않겠습니까? 그렇게 공통점을 찾는 데 필요한 신뢰를 쌓아 나가야 합니다. 또한 그것을 기반으로 낙후된 소도읍과 침체된 도시권, 그리고 인디언 공동체들을 현대 경제로 끌어내야 합니다. 모든 국민에게 저렴한 브로드밴드*가 제공될 것이고, 전국 곳곳에는 많은 친환경 대체 연료 관련 일자리가 창출될 것입니다. 또한 세법을 고쳐 낙후 지역 투자자들에게 충분한 보상이 돌아갈 수 있도록 할 생각입니다. 기업체 임원과 소위 말하는 큰손들이 대의명분을 위해 기꺼이 지갑을 열 수 있도록 말입니다.

이민 개혁도 시급한 과제 중 하나입니다. 국경 보안은 더욱 강화돼야 하겠지만 안전과 더 나은 미래를 찾아 문을 두드리는 이들은 최대한 배려해야 할 것입니다. 본토박이의 출생률은 인구 보충 출생률** 수준에 간신히 머물러 있습니다. 지금 우리에게는 전국 평균 두 배 이상의 혁신가와 노동자, 전문직 종사자와 기업가들이 필요합니다.

더 이상 무고한 민간인이 목숨을 잃지 않도록, 그리고 경찰관의 안전을 높이고 범죄를 줄일 수 있도록 경찰과 지역 사회 지도자들을 위한 훈련과 지원 프로그램도 마련하겠습니다. 총기 소지법을 강화해 부적격자들이 애초부터 총기를 소유할 수 없도록 하는 한편, 터무니없이 높은 대중 살인 사건 건수를 줄이는 데 힘쓰겠습니다. 물론 사냥이나 스포츠 사격, 그리고 자기방어를 위한 총기 소지는 앞으로도 가능할 것입니다.

기후 변화와 관련해서도 진지한 논의가 필요할 때입니다.

---

*   고속 데이터 통신망
**   총인구를 유지하는 데에 필요한 출생률

신속하게 위협을 줄이면서 질 좋은 일자리를 최대한 많이 창출해 줄 인재들을 우선적으로 등용하겠습니다. 지금 이 순간에도 자동화와 인공지능은 급속도로 발전하고 있습니다. 그런 인재가 많이, 그리고 시급하게 필요한 이유입니다.

나날이 심각해지는 오피오이드* 위기를 막아야 합니다. 교육을 통해 그것이 상용자를 죽음에 이르게 할 수 있다는 사실을 널리 알리고, 누구든 가까운 진료소에서 저렴하게 효과적인 치료를 받을 수 있도록 조치하겠습니다.

국방비를 재정리해 끊임없이 진화하는 가공할 사이버 공격에 철저히 대비하도록 하겠습니다. 또 다른 대재앙이 찾아들기 전에 방어 체계를 완벽히 구축하고, 동맹국들과도 긴밀하게 소통하며 만반의 태세를 갖추도록 하겠습니다. 이번에는 두 젊은 외국인 천재가 우리를 구해 주었지만 다음에 또 이런 기적은 없을 것입니다.

매일 아침 출근해 오늘은 또 누굴 어떻게 도울 수 있을지 고민하는 자신을 상상해 보십시오. 오늘은 또 누굴 괴롭히고, 돈을 뜯어낼지 고민하는 것보다 훨씬 보람되지 않겠습니까?

건국의 아버지들은 우리에게 보다 완벽한 국가를 건설하라는 막중한 과제를 안겨 주셨습니다. 또한 자유를 수호하고 난국을 잘 헤쳐 나갈 수 있도록 튼튼하고 유연한 정부를 물려주셨습니다. 바로 그 선물이 우리를 여기까지 이끌어 준 것입니

---

*   아편 비슷한 작용을 하는 합성 진통, 마취제

다. 우리는 그것을 당연시해서는 안 됩니다. 코앞의 이익에 눈이 멀어 그것을 위험에 빠뜨려서도 안 됩니다. 이번 사이버 공격으로 우리가 입은 타격은 우리 스스로가 자초한 것이었습니다.

하지만 신의 가호 덕분에 폐허 속을 뒹구는 암울한 미래 대신 모든 것이 가능한 창창한 미래를 맞게 되었습니다.

우리 아이들을 위해, 우리 자신을 위해, 그리고 아직도 우리가 영감과 모범과 친구가 돼 주기를 바라는 수십억 세계인들을 위해 이 두 번째 기회를 최대한 활용해야 할 것입니다.

오늘 밤이 극적으로 모면한 참사와 우리의 삶, 우리의 성쇠, 그리고 보다 나은 미국을 건설하는 데 자양분이 돼 줄 우리의 성스러운 명예를 기념하는 시간이 되었으면 좋겠습니다.

부디 이 나라와 모든 국민에게 신의 은총이 함께하기를 빕니다.

감사합니다. 모두 편한 밤 되시기 바랍니다.

에필로그

129

연설 후 30퍼센트도 채 되지 않았던 내 직무 수행 지지도가 80퍼센트 이상으로 껑충 뛰었다. 마침내 지하감옥에서 탈출한 것이었다. 비록 지지율 고공행진은 오래가지 않겠지만.

의제를 제출하기 위해 연설을 이용했다는 비판도 있었다. 하지만 나는 국민에게 그들을 위해 내가 무엇을 하려는지 상세히 설명하고 싶었다. 물론 반대 진영과 함께 일할 수 있는 기회는 앞으로 얼마든지 있을 것이다.

의장은 마지못해 협조하는 모습을 보였다. 2주도 채 지나지 않아 의회 양원 모두가 초당적인 다수로 더 솔직하고, 더 포괄적이고, 더 책임 있는 선거를 촉구하는 법안을 통과시켰다. 또한 해커가 선거에 개입할 수 없도록 구식 투표용지를 부활시키는 데 필요한 자금도 제공해 주었다. 나머지 의제들은 계류 중이지만 끊임없는 타협과 적당한 혜택 제시로 하나씩 통과시켜 나갈 생각이었다. 공격용 무기 규제법과 포괄적인 신원 조사를 의무적으로 실시하는 법안을 발의하려는 움직임도 포착됐다.

의장은 여전히 다음 행동을 놓고 고민에 빠져 있다. 연설에서 예고도 없이 소환당한 그는 화가 났지만 자신이 브랜트 부통령을 대통령으로 밀어주는 조건으로 딸을 대법원장으로 지명해 달라고 요구한 사실이 폭로되지 않았음에 안도했다.

캐롤린 브룩은 반역, 테러 행위, 기밀 정보 악용, 살인, 살인 공모, 그리고 공무 집행 방해를 포함해 무려 스무 개의 혐의로 기소됐다. 그녀의 변호사들은 종신형만은 면하기 위해 유죄 답변 교섭을 이어 나가는 중이다. 여러 가지 면에서 가슴 아픈 일이다. 우리가 피땀 흘려 이루고자 했던 모든 것에 대한 그녀의 배신, 무모한 야망에 굴복하지 않았으면 그녀가 머지않아 누리게 됐을 유망한 미래, 그리고 그녀 가족이 떠안게 된 엄청난 충격. 이따금 어려운 결정을 앞두고 골똘히 생각에 잠겨 있을 때면 무의식적으로 그녀 이름을 불쑥 내뱉는 나 자신을 발견하곤 한다.

그러는 동안, 나는 마침내 뎁 박사의 간곡한 조언에 따라 스테로이드 주입을 겸한 단백질 치료를 받았다. 덕분에 혈소판 수는 다시 여섯 자리로 늘었고, 몸 상태도 빠르게 회복됐다. 이제 약을 조금 늦게 먹었다고 급사할 걱정은 덜게 됐다. 암살 위험에서 벗어났다는 사실 또한 나를 안도케 했다.

무엇보다도 딸이 무탈하게 일상으로 되돌아가 다행이다.

좌우를 막론하고, 주류 언론의 보도는 확실히 긍정적으로 바뀌었다. 내 연설 때문이라기보다는 인신공격을 일삼는 극단적인 언론 매체에서 진실된 정보를 제공하는 언론 매체로 갈

아탄 현명한 국민 덕분이다.

나는 사람을 보내 거리에서 만났던 노숙자 재향군인을 찾아보게 했다. 현재 집단 치료 프로그램의 관리를 받고 있는 그는 머지않아 괜찮은 일자리와 저렴한 주택을 찾아 인간답게 살게 될 것이다. 듣기로는, 의회가 비무장 시민의 살해를 줄이고, 경찰관들의 안전을 보장하며, 경찰의 든든한 파트너로서의 근린 회의를 준비하는 노력에 자금을 지원할 예정이라고 한다.

앞으로 어떤 미래가 펼쳐지게 될지 알 길은 없다. 내가 아는 것이라고는 내가 사랑하는 조국의 수명이 극적으로 연장되었다는 사실뿐이다.

헌법 제정 회의가 끝나 갈 무렵 한 시민이 벤자민 프랭클린에게 건국의 아버지들이 우리에게 어떤 정부를 물려주었는지 물었다. 그는 대답했다.

"공화국이오. 여러분이 지킬 수만 있다면."

그건 대통령 혼자 할 수 있는 일이 아니다. 우리 모두가 한마음 한뜻으로 지켜 나가야만 한다. 최선을 다해서.

감사의 말

　1992년부터 1994년까지 75레인저 연대 소속으로 복무한 경험을 토대로 기술적인 부분에서 큰 도움을 준 존 멜턴과 제임스 와그너, 토머스 킨즐러, 그리고 국가 안보와 대테러 분야 전문가로서 네 명의 대통령을 보좌한 리처드 클락에게 감사의 뜻을 전한다.